Tarta de almendras con

AM♥R

Ángela Vallvey
Arévalo

Tarta de almendras con

Primera edición: febrero de 2017

© 2014-2016, Ángela Vallvey Arévalo
© 2017, Penguin Random House Grupo Editorial, S.A.U.
Travessera de Gràcia, 47-49. 08021 Barcelona

Printed in Spain – Impreso en España

ISBN: 978-84-9129-097-1
Depósito legal: B-22686-2016

Compuesto en Arca Edinet, S. L.
Impreso en Romanyà Valls, S.A., Capellades (Barcelona)

SL 9 0 9 7 1

Penguin
Random House
Grupo Editorial

Para mi sobrina Ángela,
que está aprendiendo a cocinar y a vivir.

El síndrome de Vernon y Tiffin no existe, pero
una de cada dos mil personas padece una enfermedad rara.
Este libro también es para ellas.

Bebe la comida y mastica la bebida.

PROVERBIO INDIO

Una vaca grande y cara.

MARVIN HARRIS, *Bueno para comer*

A veces pienso hasta en seis cosas
imposibles antes del desayuno.

LEWIS CARROLL, *Alicia en el País de las Maravillas*

Dietario de Fiona
Temas pendientes:

CÓMO HACER PARA LLEGAR AL CORAZÓN
DEL CHICO QUE TE GUSTA
A TRAVÉS DE SU ESTÓMAGO

¿Cómo saber que te has enamorado si nunca antes te habías enamorado?, ¿cómo reconocer el amor si jamás lo habías visto, ni oído, ni sabido imaginar...? El amor no es como un viejo amigo del que recuerdes su cara. ¿Cómo distinguirlo, pues?

Aunque, en ocasiones, un amigo se puede convertir en tu amor.

Me emociono al pensar en todas las cosas importantes que, después de mucho esfuerzo, aprendí mientras conocí el amor. Y reconocí a mi amor.

#SomosLoQueComemos
#ComemosLoQuePodemos
#YoPodríaComérmeloTodo

¿Cuáles son los síntomas que te hacen pensar que hay una emoción nueva que se oprime contra tu cuerpo, que invade tus sentidos en silencio, de forma tan perfecta que parece que es verano y primavera en pleno invierno, que suena mejor que la música de un videojuego extraterrestre…?
Piensa. Piensa.

#BuscandoElAmorEncontréUnMóvilViejoPerdido
#SoyLaAmanteAmateur

Si no sabemos amar, es porque en realidad nadie nos ha enseñado. Se necesita un poco de experiencia para reconocer ese sentimiento tan extraño, tan normal, tan nuevo, tan viejo, tan dulce, tan salado, tan picante…

Un recuerdo importante.
Los recuerdos buenos son como los sabores agradables: inolvidables. Se aferran a la memoria y allí viven,

jóvenes para siempre, desprendiendo su eterno aroma a felicidad plena, absoluta.

Y los malos recuerdos son como una indigestión: dolorosos, incómodos, persistentes…

Tanto los buenos como los malos recuerdos pueden ser trascendentales. Yo tengo unos cuantos, de ambas categorías. Ellos son mi sustento cuando me siento perdida.

#SoyLaQueTeFaltaba
#VengaYaTíoQueTeEstoyAmandoLocamente

Recuerdo que yo era tan pequeña que no sabía pronunciar bien su nombre. Le llamaba Alberto *Escalón* (se llama Scanlon). Él, lejos de molestarse, perdonaba mi incapacidad para pronunciar bien. Yo era una niña pequeñita y él todo un hombretón (dos años mayor que yo) de sonrisa atractiva y seductora…

No sé si alguien puede enamorarse siendo niño, probablemente no. Pero desde luego sí puede sentir adoración. Eso es lo que yo sentía por Alberto Scanlon Maeso.

Había llegado del extranjero y hablaba mal nuestro idioma. A veces decía cosas que nadie entendía. Pero estaba acostumbrado a no ser comprendido. Un día me dijo que en su casa hablaban dos idiomas, el de su padre y el de su madre. Pero que fingía no entender ninguno de los dos, sobre todo cuando le reñían.

El chico de la sección de congelados, el amor de mi vida, no fue el producto de un impulso o una ilusión pasajera, tal y como descubrí más tarde. Mi deslumbramiento por él en el súper no era algo casual. Alberto no es nada de *eso* que ocurre a primera vista. Sino un recuerdo de los buenos, guardado en mi interior desde los primeros años de mi vida.

Un día estábamos en el patio del colegio cuando la malvada Lylla, que me persigue desde los remotos inicios de mi infancia, se enfadó porque yo había completado un juego con un mecano, mientras que a ella se le habían desmoronado todas las piezas.

De repente le entró una rabieta, y de un manotazo rompió la construcción maravillosa que yo había hecho: un palacio abstracto lleno de cubos y de rectángulos que parecían torres surrealistas, almenas mágicas en las que solamente faltaba ver aparecer a un príncipe diminuto pero de carne y hueso.

Mi construcción era alta, y por eso tenía un equilibrio delicado. Lylla no necesitó mucho para destruirlo. Me sentí tan desgraciada que me eché a llorar, y Lylla inmediatamente se hizo la distraída y se apartó de la escena. Se fue con sus amigas, una de las cuales todavía continúa siendo su lugarteniente dentro de su cruzada en favor del Mal.

Me senté a llorar desconsolada, rodeada de las piezas que habían dado forma a la construcción de mis sueños.

Nadie me prestaba atención. Estábamos en una zona de juegos al aire libre, en la que el colegio ponía a nuestra disposición distintos juguetes, casi todos para construir.

Estaba acostumbrada a que Lylla me persiguiera y torturase de las formas más refinadas posibles, pero no acababa de aceptarlo.

Todavía no lo he hecho.

Llevo muchos años soportando a esa bestia parda. Ni siquiera sé cómo no le he respondido más de una vez. A veces, siento la rabia creciendo en mi interior, y miedo también. Noto que si liberase esa energía, esa fuerza y esa ira que Lylla ha alimentado durante todos estos años dentro de mí, sería como abrirle la puerta a una alimaña que lleva largo tiempo encerrada.

Tengo la impresión de que esa fiera se parecería mucho a Lylla. Que hay algo en mí que Lylla ha creado y alimentado a lo largo de este tiempo que se parece a ella. Lo ha formado Lylla con su acoso y humillaciones, sus desprecios, su violencia verbal. Creo que toda esa dureza se ha introducido en mi corazón y ha formado su propia basura, que va creciendo con el tiempo.

Durante un buen rato estuve sentada en el suelo, rodeada de piezas de brillantes colores, sintiéndome desgraciada y sola en el mundo.

Echaba de menos a mis padres, y tener un hermano o una hermana mayor en el mismo colegio que acudiese a defenderme cada vez que aquella tonta me molestaba. A mi hermana me la imaginaba gigante y forzuda, y a mi hermano, alto, del tamaño de uno de los profesores, un muchachote sano y fuerte que me rescataba cada vez que alguien quería hacerme daño. No necesitaba nada más que mirar a mis acosadoras para hacerles sentir un miedo terrible. Para ponerlas en fuga.

Mi hermano llegaría y solo con la mirada intimidaría a Lylla y sus compinches, y ellas saldrían corriendo como ratas escaldadas, pensé por enésima vez.

Sonreí con el placer de imaginar la escena.

Pero lo cierto es que no tenía una hermana, ni un hermano, ni siquiera un amigo invisible. Bueno, sí, amigos invisibles sí que tenía. De hecho, tenía varios. Pero ninguno de ellos era lo suficientemente imponente como para intimidar a Lylla.

Me miré el uniforme, manchado de barro, o de chocolate, o de cualquier otro elemento comestible (lo que yo solía comer por entonces era, sobre todo, barro y chocolate). El caso es que me sentía débil, insignificante y desprotegida. Tenía una extraña sensación de peligro también, que me hacía estar un poco paranoica. Y por entonces ni siquiera existía Yahoo Respuestas para acudir a él con mis dudas filosóficas.

#TúEresLaMejorRespuesta
#LaMásDulceSolución
#YSabesMejorQueElBarroConChocolate

Así estaba cuando un chico se acercó a mí.

Era mayor. Por lo menos dos años más que yo. Ni siquiera podía imaginar que un niño de los *grandes* reparase en mi desamparo. Pero él lo hizo. Se llamaba Alberto. Me miró y me preguntó con ojos tan tiernos como un donuts recién hecho:

—¿Te ocurre algo?

Yo estaba dispuesta a morir antes que a confesar que me acababan de someter a una nueva burla, dentro de las interminables ignominias a las que Lylla era aficionada.

—No, no es nada.

Eso le dije, pero él no me creyó. Con razón. Se dio cuenta de que intentaba ocultar mi desesperación.

—He visto cómo esa niña te empujaba y luego tiraba tu construcción. ¿Lloras por eso?

Yo asentí y me tragué un montón de lágrimas junto con el rastro de otras secreciones insondables procedentes de algún lugar de mi cara.

Recuerdo que Alberto hablaba un poco raro, tenía acento extranjero. Pero yo lo habría entendido aunque no hablara ningún lenguaje humano.

Me dio la mano y me ayudó a levantarme.

Aquel gesto me hizo recobrar una dignidad que no habría imaginado que tenía.

—Gracias —hipé.

En mi memoria, aquel episodio, y otros como ese, se han visto engrandecidos con el tiempo, se han convertido en algo propio de un cuento de hadas.

El momento en que el príncipe extiende la mano y hace que la princesa se ponga en pie, que recobre su honor, que recupere su orgullo. Mi profesora de Lengua y Literatura dice que esa visión de las cosas es profundamente machista. Ya lo sé. Pero resulta muy agradecida cuando se trata de soñar un poco.

#MeDescargoTuAmorEnMiAlma
#MásRápidoQueUnVideojuegoEnMiOrdenador

Durante aquel curso escolar, Alberto se convirtió en mi protector. Cada vez que salíamos al patio, no me quitaba ojo. Así que Lylla tuvo que encontrar un nuevo objetivo para sus burlas crueles. Cada vez que intentaba empujarme o reírse de mí, Alberto acudía a mi lado como por arte de magia y se interponía entre ella y yo. Ella lo miraba fascinada y me dejaba en paz. Llegué a pensar que buscaba la aprobación de Alberto y que por eso no se metía conmigo cuando él andaba cerca.

Alberto era un caballero andante. Trotante. Galopante. Corriente (porque corría que se las pelaba). Tan fuerte y guapo que podía competir con cualquier hermano o amigo imaginario que yo hubiera tenido jamás.

Habíamos establecido entre los dos una conexión extraña, un hilo que enlazaba su corazón con el mío. Un cordón invisible del que yo podía tirar para atraerlo cuando tenía problemas.

Recuerdo con regodeo cómo Lylla se encontró de repente sin su juguete favorito: yo. Su crueldad se quedó ociosa, completamente aburrida.

Necesitaba a otra personita débil sobre la que disparar su malestar, su manera de estar en el mundo. Nunca he entendido por qué esto es así. Por qué las personas furiosas y violentas, como Lylla, buscan a otras más débiles, como yo, para convertirlas en el blanco de su ferocidad.

Me apenó mucho comprobar que Lylla había encontrado pronto a alguien que me remplazara.

Era una niña rubia con unas ojeras enormes, como si no hubiese dormido desde que nació. Tenía un aspecto frágil y quebradizo y era un año más joven que yo. A veces se orinaba, y siempre tenía los leotardos húmedos.

Lylla tenía un detector bastante eficaz para localizar a los niños más endebles y asustadizos. Aquella pobrecilla se convirtió en mi sustituta durante el curso escolar en que Alberto se transformó en mi protector. Lo sentía mucho por ella, a veces la miraba desde la distancia, y la impotencia lograba que mi corazón se acelerase. Pero, por otro lado, no podía hacer nada por ella. Yo era tan pequeña y tan blandengue como la niñita. Y me encontraba a salvo teniendo a Alberto, estaba tan contenta de librarme de la crueldad de Lylla que era incapaz de pensar en otra cosa.

Hasta que un día sorprendí a Lylla y a una de sus amigas pegando a la niña. Le estaban tirando del pelo, y le habían bajado los leotardos. Estaba semidesnuda y lloraba con una curiosa y conmovedora tranquilidad. Como si se hubiese resignado a su suerte. Como un corderito que sabe que va al matadero pero no lo puede evitar.

Entonces salí corriendo y llamé a Alberto. Que no tardó en llegar al rincón donde estaban ocurriendo los hechos. No lo dudó ni un momento. Agarró de un brazo a Lylla y la empujó contra el suelo.

—Déjala en paz. —Su voz era tan firme que parecía la de un adulto.

Yo sentí un orgullo creciendo dentro de mí que me llenó hasta el estómago. Me noté saciada, como si acabase de comerme un mamut frito.

Lylla se encogió como una serpiente. Sus ojos miraron hacia el suelo, reconociendo la superioridad de Alberto. Le temía, y algo me dijo que también lo admiraba, que habría dado cualquier cosa por ser su amiga, por ser como él, buena y generosa…

—No le estaba haciendo nada —mintió con descaro.

—Sí se lo estabas haciendo —dijo Alberto con una voz tan serena que no se correspondía con la de un niño—. Como vuelvas a molestar a esta niña, tendrás que vértelas conmigo. No me importa que seas la hija del jefe de Estudios —por entonces, el padre de Lylla era el jefe de Estudios del colegio—; si los profesores no son capaces de ponerte en tu sitio, lo haré yo.

Lylla se calló.

Sabía que Alberto hablaba en serio.

Se levantó rápidamente y se fue junto con su compinche, lejos de nosotros. Alberto, la niña y yo nos quedamos solos.

La pequeña era guapa, pero aquellas ojeras la hacían parecer una viejecita. Se llamaba Carmen, y se convirtió en mi mejor amiga.

Todavía lo es.

#GoogleoLasPalabras:AmorVerdadero
#NoObtengoResultados

Dietario de Fiona
Síntomas de que quizás estés enamorada:

— Aumento del apetito. Necesidad #ABSOLUTA de comer cosas que no estén envueltas en plástico.

— Descubrir un arcoíris en la sección de congelados del supermercado.

— Sospechar que el amanecer, las frutas y verduras, y el último vídeo viral de YouTube son obras de arte que existen solo porque tu amor te ha sonreído al pasar.

— Preguntarle a tu amigo imaginario, cada cinco minutos, quién es la más guapa del baile, aunque estés sentada en la biblioteca. Aunque sepas que tu cutis parece una sandía y andes convencida de que acabarás muriendo virgen a los cien años.

— Oír una música que parece de videojuego, una melodía que te hace recordar un mundo que jamás ha existido. Una canción que solo tú puedes escuchar.

@ComienzaLaAcción
Dietario de Fiona:
Aprender a masticar el helado, a ver si así engorda menos.

Sección de congelados. Cerca de Precocinados.
El súper.
Día D, hora H.

Él pasa de largo junto a mí, seguramente ni ha reparado en que existo. A pesar de que abulto mucho más que un tanque en medio de un campo de golf. Que un tigre en una heladería. Que un lobo feroz en un Imaginarium.

Puede que la sección de congelados no sea el sitio más propicio para aparecer estupenda. La luz de esta parte del súper no les favorece ni a las gambas congeladas. Lo recordaré toda la vida. Acabo de aprender la lección.

Debe de ser un chico nuevo en el barrio, aunque me resulta vagamente familiar.

#EhTúMarinero¿EresNuevoEnLaCiudad?

No sé, he sentido algo conocido al mirar el arco de sus cejas, y las comisuras de su boca, y esos hoyuelos en las mejillas que le han salido incluso cuando se ha puesto serio. Entonces he pensado en alguien del pasado, pero que no consigo recordar del todo.

Quizás sean imaginaciones mías.

(Aunque esos ojos, esos ojos azul pitufo, me recuerdan algo). Será la nostalgia de un amor que no tengo.

#AzulComoTuMiradaComoElDesinfectanteDelBaño

Lo que importa es que mi corazón ha estado a punto de detenerse cuando él ha pasado junto a mí. He sentido su olor, y he podido ver de cerca incluso una pequeña espinilla que tiene en el cuello. Me gustaría reventársela. Y explotarle el corazón, también.

Me gustaría…

No cabe duda: es humano, no es perfecto del todo, tiene espinillas, menos mal. Porque viéndolo a una prudente distancia cualquiera diría que acaba de salir de la pantalla de un cine. De un universo donde los adolescentes son ideales. Semidioses. Modelos publicitarios, héroes intergalácticos y físicos nucleares. Habitantes de un planeta del que, desde luego, no puede decirse que haya salido yo.

He sentido el impulso de correr detrás de él, de ponerle una mano en el brazo y lograr que se detenga, mirarlo a los ojos y preguntarle cómo se llama, dónde vive, qué ha hecho todo este tiempo lejos de mí, sin mí. Por favor…, me parece mentira que haya podido vivir así, sin mi presencia cada día. Sin mis besitos mañaneros.

Pero luego he mirado mis rodillas, demasiado rollizas para ser atractivas a los ojos de cualquier sublime joven divinidad como él, y mis muñecas, que también muestran unos pliegues alegremente gorditos. Que, más que muñecas, parecen chorizos recién atados.

Me he avergonzado de mi aspecto, y he pensado que él también se avergonzaría solo con que lo sorprendieran hablando conmigo. ¿Qué dirían sus amigos, los superhéroes de la Marvel, si lo vieran conversando con una chica como yo…?

O sea, que acabo de descubrir que estoy enamorada y que mi amor es imposible. Somos el Bello y la Bestia.

Como todas las grandes historias de amor, la mía también es trágica. Detesto que lo sea. En realidad, me gustaría que mi historia de amor fuese real y estuviera llena de alegría. Pero seguro que Julieta, la de Romeo, pensaba lo mismo que yo. Menuda ingenua. Qué poco espabilada, cielo santo.

#JulietaCapuletoVayaPetarda
#RomeoMontescoMuchaLabiaYPocoSeso
#(YMenosSexo)

Me dirijo con paso cansado, un tanto abatido, hacia la cercana sección de precocinados. A lanzarme de cabeza.

Pero, en el último momento, me doy la vuelta.

Debería comprar algo más natural, me digo con complejo de culpa, algo que no precise estar recubierto por una capa de polímeros antes de ser expuesto en un estante…, eso me digo. Es lo que me sugiere el lado bueno de mi conciencia. El lado que es sano, prudente, sabio… El que siempre pierde contra el malo (el sinvergüenza, el obeso, el capullo).

Pese a que raramente soy capaz de darme cuenta de que los alimentos para el consumo humano que vienen envueltos como si se tratasen de un regalo envenenado no muestran el aspecto más sano posible, me paro a pensar si es del todo bueno alimentarse con cosas que parecen más retractiladas que Lady Gaga vestida para una gala en Hollywood.

Pero a mí todo me parece apetecible. Incluso las cajas de cartón donde están embalados los nuggets. En caso de necesidad, también a ellas les hincaría el diente.

Vuelvo sobre mis pasos a la sección de precocinados.

El príncipe soñado ya ha desaparecido de mi vista.

Notas de voz del móvil de Fiona:
Si el padre es un enfermo,
el hijo no se puede permitir enfermar jamás.
Moraleja: La mejor garantía de buena salud es tener
que cuidar a alguien que se ama.

Mi padre tiene un síndrome.

El maldito *síndrome de Vernon y Tiffin*, pues lleva
el nombre de los dos tipos, investigadores neurólogos,
que lo descubrieron.

No me gusta pensar que mi padre está enfermo, de
modo que me digo a mí misma: «Tranquila, no pasa
nada, ¡tan solo tiene un síndrome!». Como si poseyera
un apartamento en la playa, o una moto de marchas.

Por supuesto, a estas alturas sé que un síndrome es un conjunto de síntomas propios de una enfermedad. Pero me costó mucho entenderlo. Después del accidente de tráfico en el que murió mamá, nadie se dio cuenta de que mi padre estaba enfermo. O sea: que tenía un montón de síntomas que indicaban a las claras que padecía una seria enfermedad. Su dolencia es de la mente, no se nota a simple vista. Está muy dentro de él. Bien escondida. Todo el mundo creyó que, después del siniestro, papá estaba simplemente conmocionado. Al fin y al cabo, acababa de perder a su mujer. Achacaron su estado a la desgracia, a la pérdida terrible que había sufrido. Yo era pequeña, pero me acuerdo de todo como si hubiese sucedido ayer. Se grabó en mi cabeza como una de esas películas malas, calificadas para mayores de edad, que una ve en la niñez y luego aterroriza el resto de la vida.

Nadie vio nada extraño en la mirada perdida de mi padre, en el hecho de que no era capaz de responder con coherencia a nada de lo que le decían.

Se dejó hacer porque era incapaz de hacer otra cosa, de hacer cualquier cosa. Algo se rompió en su cerebro, algo importante, algo que lo sostenía todo, como una viga maestra que cuando se quiebra hace que se desmorone el tejado de un edificio. Lo que fuera que le ocurrió, afectó al trabajo de sus glándulas endocrinas, y a la circulación de su sangre. Eso dice ahora el médico. Pero entonces únicamente parecía que en su interior se había producido un choque igual de violento que el que le arrebató a mamá en la carretera.

El primer doctor que lo atendió estaba tan confundido que le dio unos tranquilizantes que lo dejaron fuera de combate durante un par de meses. Yo, acostumbrada a que me cuidaran, de la noche a la mañana me vi completamente sola, desatendida. No tenemos familia. Éramos tres, y nadie más. Mis padres tampoco tenían muchos amigos. Acabábamos de llegar al barrio. Un distrito de nueva construcción en una gran ciudad.

La idea de estar a mi suerte me horrorizó. Creo que pensé que aquello era mucho peor que ser abandonada, porque mi padre estaba vivo. Con vida, y sin embargo apenas hacía algo más que respirar y decir incoherencias. Su mirada estaba vacía, y yo lloraba a raudales mientras le tiraba de la manga y me abrazaba a sus piernas intentando inútilmente que reaccionara.

Ahora me he acostumbrado a su síndrome, a su manera de estar en el mundo, de expresar su enfermedad, pero entonces sentí un vértigo tan terrible que pensé que sería mejor que mi padre hubiera muerto, lo mismo que mamá. Me dije a mí misma que habría sido mejor que los tres hubiésemos muerto.

No fue así y, días después del entierro de mi madre, cuando comprendí que papá no iba a ocuparse de cuidarme como había hecho hasta entonces, sentí un hambre feroz, un apetito acuciante, una voracidad atrasada. Mi estómago me daba órdenes: me decía a gritos que había que seguir viviendo. Y me puse en marcha.

#ElAmorEsUnBuenNeurólogo
#MisPenasSonPeoresQueLasDeUnPolloAsado

La madre del portero me ayudó a ir con papá al médico las primeras veces. También nos subía sopa de vez en cuando. Era una anciana, y pocos meses después murió, pero para entonces yo ya sabía hacer el camino al hospital por mi cuenta.

El segundo médico que lo atendió le quitó la medicación que le había prescrito el anterior y estuvo meses intentando averiguar qué tenía. Al final se rindió. Y escribió un papel donde decía no sé qué sobre las manifestaciones vitales del sistema nervioso y algunas otras vaguedades difíciles de comprender. Curiosamente, el tipo no tenía letra de médico. Escribía de forma clara, uniforme y ordenada, casi artística, como un parvulito del siglo XIX. Leí aquella nota cientos de veces. Todavía la guardo junto a los documentos importantes, esperando el día en que pueda comprender su importancia.

El tercer médico era mucho más perspicaz que los otros. Averiguó qué le pasaba a papá. No lo curó, pero al menos yo supe qué estaba ocurriendo. Más o menos.

La angustia y el miedo habían apagado algún tipo de interruptor en el cerebro de mi padre. Eso y el golpe que recibió en la cabeza hicieron que sus lóbulos frontales entraran en shock.

Yo pensaba que sus lóbulos eran lobos, en realidad. Lóbulos feroces, que querían comerse a papá. Me habría gustado poder detenerlos con mis manos, pero al parecer nadie podía.

El médico creía que teníamos familia que llegaría pronto para hacerse cargo de nosotros. Estaba convencido —aunque no fui yo quien se lo dijo— de que la madre del portero era mi abuela. Cuando la mujer enfermó y dejó de acompañarnos, el doctor pensó que mi supuesta abuela, una vez restablecida, nos cuidaría.

Para cuando la buena señora murió, mi padre ya había entrado en una fase rutinaria de tratamiento, apenas veíamos al doctor, y nadie hizo preguntas demasiado incómodas.

Fue entonces cuando aprendí a mentir, o al menos a callar prudentemente la verdad. Porque me di cuenta de que la verdad puede ser un arma de doble filo, muy peligrosa. Y que no decir la verdad es la forma de huir del mundo que tenemos los cobardes.

El síndrome de mi padre es raro. Lo padece tan poca gente que, como suele ocurrir, está poco estudiado. No se investiga, ya que el número de pacientes no compensaría económicamente el enorme esfuerzo, hasta obtener resultados, de un laboratorio.

A veces logro encontrar en internet al familiar de alguien que, como mi padre, padece esta maldita enfermedad. Nos escribimos unos cuantos mensajes y nos damos ánimos. Pero, con tan pocos afectados, ni siquiera somos capaces de reunir el dinero suficiente para crear una asociación y presionar para que se dé la trascendencia debida a la enfermedad.

El dolor no se puede ver. No tiene color. Nadie es capaz de detectarlo a simple vista desde un dron. El dolor hace su agujero sobre las vidas de quienes lo sufren, y los demás ni siquiera lo notan. Por eso parece que no tenga valor, ni significación, ni alcance, ni gravedad. Ni nada.

Pero el dolor ocupa mucho espacio. Es como el sobrepeso. Impide andar por la vida con normalidad. Cansa. Asfixia el alma.

#HáblameDeAmorPokemon
#AtrapaIncubaYEvolucionaMiPokeAmor
#GoGoGo!!!

Mi padre vive en su propio mundo. No habla: recita frases hermosas sobre el amor. Ese es su *tema*. Habla desapasionadamente, sin embargo. Sus ojos desmienten la pasión de las palabras que pronuncia.

En un foro de internet contacté con una señora cuyo hijo tiene la misma enfermedad que papá. Está en la mitad de la treintena, y es ingeniero. Tuvo un accidente en una central eléctrica. Su manía son los pájaros. Su madre dice que nunca notó, antes del percance, que tuviera el menor interés por las aves. Sin embargo, ahora parece un experto. Como si llevara toda la vida estudiándolos, o leyera una Wikipedia mental, a la que solo él puede tener acceso.

Sí, mi padre tiene un síndrome.

Pero quiero ser positiva: me gusta oírlo hablar del amor, aunque no sepa lo que dice. Es bonito y extraño, poético. Da risa, y da que pensar. Y, además, ya me he acostumbrado a vivir con un enfermo. Tiene sus ventajas: así yo no me puedo permitir sentirme indispuesta jamás.

Desayuno de un leñador del círculo polar ártico: dos litros de leche de alce con azúcar; un kilo de pan negro mohoso; un plato de tostadas con miel de avispas y mermelada de perejil. Dos kilos y medio de pasta de arroz condimentada con mantequilla rancia y tomates verdes fritos. Dos kilos y medio de carne roja magra de origen desconocido. Tres kilos de cabezas de pescado. Dos litros de whisky.

Desayuno de Fiona (mi desayuno): dos kilos de azúcar tomado en cucharaditas de jarabe; dos bolsas de dulces industriales de tres kilos cada una; 14,5 litros de refresco azucarado, para espabilar. Chococrispus y Nuschicrispus de chocolate y menta ácida, a discreción. Un sobre de chicles sin azúcar. Una barrita dietética.

El ingrediente mágico para tartas

#TeComeríaABesos
#YLuegoMeComeríaLosBesos

Me han invitado a comer, me lo ha pedido mi profesora doña Aurora, algo que no es habitual.

Los profesores no invitan a su casa a los alumnos. Carmen dice que lo ha hecho porque le doy pena.

No sé, tal vez sea cierto. Procuro no pensar en ello.

Carmen dice que a ella también le doy pena pero que, como es mi mejor amiga, no pasa nada.

Debería llevar algo a su casa, un detalle para que vea que soy una persona normal, más o menos. Para despistarla, para que no piense que está invitando a una friki.

Debería llevarle una botella de vino. Aunque quizás no me dejen comprarla dado que soy menor de edad.

Mi principal problema es ser menor de edad, y mi objetivo prioritario es convertirme en mayor de edad. Si tuviese una máquina del tiempo, le daría cuerda para llegar a mi próximo cumpleaños en lo que se tarda en parpadear.

Espero ansiosa que llegue ese día y pueda comprar alcohol para regalar y ser libre para vivir a mi aire; lo que significa: para sacar a mi padre de casa sin temer que alguien me lo quite. Sin tener miedo de que los Servicios Sociales me separen de la única familia que tengo.

#AmorEstoVaDeAmor
#(FionaBonetHaVistoElCapítulo)

En fin, sospecho que doña Aurora tendrá que conformarse, como obsequio, con una bandeja de pasteles recubiertos de plástico. Una ofrenda digna de alguien como yo. O de Homer Simpson.

Llámenme Doña Hidratos de Carbono.

Tengo tanto hambre que, seguramente, acabaré comiéndome el plástico antes de la cita.

Bueno, si me como el plástico por lo menos no parecerán pasteles baratos de supermercado…

Baño María:
Cacerola grande de agua hirviendo preparada para meter dentro un recipiente más pequeño con el alimento que va a cocerse o calentarse. Hay que tener cuidado con la cantidad para que al hervir el agua no penetre en el cacharro pequeño. Con el baño María obtenemos una cocción lenta y melosa.

A veces, la vida también puede parecerse a un baño María: cuando uno menos se lo espera, se da cuenta de que está encerrado, atrapado en un sitio al rojo vivo del que no puede escapar. Y que se va cociendo lentamente en su propio jugo de desesperación…

Menudo guiso.

Menuda vida.

¡Sal corriendo antes de que sea tarde…!

Pues sí, mi profesora me ha invitado a comer, pero antes de eso ocurre algo extraordinario: me enamoro en la sección de congelados del súper. Quién me lo iba a decir a mí. Aunque, bien pensado, es casi lógico teniendo en cuenta que ese —subsección precocinados— es el único departamento de los ultramarinos que suelo frecuentar.

Pero descubrir el amor en la sección de congelados es casi tan raro como encontrar una lechuga en la carnicería. Sin embargo, ya he aprendido que todo puede pasar. Ahí está el perejil para demostrarlo: una hierba con el peor de los aspectos reinando en las pescaderías…

#HeQueridoBesarteDesdeQueTeHinquéElOjo

#SonríoAlPensarEnTi

#QuéTacañoEsElDestino

#QueNoMeDejaGuardarTuRespiraciónEnMiBoca

Cuando lo veo pasar, siento que a mi corazón le ocurre lo mismo que a una verdura cuando la pelan. Que se queda desprotegido, tiritando, sin defensas, listo para ser comido o pudrirse para siempre.

Jamás en la vida había visto un chico tan guapo como él, y creo que yo soy justamente el tipo de mujer en quien él nunca posaría su mirada.

#Ostras

Él es esbelto, y yo gordinflona. Él es alto, y yo también soy alta. Él va camino de la frutería, mientras que yo me encuentro encallada en la sección de pre-cocinados de naturaleza indefinible, de la que no conseguiré salir jamás ni con un plano lleno de emoticonos señalando los puntos más interesantes del lugar.

DICCIONARIO DE FIONA:

Cocina: extraño lugar de la casa que permanece desierto y donde se podría sacar fácilmente un dormitorio más, dado que es un espacio desaprovechado.

Sal: los olores desagradables de la cocina (a vacío, humedad, moho, etcétera) que se quedan pegados a las manos se quitan frotándolas con sal, como si fuese jabón, debajo del grifo. Luego se les aplica un poco de crema (a las manos, no al jabón ni al grifo), para que no se despellejen. Comprar sal para las manos da la sensación de que se es una cocinera experimentada, y es bastante barata.

#MeBeboTuMirada
#MeComoTuRecuerdo
#SigoConHambreYSed

Ese mismo día también recibí un paquete que contenía un libro que cambiaría mi existencia. E hice una tarta que variaría mi forma de comer (a la larga… y, de paso, a la ancha).

El chico del que me enamoré era un muchacho del que ya estaba enamorada sin saberlo, pero al que no había visto desde hacía mucho tiempo. Un chicarrón al que no reconocí en un primer momento. Pero cuya memoria fue viniendo gradualmente a mi cabeza, llenándome de confusos sentimientos.

Desde luego que mi amor era imposible. No había para mí nadie más imposible que él en el mundo.

#ElAmorEsComoElDesayuno=EnergíaParaTodoElDía

Mi gran problema. El mayor de todos.

¿Cómo intentar guardar un secreto en estos tiempos en que todo el mundo lo sabe todo sobre todo el mundo…?

Tengo diecisiete años y guardo un secreto terrible (la incapacidad de mi padre), un secreto que estoy dispuesta a defender con mi vida. Llevo años intentando que nadie conozca la verdad sobre su enfermedad (el maldito síndrome). Excepto mis mejores amigos, Carmen y Max.

Creo que nadie sospecha de mí. A pesar de que yo sea una persona de lo más sospechosa. No hay más que ver la cara que tengo. A veces, cuando paso al lado de un policía, tengo miedo de que me detenga, de que pueda leerlo todo en mi cara, redonda como un barreño de amasar.

Y mientras me defiendo de la curiosidad del mundo, intentando que los demás me dejen en paz, por lo menos hasta cumplir la mayoría de edad, recibo un agradable regalo sorpresa, una invitación a comer y el placer de enamorarme sin previo aviso de un guapo muchachote. ¡Todo en el mismo día!

No me doy cuenta hasta ahora, pero de alguna manera creo que mi vida está llena de misterios y extrañezas. Demasiadas para alguien tan tímido como yo, que tiene problemas con la comida, y con el mundo en general.

Pero ese extraño regalo y esa comida van a cambiar mi vida, aunque yo no lo sepa aún.

El amor también me transformará de forma casi mágica.

Notas de voz del móvil de Fiona:
Hummm, estooo… ¡Cállate ya, por favor! Fiona Bonet, tienes mucho por lo que cerrar la boca: para no comer en exceso y para no irte de la lengua.

La señorita Aurora, que es mi tutora, está guisando para mí. No recuerdo la última vez que alguien se molestó en cocinar para alimentarme, seguramente lo hizo mi madre antes de morir, de modo que ver a doña Aurora entre fogones me emociona. Si mi madre viviera, probablemente tendría más o menos su edad.

Tengo la rara sensación de que, cuando alguien prepara comida para otra persona, es porque la quiere. No sé si esta idea es mía, o a lo mejor es algo que he leído en un foro de internet, en bolsosparati.com, que está lleno de vídeos de gatitos con subtítulos donde se enuncian todo tipo de chorradas que parecen profundas, pero que en realidad tienen demasiadas faltas de ortografía para serlo.

Me siento abrumada por ese pensamiento y se me abre el apetito. Todavía más. Yo no como para vivir: como porque no sé hacer otra cosa. Quizás por eso me siento gorda como una vaca. Incluso he llegado a soñar que me convierto en una vaca. Una vaca con ojos melancólicos, que mira un prado inmenso y piensa «toda esa hierba me la voy a zampar yo», una pobre vaca que a pesar de ser herbívora está enorme, porque todo lo que come le engorda. Como a mí.

Hermana vaca, entiendo tu filosofía.
Hermana vaca, nadie te comprende como yo.

#LasVacasSonMisMejoresAmigas
#LasVacasSonSagradas
#TeAdoroYTeDoroAlHorno

En la cocina de mi profesora hay instrumentos que jamás había visto. Me los va señalando y nombrando según pasamos por delante: una olla para el cocido, dos cacerolas para diversos usos, sartenes, una cazuela de hierros esmaltados, dos fuentes para horno de cristal y esmalte, una fuente redonda y otra ovalada, un hervidor de leche, una olla especial para calentar agua…

Hay también una olla exprés y un escurreplatos con pies. No tenía ni idea de que los escurreplatos tuvieran pies. Supongo que así pueden salir corriendo cuando la carga es demasiada para su débil constitución. Tengo la impresión de que el escurreplatos de la señorita Aurora está mucho más preparado para afrontar la vida moderna que yo misma.

La tía de la señorita Aurora fue cocinera. Ahora da cursos de cocina. Las dos viven juntas en este piso alquilado donde la luz entra como si la metieran a patadas por las ventanas. Es un sitio agradable, está limpio, se nota que aquí viven dos mujeres aficionadas a la cocina.

Mientras la tía Mirna se mueve a nuestro alrededor como si se dispusiera a cachearnos, cuenta que en enero las aves y la caza abundan.

—O al menos así era en mis tiempos, cuando los pollos todavía no estaban hechos de plástico.

—¿Los pollos están hechos de plástico? —pregunto yo, y a mi cabeza acuden pensamientos terribles. Cielo santo, ¿qué es lo que he estado comiendo yo todos estos años, y qué efecto va a…?

—Es una manera de hablar, pequeña. —Mirna pone freno a mi imaginación, que es de natural desenfrenada—. Quiero decir que esta manía que tenemos en la actualidad de comer animales que han sido criados de manera infeliz no nos puede aportar nada bueno. Antaño un pollo cuando llegaba a la mesa había tenido una vida. Era un animal *con pasado,* como se decía de las cabareteras de mi época. Los pollos y las cupletistas se parecían en eso. Habían vivido, habían amado, habían picoteado por ahí… Sin embargo, hoy día esos pobres infelices acaban retractilados en la nevera de un supermercado sin saber muy bien qué ha ocurrido desde que abandonaron el huevo hasta que los filetearon. ¿Te imaginas que fuese verdad que nos reencarnamos en animales? ¿Qué clase de ser despreciable e inmundo habrías tenido que ser para reencarnarte en un pollo moderno…? Nadie se merece algo así.

Mirna, la tía de la señorita Aurora, no para de hablar de comida. Yo salivo, se me hace la boca agua con los olores que desprende esta estancia agradable llena de cacharros, de boles, de recipientes con especias dispuestos para condimentar un banquete medieval por lo menos. Un convite de bodas de los reyes de Inglaterra. Algo así.

Verduras variadas, coles y espinacas, zanahoria y escarola, alcachofas, lechuga, apio, peras, plátanos y mandarinas, pomelos y manzanas, pescados y mariscos…, la cocina de la señora Mirna está mejor surtida que el supermercado. Que un cuartel del ejército (celestial).

CONSEJOS DE LA TÍA MIRNA (subido a Facebook):
Un excelente remedio para calmar la jaqueca es tomar una tacita de té verde con un buen chorro de ron. Claro que esto —es una pena— solo es apto para los mayores de edad, o sea: para personas de sesenta y cinco años en adelante.

Solo con pensar en la comida, ya engordo. Y mirarla es para mí como tratar de digerirla con los ojos. Creo que estoy engordando porque estoy comiendo con los ojos. Aunque supongo que esa es la excusa que ponemos todos los gordos cuando alguien nos pregunta por nuestro peso o hace un comentario al respecto. «No, si yo no como nada, pero engordo y engordo…».

Lo que escucho a menudo —normalmente dicho a mis espaldas, o cuando creen que no lo oigo— es: «Qué lástima, con lo mona que es y lo gorda que está».

Apoyo mi vaso con refresco de cola en la encimera de mármol. El cristal deja un cerco en la piedra, y trato de frotar para que se vaya, pero no sale.

—¿Te gusta la merluza bien hecha, o tierna? —me pregunta Mirna, situándose entre doña Aurora y yo.

Mirna es una señora de edad. Cuando digo «de edad» quiero decir que parece que la tiene toda para ella, toda la edad. Luce un engañoso aspecto de hada buena, pero posee una mirada escamada, como si acabaran de darle un sablazo por la calle y sospechara que la siguiente en querer timarla serás tú. O sea, yo.

—Tierna estaría bien —respondo, rauda. Qué diablos, puesta a querer algo, que sea tierno por lo menos…

Me preguntan si me gusta la cebolla.

Detesto la cebolla.

—¡Me encanta la cebolla! —miento como una bellaca.

Ser una bellaca es casi un oficio para mí. No tengo otro remedio. Estoy acostumbrada a no decir toda la verdad. No me gusta hacerlo, pero las circunstancias me obligan. Las mentiras son parte de mi camuflaje. Tengo que protegerme para que el mundo me deje en paz. Para que nadie rompa mi familia. Pienso en mi padre, que está solo en casa como de costumbre, y así consigo reforzar la idea de que está justificado que mienta de vez en cuando. Incluso respecto a cosas en las que no merece la pena mentir, porque son tonterías del tipo «me encanta la cebolla». Así que me siento como Anakin Skywalker en *Star Wars*, víctima de una gran injusticia y con derecho a mentir sobre la cebolla. Ni siquiera caigo en que, después de mi mentirijilla, me veré obligada a tragarme la maldita cebolla sin rechistar.

¿Se puede ser más lerda?

#LasMentirasHacenSurfPorMiCaraDura
#QuéPasaSiSoyUnaEquilibristaDeLaMilonga

Después, me siento tan culpable que, más que decir una mentirijilla, me parece que acabo de atracar un banco. Porque aquí estoy yo, mintiéndoles a estas dos mujeres que han tenido la amabilidad de invitarme a comer.

Soy lo peor de lo malo. Soy como la sección de saldos del bazar de mi barrio.

Y ahora tampoco recuerdo muy bien qué cosa es una merluza. ¿Un insulto…? ¿Un síntoma de embriaguez…? ¿Un estado del Facebook…?

Bah, tonterías…, sé lo que es una merluza, pero hace tanto tiempo que no me como una que ni siquiera recuerdo qué aspecto tiene.

Esta ignorancia mía la achaco a carecer de progenitores que me enseñen las cosas de la vida. Buscar culpables se me da bien, como a la mayoría de la gente de mi edad. Y de las otras edades. Es decir, como a todo el mundo.

Y, sí: oh, cielos. Se me había olvidado contar algo sobre mi edad: ¡hoy, día uno de enero, cumplo diecisiete años! Estreno cada año con nueva edad. Mi año empieza de verdad todos los primeros de enero.

Pese a mis ganas de ser mayor de edad, tengo que confesar que también me siento vieja. Un poco menos que Mirna, he de decir. Pero ya voy para arriba. Anda que no. Lo que no me impide desear con pasión que llegue mi próximo aniversario: ese día seré mayor de edad y podré terminar con una vida que no me gusta, que me inquieta. Toda esta farsa me pone nerviosa. Como, mastico y trago para olvidarla, pero no lo consigo, tan solo logro tener un poco más de hambre.

Cuando ninguna de las dos mujeres me está mirando, consulto el teléfono móvil —es de mi padre, la compañía de teléfonos se lo envió a él, por ser un cliente ejemplar, pero ahora es mío porque mi padre no recuerda, entre otras cosas, que existen los teléfonos—; me conecto rápido y voy buscando en internet fotos de merluzas. Foros de merluzas. Club de fans de las merluzas. Señoras y señores que parecen merluzas…

Suspiro aliviada al mirar una imagen de ese pescado con forma de pescado. Es estupendo cuando las cosas se parecen al género al que pertenecen. Que un perro parezca un perro, un pez parezca un pez, y una persona tenga aspecto de serlo, me gusta. Algo que no siempre ocurre, como todos sabemos. Gracias al cielo, algunas cosas son lo que parecen. Lo cual es un consuelo en un mundo en el que nunca puedes estar segura de nada al cien por cien.

#MePareceQueEstoNoEsLoQueParece
#PeroEsLoMásParecidoQuePuedeParecer

Merluza también puede ser una cogorza de alcohol barato, me digo con una sonrisa leyendo un diccionario *online*.

Luego encuentro un tutorial que me explica cómo eliminar las manchas ligeras producidas por los vasos sobre el mármol.

Digamos que Google es mi niñera.

No está mal, no me quejo: es complaciente y siempre tiene una respuesta a punto, por peregrina que sea. No se escandaliza ni aunque le introduzca la palabra «porno» en su ventanilla mágica. La ventana por la que suelo ver el mundo.

No sé si será una aberración, pero me he criado leyendo algunos libros clásicos juveniles que había en casa, y entrando mucho en forocoches.com y en zapatosybolsos.com.

Y aquí estoy, ¡tachán!, un ejemplo de que la vida puede ser más cruel de lo que imaginamos. Lo admito, mi guía moral no es la religión, ni unos padres amorosos, sino Yahoo Respuestas.

(Hago lo que puedo).

#NoTodosTenemosLaSuerteDeSaberSonreír
#MiMamáNoMeMima

Por cierto, para miradas, la de Mirna.

La señora tiene el aspecto de una de esas personas que, cuando mandan callar a todo el mundo a su alrededor, se apaga hasta el wifi.

Mientras mira hacia atrás como si sospechara que me dispongo a atacarla a traición, me enseña cómo preparar un dulce de almendras. Es la primera receta de cocina que aprendo a hacer en toda mi vida y, por alguna sorprendente razón, en cuanto acabamos sé que nunca la olvidaré.

Aurora se queja antes de empezar.

—Tía, no deberías… ¿No te parece que nuestro dulce de almendras tiene demasiadas… calorías para Fiona? —regaña dulcemente, valga la redundancia, a su tía.

#PiensasQueEstoyGorda¿Eh?
#PuesEsperaAQueTermineConLaFabada
#(TengoCaloríasParaCompetirConElCalentamiento-
Global)

Sé lo que se oculta tras ese reproche, lo que la venerable profe quiere decir es: «Oye, querida tía, esta niña ya está muy rolliza para que tú la andes cebando, ¿no crees?», pero hoy día todo el mundo es demasiado correcto para llamar a las cosas por su nombre.

#LlámameTonelMariTonel
#SoyLaAgenteBotijo

Esa es mi vida.

Una vida de mentiras, extracalórica.

Esa es la tónica (sin ginebra) de mi existencia. Por eso estoy expandiéndome como el universo, porque en el fondo no soporto vivir entre tanta hipocresía.

—Bah, tonterías. —Mirna da un manotazo al aire con un cucharón de madera, y Aurora se retira como si estuviera ante una mortífera espada—. Mira a la chiquilla. Tiene cara de necesitar comer algo dulce, guisado con amor. Además, hoy es su cumpleaños.

Aurora se encoge de hombros.

De modo que Mirna me enseña a preparar una receta que me acompañará toda la vida, aunque ahora no lo sepa.

Me pone los ingredientes delante, en la enorme encimera, y me va diciendo qué tengo que hacer con ellos.

Cuando cojo un huevo lo miro igual que un *Homo antecessor* miraría a la piedra filosofal.

Mi primer impulso es googlear qué es, de dónde viene, qué significa y qué puedo hacer con un huevo, pero Mirna me da un ligero coscorrón y, con el ceño fruncido, me ordena seguir sus instrucciones.

Estoy aterrorizada, pero consigo sacar fuerzas de alguna parte. Supongo que de la cnorme e inútil reserva de grasas polisaturadas que almaceno en mi trasero.

—Esta receta es sencillísima de hacer. Necesitas seis huevos, cuatrocientos gramos de azúcar, que sustituiremos por unas cucharadas de Abedulce, azúcar de abedul, especial para diabéticos; veintinueve galletas maría, dos vasos de leche, un vaso y medio de almendra molida y caramelo líquido. Ahí lo tienes todo. ¿Lo ves?

Asiento, aunque me gustaría salir corriendo.

¿Qué es esto, un examen? ¿Me pedirá la señora que le diga ahora a qué velocidad viajan las galletas maría por el intestino grueso, cuántos vasos de leche quedan después de una invasión alienígena y qué cantidad de almendra molida se necesita para empolvar la corteza terrestre…?

No se me olvida que Aurora es mi tutora en el colegio, y Mirna, su tía soltera. Un respeto. El miedo me hace ser más respetuosa con la autoridad que al resto de chicos de mi edad, que no se detienen ni ante un semáforo en rojo.

—A las mujeres como yo, antiguamente nos llamaban «solteronas». Pero si tú te atreves a hacerlo, no tendrás la oportunidad de ir a contarlo por ahí, ¿me entiendes?

—Sí, señora…

(Glup).

Seguro que quiere también que le diga qué cantidad de grasa supone para mis jóvenes arterias todo ese material explosivo que tengo delante.

—Vamos, enciende el horno. Lo precalentaremos a ciento ochenta grados.

Obedezco, escamada. ¿Los hornos se pueden encender? Siempre había pensado que el que tenemos en casa servía para guardar los libros del colegio y que no estén rodando por la casa. Hasta ahora, me las he arreglado con el microondas.

—Ahí tienes un molde, pon un poco de caramelo líquido en el fondo. Así, nooo… No te pases. Ya está bien. Un par de chorritos bastarán.

Miro el caramelo líquido, oscuro y espeso, que hace formas locas y bonitas sobre el metal del molde. Me gusta la sensación que produce mirar el caramelo deslizarse, libre, tostado y caprichoso. Huele bien, además.

—Muy bien, Fiona. Ahora vamos a poner el resto de los ingredientes, todos juntos, dentro de este recipiente. Eso es… Después, con la batidora, los mezclamos. Huevos, y en vez de azúcar le pondremos ese Abedulce que te he dicho, azúcar de abedul, para que tu señorita deje de protestar acusándome de cebarte. El Abedulce es como el azúcar, endulza igual, o más, pero engorda y atasca las arterias muchísimo menos. Hay que tener cuidado de no echar demasiado. Así, con esto será suficiente, ¿ves? Luego tenemos que añadir la almendra, las galletas troceadas y la leche. Estupendo. Se te da muy bien manejar la batidora, ¿lo habías hecho antes?

—No, para nada —respondo, acuciada por una de las miradas recelosas de Mirna—. Es la primera vez.

A lo largo de mi vida, he tenido las mismas oportunidades de usar una batidora que de conducir el *Challenger.*

Sujeto un huevo entre los dedos y se me cae al suelo dejando un pringoso charco amarillo y de color traslúcido. Pero... ¿por qué me darán a mí un huevo? Yo no sé qué se puede hacer con las cosas reales. Solo sé utilizar las que se googlean. Meter un huevo en Google es mucho más fácil que romperlo y luego batirlo. Yo no estoy capacitada ni siquiera para meter un huevo en la nevera, mucho menos para hacer con él una tarta...

Estoy segura de que me van a echar una bronca por romper el huevo, pero Aurora se limita a limpiarlo y me dice que continúe con la clase de cocina.

La miro embobada. No soy capaz de ayudarla a limpiar.

Me siento patosa. Soy un desastre. Intento mantener las cosas juntas, incluida mi familia, pero al final lo acabo rompiendo todo.

Además, a partir de ahora, ni siquiera podré presumir de no haber roto un huevo en mi vida.

—Ahora echa la mezcla sobre el molde, encima del caramelo líquido. Muuuuy bien. Así está perfecto —me anima Mirna—. Ha llegado el momento de hornear al baño María.

¿El baño María? ¿Qué está insinuando esta mujer?

—No pongas esa cara, mujer. El baño María es una manera de hornear. Así, ¿ves? Tomamos un recipiente más grande, le ponemos tres dedos de agua. Luego metemos dentro el otro recipiente, el que contiene nuestro batido especial. Lo metemos todo con cuidado en el horno. Ten cuidado, Fiona. He dicho «con cuidado». Procura que no salpique agua en nuestro pastel. ¡Aaaasí…! Listo. Ahora cerramos la puerta del horno y esperamos unos cuarenta y cinco minutos a que esté hecho. ¿Te has dado cuenta de lo fácil que es? Solo tienes que mezclar los ingredientes y hornear.

Cuarenta y cinco minutos más tarde a mí me había dado tiempo de ayudar a poner la mesa y conversar largamente con la señora Mirna y la señorita Aurora. O de escucharlas, más bien, porque no soy muy habladora cuando estoy delante de los adultos.

Según su sobrina, Mirna es «algo mayor» y por eso a veces no sabe cómo tratar a los jóvenes.

Acabo de descubrir un nuevo significado de la palabra «algo». También de la palabra «mayor».

—Tú no te preocupes, querida. Puede que yo no sepa tratar con niños y jovenzuelos, pero eso no me impide hacer una vida perfectamente normal. —Mirna me da una palmadita en la mejilla con una mano mientras sostiene un jerez con la otra—. Además, todo eso me da igual. He decidido que ya no quiero tener hijos.

CONSEJOS DE LA TÍA MIRNA (subido a Twitter):
La vida es como un buen pudín de mermelada: se necesita contar con una cantidad mínima de *pasta* para que salga bien.

Cuando sacamos el dulce del horno, está caliente, pero Mirna me deja probar un poco.

Me quedo estupefacta.

—¿Qué tal está?

—¡Delicioso!… —Apenas puedo hablar por la emoción. Y porque tengo la boca llena.

No me puedo creer que esté tan rico.

Es una especie de flan, pero también de tarta. Una mezcla curiosa. No recuerdo haber comido nada tan auténtico en mi vida. Quiero decir que parece… comida de verdad.

—¡Y lo has hecho tú! —sonríe Aurora. Creo que es mucho más joven de lo que incluso ella misma imagina.

—Es una receta sencilla. La almendra molida la puedes comprar en el súper. La venden en bolsitas. Y el Abedulce lo tienen en los herbolarios y parafarmacias —añade Mirna, luego se inclina hasta mi oído y siento un suave olor dulzón a vino. Baja la voz como si fuese a contarme un secreto tremendo. Algún tiempo después me daré cuenta de que, en realidad, de eso se trata: de un maravilloso secreto que esta estrafalaria mujer está compartiendo conmigo, a pesar de que acababa de conocerme y no tendría por qué preocuparse lo más mínimo por mi persona—. Pero en verdad la almendra no importa, porque el ingrediente secreto de esta tarta es… ¡el amor! Y se lo has puesto tú. Si para cuando terminemos de almorzar está fría, la tomaremos de postre. ¡Eres una gran cocinera, Fiona!

Me encanta la gente que miente tan bien.

La señorita Aurora asiente, me dice que su madre también guisaba de forma extraordinaria. Que le decía que los buenos cocineros siempre ponen cariño en todo lo que hacen, porque quien guisa con descuido y de mala gana, nunca consigue que la comida salga buena. Que por eso la comida basura engorda y sienta mal: porque la han guisado con descuido, tratando de hacer negocio y no de hacer feliz a quien se la come.

Yo las miro a ambas con la misma cara que si acabasen de hablar en sánscrito.

El amor. El amor, dicen…

#SecretosParaAdelgazar:SustituyeElAzúcarPorAmor
#ElAmorAdelgaza
#LoDulceEsElAmor
#Correspondido

El amor, que yo sepa, no es algo que se pueda meter en un molinillo, no cabe en un colador chino ni en una espumadera. Y sin embargo doña Mirna me está diciendo que sí, que el amor es un ingrediente imprescindible para cualquier comida digna de ese nombre.

Y lo dice incluso con esa cara de estar amonestándome.

La miro como si estuviera completamente chalada. (Seguro que lo está).

Pienso que deberían oír a mi padre hablar sobre el amor. Desde que tuvo el accidente, no para de soltar frases sobre el tema. Mi amiga Carmen dice que mi padre parece una galleta china.

Pobrecito, ahora mismo estará comiendo solo en casa. Le he dejado preparado una especie de bollo congelado de enigmático contenido. Tengo la impresión de que lo mismo puede estar hecho de carne guisada y verduras que de hojalata oxidada bien macerada en alcohol para uso veterinario.

—¿Y quieres saber otro secreto, quieres saber cuál es el secreto de que, a mi edad, tenga este cutis tan terso? —añade Mirna, susurrando y guiñándome un ojo que parece una pequeña cortina que se cierra en lo alto de su cara de constante mosqueo.

Asiento enérgicamente.

—Pues claro.

—Me pongo en el rostro una crema fuerte para talones agrietados que venden en la farmacia.

La miro sonriendo, alucinada.

Esta mujer me parece de verdad interesante.

Es cierto que da un poco de miedo por ese aspecto que está a camino entre el de una bruja y un hada, según riña o sonría, y porque siempre está rodeada de cacerolas humeantes. Pero a pesar de su frecuente gesto huraño y ceñudo, a pesar de que está soltera y dice que ya ha renunciado a tener hijos, es una mujer que habla del amor como un ingrediente secreto.

Eso me hace mirarla de otra manera.

A papá le gustaría conocerla, si estuviera en su sano juicio. Si estuvieran cuerdos —ella y él—, serían excelentes amigos.

—No creas, no resulta barata… —me aclara ante mi gesto de, imagino, profunda estupefacción—. La crema para talones, digo.

—Ya.

—Espero que hayas disfrutado del almuerzo de Año Nuevo.

—Sí. Guau. Totalmente.

Aderezar:
Disponer con arte los alimentos sobre la fuente para servirlos, condimentar los manjares.

También es posible aderezar la vida, de igual forma que hacemos con un plato que vamos a servir a nuestros invitados. Aderezos de tu vida son tus amigos, por ejemplo. Una vida sin amigos es como una vida sin amor: sosa, seca y carente de gracia.

Tengo que reconocerlo. Ha sido la mejor comida de mi vida. Incluso la merluza me ha parecido exquisita. No estoy acostumbrada a comer comida «real», solo los platos precocinados y los burritos congelados a los que me he aficionado en los últimos... cinco años.

Estoy tan agradecida a Aurora y a su tía que me siento culpable por haber dejado una mancha en la cocina con el refresco. ¿Qué puedo hacer para eliminarla?

Agarro mi súper teléfono y hago una consulta rápida en internet. Antes tenía un *sillyphone,* ahora tengo un *smartphone.*

Encuentro una página en la que recomiendan limpiar la mancha con «dos cucharaditas de bórax disueltas en algo más de un cuarto de litro de agua».

Pero ¿qué demonios es el bórax? ¿Algo sexual...?

—Fiona, guarda el móvil, por favor, todavía estamos a la mesa... —me ordena Aurora—. ¿Tu padre no te ha enseñado que no se puede usar el teléfono mientras una está comiendo? Es una falta de educación. Hoy día, los modales en la mesa son distintos de los de hace unos años. Ahora, consultar el teléfono mientras estás comiendo con otras personas es de tan mala educación como antaño sorber la sopa.

Ah, pero ¿la sopa *no* se puede sorber...?

#NadaComoBeberTeALasCinco
#PeroSobreTodo:NadaComoComerTeACualquier
Hora
#NadaSabeTanDulceComoTuBoca
#ExceptoTusDientes

¿Mi padre?, ¿dice que me regañaría mi padre...?, pienso sin decir nada.

Mi padre y yo no nos sentamos juntos a la misma mesa desde hace casi un lustro. Raramente podría enseñarme modales, el pobre. No sirve de nada comer junto a él. Yo suelo atiborrarme a solas, y luego le ayudo si veo que no come por su cuenta, porque se sienta desganado. La mayor parte del tiempo tampoco tiene mucho apetito. Él no tiene hambre, y yo me muero por masticar. Por engullir.

En este momento lo echo terriblemente de menos mientras me pregunto qué hago aquí, celebrando mi cumpleaños en casa de mi profesora. Me siento como la protagonista de uno de esos cuentos infantiles que siempre parece idiota.

Para colmo, noto un punzante dolor en el carrillo derecho. En la mitad de la cara me ha salido la hija de la madre de todas las espinillas. Maldición.

—Y, hablando de tu padre… —Doña Aurora hace una afectada mueca de preocupación. Se nota que da clases en una escuela en la que le pagan por fijarse atentamente en los alumnos—. Me he dado cuenta de que nunca aparece por el colegio. No viene a las reuniones de padres de alumnos ni a…

—Está muy ocupado —la interrumpo con la misma cantinela mentirosa que llevo soltando desde hace cinco años.

Al fin y al cabo, pagamos los recibos de mi educación puntualmente, ¿no? ¿Qué pasa si mi padre no da señales de vida?

Procuro aprobarlo todo y no llamar la atención. En este tiempo he perfeccionado la técnica de pasar inadvertida hasta el punto de que podrían confundirme con un poste de teléfonos pese a que abulto y destaco lo mismo que un rinoceronte en una piscina municipal.

—Pues a mí me gustaría verlo. No, no te agobies, sin prisa… Conocerlo por fin. Creo que es viudo, ¿no es así? Siento mucho mencionarlo, ya sé que para ti no es agradable que te lo recuerden.

—Sí. —Bajo la mirada y miro el teléfono, que parece un cadáver metálico entre mis manos regordetas.

Mi madre…, todos los días de mi vida pienso en mi madre, y todos los días de mi vida me doy cuenta de que nunca más volveré a verla. ¡Como si fuera la primera vez…!, me sorprendo de la misma manera que en el momento en que supe que jamás volvería a verla.

Me entra la paranoia y sospecho que, como estoy gorda, he acabado llamando la atención. Justo lo que no quería hacer. Los gordos somos un blanco perfecto. La clase de personas que darían lo que fuese porque nadie las mirara y… ¡mira tú!

La señorita Aurora, que nos da clases de Ciencias, nos dijo en clase que hoy día casi todos los obesos son pobres. Que la obesidad es síntoma de pobreza porque solo los pobres se alimentan mal. Que los ricos se cuidan, procuran estar delgados y saludables. Solo los pobres comen basura barata. Los pobres y la gente que tiene problemas que no consigue solucionar. (Me digo que yo pertenezco a las dos categorías. Más o menos).

—Insisto, Fiona: me gustaría ver a tu padre y tener una pequeña charla con él. Solo llevo un año dando clases en esta escuela, pero por lo que me han dicho hace más de cuatro que tu padre no aparece por allí. Es cierto que teniendo en cuenta el accidente y todo lo que...

—¡Se lo diré! Aunque no creo que... —la vuelvo a interrumpir, demasiado rápido, quizás.

Seguro que la he mosqueado. Pero es que el tema me pone nerviosa. Muy nerviosa. Al fin y al cabo solo falta un año para mi mayoría de edad. Tengo que superar este año como sea. ¡Como sea! Y cuando digo como sea es como sea. Y eso es algo que no admite discusión.

CONSEJO DE LA TÍA MIRNA (no subido a Facebook): Cuando comes solo, comes más que cuando comes acompañado. La compañía de la familia y los amigos alimenta más, llena más y engorda menos que la comida.

Me siento rara.

En primer lugar no sé para qué me ha invitado mi profesora a comer. Cuál es su motivación oculta.

Vale, es mi cumpleaños, pero no suele ser habitual que los profesores vayan por ahí invitando a los alumnos a su casa, y mucho menos en vacaciones de Navidad. Sin embargo, Aurora tampoco parece ser una profesora al uso. Estamos acostumbrados a otro tipo de maestros.

Es una mujer dulce, de apariencia maternal a pesar de que está soltera como su tía Mirna, y de que no parece que tenga intención de ser madre próximamente. O quizás ya no pueda, a su edad. No sé, soy muy mala calculando la edad de los adultos. Difícilmente consigo calibrar la mía propia. Aurora me parece muy joven unas veces y otras demasiado mayor. Debe andar entre los quince y los setenta y cinco años. O sea, de la edad de mi madre, si viviera para contarlo.

Me pregunto si sospechará algo.

Seguramente sí.

#FionaLaParanoicaSePersigueASíMisma
#Ajá¡¡¡MePillé!!!

Cuando salgo de casa de Aurora y Mirna, me siento confundida. Observo a mi alrededor los grandes bloques de pisos de nueva construcción.

Todas las calles parecen la misma calle, todos los edificios el mismo edificio. Este es uno de esos barrios nuevos que han crecido al margen de la ciudad y que se han convertido en una pequeña ciudad en sí mismos.

Todavía me acuerdo de mi madre cuando decía que aquí íbamos a encontrar todo lo que la ciudad no nos podía dar, todo lo que se negaba a ofrecernos. Parques y jardines, buenos colegios que compartiríamos con los hijos de las ricas urbanizaciones vecinas, y aire puro para que crecieran los niños como yo.

Lo que veo ahora mismo es un espacio monótono y no tan tranquilo y sano como mi madre soñaba.

Consejos de la tía Mirna (subido a Twitter):
Si solo comes comida procesada, nunca sabrás lo que comes.
Alejarse de los fogones solo lleva al camino de la soledad.

He quedado con mi mejor amiga, Carmen, y me dirijo a su encuentro con una sensación de ligereza que no tenía desde que puedo recordar. Por lo general, después de comer siento una enorme pesadez, como si cargara con el mundo sobre mis espaldas. El pastel estaba delicioso, y además lo he preparado yo, con lo cual sabe todavía mejor y pesa menos, según Mirna.

Es curioso, por primera vez en mucho tiempo me siento saciada. Normalmente, después de comer noto una ansiedad que me hace creer que tengo hambre todavía. La comida no parece hartarme, a pesar de que por mi aspecto cualquiera lo diría.

Me pregunto si es verdad que la tarta que acabo de comer está hecha con amor. La he hecho yo y debería saberlo, pero me siento confusa al respecto.

Mientras camino, consulto Yahoo Respuestas.

Hay un tipo que pregunta si después de comerse cuatro chocoflanes y cinco tamales regados con dos vasos de chocolate caliente tiene algunas posibilidades de engordar.

Las respuestas me dan miedo.

Por ejemplo, Santi, de México D. F., le ha contestado: «Pues mira, so trucho, para empezar el cuerpo humano no soporta que lo traten bruscamente, comer tanto y de golpe no solo afectará a tu salud, sino que te vas a convertir en una bolsa de grasa caminante. A largo plazo, irás enfermando de hipertensión, diabetes, colesterol y tantas cosas que afectarán a tu estilo de vida… ¡Al menos tómate una bebida *light* para compensar, tío, no seas kamikaze!…».

Me digo a mí misma que tengo que dejar de mirar Yahoo Respuestas. Está influyendo demasiado en mi vida. Pero es como una droga, o como una comida preparada con ingredientes adictivos: difícil de abandonar de un día para otro.

#ElChocoFlanDeTuBoca
#DaleAlegríaATuEstómagoMacarena
#TengoUnaEspinillaQuePareceUnLichi

Me encuentro con mi amiga Carmen en un bar que hay cerca de nuestras respectivas casas y le cuento mi comida con Aurora y su tía.

—Si quieres saber mi opinión, estás jugando con fuego —dice, mirándose las uñas como si se las fuese a comer. De hecho, las ataca enseguida.

—Bueno, pues menos mal que no quiero saber tu opinión. Y deja de comerte las uñas, por favor. Busca algo más nutritivo. Un chocoflán, o algo así.

—Según como lo veo, hay que salir por piernas y alejarse todo lo posible de los profesores. Y mucho más en tu situación. Como descubran la forma en que vives, estás perdida. Y tu padre también.

Carmen parece que ha salido del túnel del tiempo. Es una especie de fotocopia de su madre, que era *punky* allá por los años ochenta y tenía entonces la misma edad que su hija ahora. Es la chica *Vintage*. Lo que más me gusta de ella es la seguridad en sí misma. No se asusta ante nada. Es lo que ella quiere ser. Dice que no le importa lo que digan los demás, aunque luego se pasa el día tratando de enterarse de todo lo que ocurre a su alrededor sin perderse ni un detalle y haciendo un profundo análisis de texto de todos los comentarios que recibe por sus fotos en Instagram.

Tiene mucha suerte a la hora de vestirse porque posee un cuerpo normal. Con esto quiero decir que usa la talla 38, o 36. Con uno de mis pantalones vaqueros ella podría confeccionarse fácilmente una tienda de campaña y pasar ahí, bien protegida, todos los crudos inviernos de su juventud.

Lleva el pelo a lo mohauk, con unos picos de indio teñidos de azul por las puntas. Pero eso solo por la parte de arriba, la de abajo la ha dejado de forma natural, o sea, de color rubio ceniciento.

Se maquilla con colores rosas, verdes, azules… Y se pone tanto rímel y delineador que parece un faraón.

Quería hacerse un tatuaje, pero a pesar de que su madre fue una *punky* en su juventud, resulta que no es lo bastante moderna y le ha prohibido cualquier dibujo en su cuerpo que no pueda quitarse con agua y jabón. De manera que ella, que no se arredra ante nada, suele dibujarse con rotulador partes de su cuerpo que normalmente no quedan a la vista.

Siempre le pregunto para qué quiere tener todos esos diseños en su cuerpo si nadie puede verlos. Y ella responde que le basta con saber que están ahí.

Sus duchas son una epopeya, todo hay que decirlo.

Suele vestir con una chamarra de cuero de su madre que ha adornado con pines, *zippers* y parches comprados en los bazares chinos, además de los logotipos de algunas bandas que están pasadas de moda hasta para su mamá. Pero Carmen dice que son clásicos. The Ramones, The Sex Pistols, etcétera. Y algunas más actuales, como The Dead Kennedys, Bad Religion o Black Flag.

Hoy, cuando me la encuentro, lleva una camiseta llena de cortes que ella ha unido con una fila de imperdibles. La metió en la lavadora y puso algo más de lo recomendado en la dosis de lejía. Teniendo en cuenta que la camiseta era negra cuando entró en la lavadora, mirarla ahora es aceptar con humildad, gracias al poder blanqueante de la lejía, que las cosas pueden cambiar en un instante.

Echamos a andar la una junto a la otra, hablando de chicos y comida. Primero la comida y luego los chicos. Por orden de prioridad.

—Si tienes dieciséis o diecisiete años y eres la única persona cuerda que queda en tu familia, como es mi caso y el tuyo… —después de contarle mi experiencia en la cocina de Mirna, me suelta también su discurso; está parlanchina hoy—, mi consejo es que aprendas a cocinar. Es sencillo, créeme. A mí nadie me ha enseñado y puedo hacerlo. Y si yo soy capaz, tú también. No es que haya aprendido en los programas de cocina que dan por la tele, aunque reconozco que en un determinado momento inmaduro de mi vida me sirvieron de cierta inspiración.

—No me digas.

—Sí, pero mi secreto es hacerlo todo con un poco de aceite de oliva, agua, una pizca de sal y limón. Pongo una sartén, le añado un chorrito de aceite. Coloco encima la carne, o el pescado, en crudo. Lo pongo al fuego un par de minutos, entonces le añado un chorrito de jugo de limón y dejo la cosa a medio cubrir con agua.

Luego aliño con una pizca de sal y las hierbas aromáticas que tenga a mano.

—Suena bien.

Por un momento, tengo una horrible y patética visión de mí misma, atracándome, a solas y a oscuras en casa, mientras veo por la tele el *reality Hambrientos y desnudos en la jungla*.

Me comería un anuncio plastificado del *burger* y me sabría delicioso. Lo juro por mi cuenta de Instagram.

—Cuando el líquido se ha evaporado de la sartén, la comida está preparada. Sirve para guisar cualquier cosa que a una se le ocurra, desde marisco con cara de estar pasándolas canutas, hasta unas patatas pochas. Este truco valdría para convertir en comestibles unos cromos viejos. Gracias a que encontré por mí misma esta fórmula mágica en la cocina, pude sobrevivir en mi juventud. De no haberlo hecho, seguramente hace tiempo que habría perecido de inanición: ¡en mi casa nadie cocina, por Dios santo! Mi madre es una *punky*. Cocinar le parece una actividad innecesaria para vivir. «¿Te imaginas a Sid Vicious cocinando…? Venga, anda…», suele decir, «toma dos euros y ve a comprarte unos doritos al quiosco de la esquina…».

La miro con cara triste y seria, y ella ya sabe que ha metido la pata. Siento ponerme tan quisquillosa con este asunto, pero es lo que siento. Y como decía mi madre, nadie puede luchar contra lo que siente. O, bueno, sí puede luchar, pero normalmente pierde.

—Sí, vale, perdona, ya sé que tú no tienes madre y que por eso yo no debería quejarme de la mía… Pero que tú no tengas madre no quiere decir que todas las madres del mundo sean perfectas. La mía, desde luego, no lo es. Ya la conoces. La última vez que entró en la cocina, el horno todavía funcionaba con carbón y había un esclavo que lo atizaba.

#LaTortillaDePatatasEsMiAmanteSecreta
#SaborATi
#¿QuéLeDiceLaSarténAlCazo?
#ChatoEstoyQuemada

Carmen lleva unos vaqueros que ha cortado ella misma haciéndoles unos cuantos agujeros y escribiendo en ellos con rotuladores de colores chillones. Cree que las rasgaduras largas y verticales en la parte frontal de los jeans la hacen parecer más madura. Hoy lleva unos leotardos debajo, de color amarillo chillón. Recuerdo habérselos visto cuando íbamos al colegio, en primaria. Deben estar hechos de la lana más flexible del mundo.

—Tía, tienes que confesar. Me da miedo esta situación, no aguanto la tensión. Y si yo no puedo aguantarla, imagínate tú…

¿Tengo que confesar? Lo dice como si yo hubiese cometido un crimen.

—¿Y qué quieres que confiese?, ¿pretendes que le cuente a la gente que vivo sola con mi padre desde los doce años, desde que mi madre murió?

—No, eso no, eso ya lo saben.

—Venga ya.

—¡Venga ya tú…! Lo que no saben es que tu padre no está, ni ha estado nunca, desde aquel accidente maldito, en condiciones de hacerse cargo de ti.

—Nos las hemos arreglado bastante bien hasta ahora.

—Sí, pues cualquiera lo diría.

#NoVolveréAAtiborrarmeDeHeladoHastaQueLas-VacasDenLecheEnPolvo

Mientras hablamos, nos vamos acercando sin darnos cuenta hasta nuestro colegio. Nuestra Señora de la Merced. Nos apoyamos en la valla, como solemos hacer a veces, a la entrada o salida de las clases, y vemos pasear a la gente.

Es sábado y el colegio está cerrado, aunque algunas personas entran porque hay cierto tipo de actividades extraescolares, y también la escuela para padres, que funcionan los sábados.

Mordisqueamos un trozo de hierba helada, procedente del escuálido jardín del recinto, y ponemos miradas interesantes, propias de dos mujeres maduras que ya lo han visto todo en esta vida y aun así siguen buscando más.

—Parecemos dos busconas jovenzuelas —dice Carmen, como leyéndome el pensamiento—. Mi madre me dijo una vez que solo me faltaba una camiseta que llevase estampada la tarifa. Aunque con esta nariz mía, no podría ganarme la vida ni como trabajadora del amor para mineros intergalácticos.

—Pero para sicarios de *Call of Duty,* yo creo que sí.

—Vale, pero yo no sería bastante para ellos. Como dice mi madre…

—Lo peor y lo mejor de tu madre es que parece muy moderna, pero no lo es.

—Verás como te oiga. Eso no te atreves a decírselo a ella a la cara.

—¡Cómo me conoces! Ya lo creo que no soy capaz. No me atrevo ni a decirlo a sus espaldas. Y a tu nariz no le ocurre nada malo, por cierto.

—Te lo agradezco porque eres mi amiga y sé que me quieres, pero tengo la peor nariz del mundo. Es tan grande que puedo oler lo que ocurre al otro lado del Atlántico.

—Tu nariz es normal, es incluso pequeña para lo que yo entiendo por una nariz corriente.

—Tú, que me miras con cariño, pero te lo advierto: ser una mentirosa no te llevará a ningún sitio bueno.

—Pues lo llevo claro, a estas alturas…

—¿Has visto hoy a Max?

Muevo la cabeza, negando.

Luego le cuento a Carmen el notición del día:

—Me he enamorado.

—¡¿Quéeee…?! Lo flipas, tía, ¿y no se te ha ocurrido consultarme antes? Podrías haberme llamado.

Pasamos un largo rato hablando del amor. Imaginando, suspirando, soñando… Aunque lo cierto es que ninguna de las dos tenemos ni idea de qué cosa es el amor. ¿Quién lo sabe, en realidad?

Mi amiga y yo tarareamos canciones de nuestra cantante favorita, Kayla Oh! —«Es un reflejo de mi sensibilidad individual, el estilo de toda la gente de mi época, este gran dolor, este alarido del corazón, pasiones que no podrían ni imaginar en el siglo XVIII, lalalá, laaalá…»—, luego cotilleamos un poco y más tarde dejamos pasar el tiempo dulcemente.

Mientras miramos alrededor sin hablar, cosa rara entre nosotras, mi paladar aún recuerda el pastel de almendras que he cocinado gracias a Mirna.

Es curioso, una sensación extraña, sentirse ligera a pesar de todo ese dulce circulando por mi organismo. Los dibujos animados que vi en mi infancia han mediatizado mi existencia y ahora cada vez que pienso en mi digestión veo una serie de pequeños tanques con garras y dientes atacando mis intestinos, de letras que representan a las vitaminas y minerales muriendo aplastados por los hidratos de carbono malos con forma de mons-truitos repugnantes. *Érase una vez el cuerpo humano*, la serie de dibujos animados, me dejó marcada.

Carmen dice que tengo una imaginación desboca-da, pero yo creo que lo único desbocado en mí es jus-tamente mi boca, la delegada de mi ansioso estómago.

Ahora mismo, sin embargo, después de mi comida con Mirna y la señorita Aurora, no siento que esté ocu-rriendo nada malo dentro de mí. No se está librando una batalla a muerte entre aminoácidos y triglicéridos y otras especies de mala reputación dentro de mi cuerpo.

Eso me produce la rara satisfacción de ser feliz y sentirme por una vez llena.

#AbedulceMenteTuMenteDulce
#MenosCaloríasParaElTraseroMásCaloríasEnLaCa-lefacción

Vuelvo a casa caminando por las calles de mi ba-rrio.

He vivido aquí desde que nací.

No he conocido otros sitios más allá de aquellos a los que fui de vacaciones cuando mi madre aún estaba viva y, junto con mi padre, viajábamos los tres como si fuésemos una familia. Entonces, me sentía segura. El mundo era una aventura maravillosa que aún tenía que ocurrir.

Ahora que lo pienso, es muy posible que realmente fuésemos una familia de verdad. Pero yo era pequeña y no guardo más recuerdos que los que me inspira mirar las fotografías que conservo de momentos perdidos para siempre.

Antes del accidente, papá siempre decía que este barrio está hecho para gente joven. Cuando él y mamá vinieron a vivir aquí, había muchas parejas de su edad, que empezaban a fundar sus familias en un distrito también de nueva construcción, como ellos mismos. No demasiado lejos del centro de la gran ciudad, pero sí lo suficiente como para tener espacios verdes, grandes calles y avenidas y muchos jardines para uso y disfrute de niños y perros.

Hacían familias, las formaban, ponían los ingredientes necesarios, incluido el amor, de la misma manera en que yo he hecho esta tarde una tarta.

CONSEJOS DE LA TÍA MIRNA:
Elige buenos ingredientes para tu comida.
Escógelos con el mismo cuidado con que seleccionas a los que forman parte de tu vida.

Ha sido la primera vez que cocino algo.
Aún siento un agradable calorcillo en el estómago, producto de la maravillosa comilona con que me han obsequiado mi profesora y su extraña tía.

Cuando llego a casa, toco el timbre, como siempre hago, antes de introducir la llave en la cerradura, para que papá no se altere.

A veces se pone nervioso, se alarma porque no sabe que soy yo. Una vez que abro la puerta, saludo como de costumbre, a grito pelado. Menos mal que nuestra casa no tiene tabiques comunes con los vecinos, si no pensarían que aquí vive una familia de locos.

Bien pensado, en realidad somos una familia de locos, si tenemos en cuenta que mi padre no está del todo en sus cabales, y yo tampoco soy un ejemplo de equilibrio mental.

—¡Hola, papá, ya estoy aquí!

No sé para qué me molesto, mi padre nunca me escucha, ni siquiera es capaz de hacer como que me escucha. En realidad, no sé si me oye o si me entiende cuando hago algo tan sencillo como saludar.

Vive en su propio mundo. Han pasado años y, sin embargo, no veo que él haya cambiado.

Mi estómago se siente agradecido por la comida, pero también está inquieto.

¿Qué pretende la señorita Aurora?

¿Sospechará algo?

Me aterra que alguien pueda descubrir nuestra patética situación. Hoy día, la gente se pone muy pesada con eso de los menores de edad. Por no hablar de todos los pelmas que hay en el mundo y que se empeñan en ayudarte, salvarte, rescatarte… Como si una fuese una especie en peligro de extinción. Una foca o una ballena.

(Bien pensado, incluso aunque me confundieran con un cetáceo, no tienen derecho a meterse en mis cosas).

No quiero ni imaginar qué pasaría si la señorita Aurora descubriese cuál es el estado de salud mental de mi padre y avisara a las autoridades…

No quiero ni pensar en que me obligasen a ser tutelada por el Ayuntamiento, por alguna extraña funcionaria con acidez estomacal, o por un capullo parecido al que abusaba de Lisbeth Salander en *Los hombres que no amaban a las mujeres,* mientras mi padre se ve desamparado lejos de mí. Encerrado en el zoo, o algo así.

Cuando entro en el salón, papá está sentado en su sillón favorito. Está tapizado con unos enormes cuadros verdes y lilas. Me gustaría que me preguntase qué hay de cenar. Pero no dice nada. Tan solo sonríe como un niño abandonado en el aeropuerto.

DIETARIO DE MIRNA:
No se puede confundir un reloj con el tiempo.
Si no sabes cuántos minutos han pasado, se te quemará la tarta.

Suspiro aliviada porque compruebo que la comida que le dejé para el almuerzo no lo ha matado. Por un segundo, tengo remordimientos al pensar en el magnífico festín del que yo he disfrutado mientras que a él puedo envenenarlo con una de esas pizzas con sabor a chicle a las que ambos somos aficionados. Tengo el congelador abarrotado de ellas. Son especiales para hornos microondas.

La tía de la señorita Aurora no es partidaria de la comida preparada y congelada, pero si estuviese en mi lugar seguramente se vería obligada a comer una pizza para desayunar y otra para cenar.

Dios bendiga a la pasta quebrada y a las ofertas 3 x 2 del supermercado.

#DiosBendigaAlTocinoYAFrancisBacon
#ILoveElChorizoVivaLaPolítica

—¿Cómo estás, papá?

—Amor es fuego que arde sin arder, una herida que duele sin lamento, un gran contentamiento sin contento, un dolor que maltrata sin dolor —me responde mi padre, con su media sonrisa que ya no lo es, que se ha convertido en una especie de mueca.

Me mira, pero solo unos segundos. Suelta una de sus frases, una de esas que según mi amiga le hacen parecer una galleta china parlante.

Antes del accidente, mi padre era profesor de Literatura.

Pero ahora, qué más da…

Dietario de Fiona:
RubiaBellota54. Mejor respuesta:
Para la buena conservación y limpieza de los hornillos de la cocina es indispensable limpiarlos inmediatamente, y no dejar la tarea para mañana, porque cuanto más vieja es una mancha, más se incrusta. En previsión, cuelgue usted cerca del horno una esponja húmeda y una bayeta especial, a ver si así la próxima vez no se le olvida que tiene que limpiar el horno. So cochina.
(Sacado de Yahoo Respuestas).

Pienso en el chico del que me he enamorado, ese chulazo que parece de una especie diferente a la mía. Tan guapo y radiante que podría ganar un concurso de bellezas incluso virtuales. O de príncipes azules pintados con aerógrafo.

Me siento ñoña y con ganas de gritar, sonreír, bailar y saltar. De establecer conexiones con el universo y encender muchas velas. Pero mi padre me está mirando ahora como un perrito faldero. Como un perrito pantalonero.

Quizás tiene sed. Es como un animal: hay que adivinar qué necesita porque no sabe explicarse. Pero, por lo menos, es capaz de ducharse solo.

Me acuerdo de que tengo que cuidarlo. Le doy un enorme vaso de agua fresca. Soy como una enfermera veinticuatro horas dispuesta para auxiliar a un enfermo al que no le pasa nada (nada más y nada menos), salvo que su mente ha cerrado por vacaciones.

Me pregunto qué tipo de enfermedad es la suya. Cuáles son los misterios del maldito síndrome. Aparentemente, está bien. Una lo mira y ve a un hombre relativamente joven, atractivo incluso, sano y normal.

Sin embargo, desde que perdió a mamá, desde aquel desgraciado accidente que cambió nuestras vidas, nada ha sido lógico.

El último médico, el que acertó el diagnóstico, dijo que tiene un síndrome. Una cosa rarísima. Me costó meses aprenderme el dichoso nombre, síndrome de Vernon y Tiffin, pero ahora ya no puedo olvidarlo. Hay muy pocos casos en el mundo. Y como existen tan pocos enfermos con este síndrome, no se dedican muchos recursos a investigar sus causas y sus posibles remedios.

Por eso papá se ha convertido en una especie de enfermo incurable y lleva cinco años viviendo en un mundo que solo él comprende.

Su neurólogo carece de una explicación que darme. Lo más lúcido que me ha dicho es que la mente humana es algo misterioso, extravagante, incomprensible.

(Con esas aclaraciones, también yo podría ser neuróloga).

—Es un querer tan solo bienquerer, es andar solitario entre la gente, es un no encontrar nada que contente, es creer que se gana con perder…

—Claro, papá, claro. ¿Te gustó la comida del almuerzo? Son unos *melesiss* de jamón, creo. ¿Qué tipo de jamón?, no lo sé. Pero ni siquiera estaban en oferta. Los compré con intención de que nos diésemos un lujo. Quise ponerte algo especial teniendo en cuenta que hoy es el día de mi cumpleaños. ¡¡Es mi cumpleaños, papá!!, ¿te acuerdas del día en que nací? Yo no puedo recordarlo, pero estoy segura de que tú, si haces un pequeño esfuerzo, conseguirás acordarte, ¿verdad?

—No, porque en el amor solo la locura tiene belleza.

—Ya veo. La próxima vez no elegiré una marca blanca. Y, además, tengo la impresión de que los ingredientes, escritos solamente en farsi, dificultan un poco la comprensión del consumidor… Vale, no sé si lo que has comido hoy es del todo legal, de todas formas espero que no te siente mal. Recuerda hace meses, cuando tuviste aquella indigestión… Lo pasé fatal. Tuve que llevarte a urgencias, y ya sabes que nosotros, cuanto menos nos dejemos ver por ahí, mucho mejor.

—Psiquis perdió irremisiblemente al amor al querer comprenderlo…

—No me extraña, papá. Eso mismo me pasa a mí con la información nutricional de estos *melesiss* de jamón.

Canción de Kayla Oh!
Las mujeres que ven

Oh, chico, sería conveniente,
trazar una curva con nuestros sentimientos.
A ver si consigo enterarme,
¿qué va a pasar contigo y conmigo...?
Dame tu respuesta,
dime que aquí no termina todo.
Dame ánimos para sonreír
en medio de esta fiesta.

Pienso en la tía de mi profesora y su idea de que el ingrediente secreto para una buena comida es el amor. Si conociese a mi padre, que solo habla de amor, pensaría que en esta casa tenemos mucho, grandes cantidades de ese ingrediente secreto que ella cree tan necesario para cocinar.

Sin embargo, no sabemos ni freír un huevo.

Nos alimentamos de sustancias enigmáticas enrolladas en elastómeros cuyas explicaciones sobre ingredientes y consumo vienen descritas en idiomas exóticos que no podemos descifrar. Supongo que de la misma manera que nuestros estómagos son incapaces de hacerlo.

—La tontería tiene sus ventajas siempre que nazca del amor —dice mi padre.

#PatataFritaEsTeleTransportación
#MiBebidaSabeAPetróleoPeroAunAsí

Lo miro con los ojos abiertos de par en par. Desde luego, vivir con él es cualquier cosa menos aburrido. Y sería muy instructivo si, además de declamar citas literarias, dijese también quiénes son los autores.

Para ser el primer día del año, en casa no hace demasiado frío. Doy gracias a los dioses del metal y al espíritu de Kurt Cobain por la calefacción central de este edificio de modesta pero sólida construcción, como decía mi padre cuando aún tenía la cabeza en su sitio.

Vivimos en un ático, pero solo tenemos vistas a los edificios de alrededor. Debe ser el único ático sin vistas del mundo. Del mundo, pero no de mi barrio.

Cuando me asomo veo las ventanas de enfrente. Detrás de esos cristales, muchas familias celebran el comienzo del nuevo año.

Como cada Navidad, hemos puesto el árbol de plástico que compró mamá cuando yo era pequeña. Ella decía que era el más ecológico que había encontrado. Que duraría una eternidad.

Papá, sin embargo, pensaba que el plástico no es todo lo ecológico que merece la Navidad.

Pero ha aguantado todos estos años. Está como el primer día. Con sus adornos relucientes y baratos, es la única señal que denota que es Navidad en nuestra casa.

Cuando papá aún estaba lúcido, solía decir que habría querido tener también la cara de plástico. Que sería la forma más barata y práctica de no envejecer.

Bueno, mirándolo ahora se puede decir que casi lo ha conseguido. El pobre mío.

DIETARIO DE FIONA:
Yahoo Respuestas
Mejor respuesta. RFTGDSE(/87:
La nevera también hay que lavarla. No es algo que tenga capacidad de limpiarse a sí mismo. Pero para limpiarla no se pueden utilizar jamás productos abrasivos ni polvos de abrillantar; tampoco hay que usar esponjas metálicas, raspadores zapateros, trozos de cristal ni agua hirviendo; y por supuesto, para despegar ese hielo que rebosa y nos impide cerrar la puerta del congelador, está prohibidísimo utilizar cuchillos, machetes y hachas.

Echo mucho de menos a mi padre.

Quiero decir que, aunque está conmigo y lo cuido como si yo fuese la madre y él el hijo, mi padre ya no está aquí. Es como si se hubiese ido también, dejándome desamparada.

Se habla mucho de los padres que crían solos a sus hijos, pero se habla muy poco de los hijos que tienen que hacerse cargo de sus padres, como en mi caso.

Echo de menos su lucidez, su sensatez, su sentido de la responsabilidad. Tener un padre sano que se ocupe de la familia. A veces, me da un poco de bajón y pienso que estoy cansada de hacerme cargo de las cosas. Llevo haciéndolo desde los doce años, hoy he cumplido diecisiete.

Demasiado tiempo.

#SePuedeSaberQuéDiablosComenEnStarTrek
#¿PuedeUnZombieSerUnGourmet?
#¿YAbrirUnRestauranteVegetariano?

He traído conmigo el frío de la calle.

Me quito por fin el abrigo, con cuidado, y lo dejo en el vestíbulo de la casa. Procuro entrar en calor frotándome las manos. Voy a la cocina y arreglo un poco el desastre que mi padre ha dejado después de comer.

Friego los platos y ordeno la encimera. (Más o menos).

Cuando vuelvo al salón, papá está sentado con un libro. A veces hace como que lee, se pasa horas y horas con un libro abierto ante los ojos y no tengo manera de saber si lo que lee llega de verdad a su cerebro o si simplemente está ahí mirando las letras como si fuesen animales muertos, como un fenómeno incomprensible y fascinante.

—El amor es cosa de encantamiento, gozamos de él sin tratar de conocer el hechizo que nos engaña y nos seduce —dice papá.

Le noto en la voz que está un poco resfriado y apunto mentalmente que tengo que cerrar con llave la puerta de la terraza. No quiero que salga y coja frío. Lo cierto es que debo tener con él casi las mismas precauciones que me harían falta con una mascota. Siempre pienso que, más que un padre, tengo una mascota. Mi papá mascota.

Se levanta, se acerca a un mueble del salón y coge un paquete. Lo abraza mientras me mira sonriendo, con una cara de travieso que me desarma.

—¿Qué es esto, papá?

Él me mira, pero no dice nada, tan solo sonríe mientras observa el paquete casi con interés.

—¿Quién lo ha traído…?, ¿ha venido por correo, o con un mensajero…?

Me siento idiota preguntándole como si pudiese responderme, pero es una costumbre de la que no he podido deshacerme en todos estos años: la de hablarle como si fuese una persona normal.

No solemos recibir nada por correo. Salvo folletos de publicidad arrugada. Y en las ocasiones en que ha llegado alguna notificación administrativa o del banco siempre las ha recogido el conserje. Qué buen tipo es. Conoce mi secreto, y no le da importancia al problema de mi padre. En todos estos años ha hecho como si no pasara nada, como si papá fuese un hombre corriente, aunque desgraciadamente viudo, alguien capaz de llevar las riendas de su familia y hacerse cargo de su hija. Sabe que está delicado de salud y siempre me pregunta por él, pero esta es una comunidad de muchos vecinos en una ciudad en la que todo el mundo está acostumbrado a hacer su vida y a dejar en paz la de los demás.

Cuando mamá murió y papá volvió a casa fuera de sí, conmigo de la mano guiándolo, Pedro —así se llama el conserje— tuvo ocasión de llamar a los Servicios Sociales para chivarse de que en este edificio vivía una menor desatendida, al cuidado de un padre que no está en su sano juicio.

Pero Pedro nunca dijo nada. Incluso animó a su anciana madre a que nos ayudara, con los médicos y con el papeleo para tramitar su incapacidad laboral. La señora no tenía muchos estudios, pero estaba acostumbrada a salirse con la suya y no se arredraba ante la burocracia de la Administración. Fue como un hada madrina para mí durante casi un año, hasta que la pobre enfermó y luego expiró, quizás agotada por el estrés al que la sometimos papá y yo. De modo que le tengo una gran simpatía a mi portero, le proceso un enorme agradecimiento y un cariño perruno. Además, le dejo unas propinas espléndidas todas las Navidades.

Abro el paquete con manos nerviosas.

#AprendíACocinarEnElCanalSyfy
#CómeteLaRataTransgénica¡¡¡YCallaYaMocosa!!!

¿Quién puede haberme enviado *a mí* algo por correo...? Está bien envuelto, fijado con celofán, la dirección ha sido escrita con una letra pulcra y redondeada, han usado una pluma de tinta negra que deja unos elegantes trazos sombreados sobre el papel.

Ver mi nombre escrito con esta bonita grafía me hace sentir importante por unos instantes.

Señorita Fiona Bonet
Calle del Agua Clara, 37, 7.º A
Urbanización Las Vistillas, 876790R

Sí: me siento importante y llena de emoción, como si fuese la protagonista de *El mundo de Sofía*, como Alicia en *Alicia en el País de las Maravillas*, como la Dorothy de *El Mago de Oz*.

Como si, verdaderamente, este paquete contuviera algo grande a pesar de su pequeño tamaño.

¿Qué será, quién se ha acordado de mí el día de mi cumpleaños...? Me gustaría que fuese un chico enigmático. No un príncipe, claro, porque ¿quién cree en príncipes hoy día?, las chicas actualmente sueñan con narcos y mafiosos de series de televisión. Pero sí me gustaría que algún macizorro que ha ideado una app para esquivar los atascos de tráfico con la que se ha hecho millonario, y que lleva meses amándome en secreto, me hubiese enviado un collar de diamantes o alguna otra chuchería sin gluten. Él podría vivir con sus padres en un ático del edificio de enfrente y mirarme con su telescopio mientras suspira por mí cada noche.

Aunque, no sé por qué, me temo que...

Clarificar:

Hacer que se vuelva claro un jugo o caldo; para clarificar un caldo hay que batir una clara de huevo y echar el caldo poco a poco sobre la clara batida, añadir las cáscaras de huevo trituradas; ponerlo todo al fuego batiendo sin cesar hasta que hierva; bajar entonces el fuego para que el líquido cueza sin borbotones durante unos 10 minutos; quitar después la capa de clara formada en la superficie y colar suavemente el caldo que se ha vuelto limpio.

Tu vida también puede aclararse. Solo tienes que seguir los pasos apropiados. Coger las partes duras de tu vida y hacer con ellas lo mismo que con la cáscara de huevo. Triturarlas y luego ponerlas al fuego del pensamiento y el raciocinio; así la cáscara, lo duro, lo superficial y molesto, se puede convertir en una parte que te sirva de coraza y que, cuando ya no la necesites, se arranque fácilmente sin que te cause ningún pesar o dolor.

—Papá...
Le digo.

Mi padre sonríe como si de verdad estuviera entendiéndome, como si comprendiera todo lo que digo, lo que siento.

Hace ademán de empezar a hablar.

Abre la boca como una persona normal que titubea un momento antes de continuar con la conversación. El corazón me da un vuelco. Pienso: ¿se habrá curado?, ¿ha vuelto la lucidez a su cabeza de un día para otro, en un instante? Ojalá sea así, porque quiero a mi padre de vuelta a mi lado, lo necesito cada día, necesito al hombre joven y fuerte que cuidaba de mamá y de mí y que hace años se esfumó para siempre.

Por unos segundos, mi corazón se ensancha con la esperanza de que ese hombre haya regresado. Pero, como siempre me ocurre, solo se trata de una ilusión infundada.

Cuando vuelve a abrir la boca, me suelta otra de sus sentencias dignas del Facebook de una quinceañera. A pesar de todo, no puedo enfadarme con él. Me acerco y le doy un abrazo.

—Hay que mezclar el amor con la pudicia tanto como está permitido por la conveniencia —me suelta, y se queda tan ancho.

—Sí, papá. Gracias por desearme feliz cumpleaños a tu manera.

Miro la fecha del sobre intentando averiguar cuándo han enviado el paquete. Pero no hay ninguna. Tampoco tiene sellos, ni una cualquiera de esas estampitas adhesivas que ponen ahora en Correos. Pensándolo bien, hace tanto que no he visto un sello que ni siquiera estoy muy segura de que sigan existiendo. Por favor, ¿quién manda cartas hoy día? ¿El difunto zar de Rusia desde el Más Allá...? Ah, claro: entonces por eso llegan con tanto retraso.

CANCIÓN DE KAYLA OH!
Ya tengo edad para romper el hechizo:

Qué curiosa coincidencia,
la dulzura de tu voz,
ese aire lánguido,
tu encanto de chico ingenioso,
un poco cínico también.
No espero de ti ni amor, ni extrañeza,
ni engaño, ni desdén.
No espero de ti nada.
Todo va bien.

A veces, me gusta pensar que los ojos de papá se iluminan con un brillo especial cuando ocurre algo que no estaba previsto, algo que se sale de la rutina en la que los dos vivimos el día a día. Quizás solo se trate de una percepción equivocada por mi parte, de una ilusión más, que me hace confiar en que algún día se curará y volverá a ser el que era.

Hoy, a pesar de ser mi cumpleaños, no descubro ese resplandor en sus ojos, que están desocupados como la habitación de un hotel al terminar las vacaciones.

Tengo las manos temblorosas por la emoción mientras intento abrir el paquete. Tan solo mis amigos, Carmen y Max, me regalan algo de vez en cuando. Una bolsa de pipas sin sal. Un sombrero viejo de la madre de Max. Un boli mordisqueado. Y así.

#EstoyADieta:SoloComoEmoticonos
#ChateandoConSpidermanMeLié

Finalmente consigo abrir el mamotreto y me encuentro con un libro viejo, no parece recién sacado de la imprenta. Tiene las guardas gastadas y la camisa más cochambrosa que la de un pobre vagabundo.

El título está impreso en letras doradas en el lomo y en la cubierta. No entiendo por qué alguien me lo ha podido mandar a mí.

Se titula *Cómo hacer un hogar feliz en el que no falte el amor.*

Mi padre me está mirando con cara sonriente. Es fácil vivir con él porque nunca se enfada, dicen mis amigos… Bueno, realmente solo tengo *dos* amigos, Carmen y Max, y a menudo se quejan de sus padres; siempre protestan sobre ellos. Sin embargo, yo no puedo hacerlo del mío. Él siempre sonríe, seguramente porque todo le importa un pimiento.

No entiendo mucho de estas cosas, pero evidentemente el ejemplar es una cuidada edición antigua. Los adolescentes solemos ser pobres como ratas. Mis amigos y yo parecemos tres frikis de catálogo. No disponemos de dinero para ir derrochando por ahí, no creo que me lo hayan comprado Max o Carmen. Tampoco creo que sepan siquiera que existe algo como la oficina de Correos en el barrio. El único servicio de mensajería que conocen es el de Hotmail.

La gente no nos regala cosas a menudo a ninguno de los tres. Aunque una vez a Max le regalaron un tratamiento de adaptación social en un centro virtual para jóvenes alienígenas. O sea: cursillos *online* en *sitios* de mala reputación, pero gratis, de internet.

—Mira, papá, ¿a que es precioso?, ¿no me lo has comprado tú, verdad…? No, claro que no.

Mi padre se llama Iñaki, aunque eso tampoco importa porque hace mucho tiempo que nadie le llama por su nombre. Solo yo me dirijo a él y siempre lo llamo papá. Mis amigos, cuando vienen a casa, también le hablan, pero no demasiado porque les da un poco de corte.

Me doy cuenta de que hablo con él y de que lo mismo podría estar hablando con un gato. Aunque quizás con el gato interactuaría más.

#LaVidaEsUnJuegoDeRolPirateadoYConVirus
#EligesElPersonajeQueTeToca

Ojeo el libro y veo que contiene un montón de recetas de cocina, consejos para cuidar el hogar, para relacionarse con la familia y los amigos, incluso para recibir visitas.

Es una lástima que yo no tenga talento para la cocina, porque estas recetas dan hambre con solo ojearlas.

Mientras leo unas líneas sobre la carne cruda, pienso sin querer en el pastel que he preparado junto a la tía Mirna. El olor que salía del horno mientras se estaba haciendo vuelve de nuevo a mi mente y la llena de una sensación maravillosa, un gustazo increíble, como no recuerdo haber experimentado mientras estaba calentando una de nuestras proverbiales cosas informes precocinadas.

Cómo guisar un faisán.

Leo en el libro.

Bueno, de momento no creo que me atreva a guisar un faisán. Primero tendría que saber qué aspecto tiene. Suena a una desgraciada criatura de esas con las que hacen abrigos de piel para señoras que luego viven en Marbella todo el año, a treinta y dos grados de temperatura media.

Vaya, el faisán es un ave, según Google.

El libro es bastante viejo, de modo que es probable que pretendan que salga a cazar el faisán, y todo. Decidido: esta receta no es para mí.

Continúo ojeando las páginas, sentada frente a mi padre, que me mira y me guiña un ojo, aunque en realidad no es que me haya hecho un guiño, sino que se le ha metido algo dentro. Me parece un desperdicio que un hombre joven como él esté aquí, en casa, todo el día encerrado, perdido en su mente. Y dejándose alimentar por mí. Debería estar en un bar del centro, ligándose a una rubia con aros en la nariz.

—Amor omnipotente, divino. Con razón te llaman el rey de las almas. A ti se rinden todos los elementos. Tú puedes reconciliar dos enemigos en lucha. Nada vive sin reconocer tu soberana majestad.

—Claro que sí, papi. Bien dicho.

Por primera vez mi padre hace algo que nunca le había visto: cita a un autor. Supongo que es un autor. Aunque también puede ser una marca de lavadoras.

—Sssc... Ssssc... Schiller... —dice con esfuerzo.

—Muy bien, papi, eres un campeón.

Googleo rápidamente el nombre del autor. O de la marca de lavadoras.

—A ver..., Siller. ¿Has dicho Siller...? Lo que pensaba, es una marca de ordenadores.

La decepción me embarga. La decepción es como uno de esos bancos malos que desahucian al pobre padre de familia que no consigue pagar las letras de la hipoteca. Un marrón. Que embarga sin cesar.

Nosotros pagamos toda la hipoteca de golpe gracias a la muerte de mamá. El seguro nos dio el dinero. Pero no quiero pensar en eso porque me dan ganas de gritar.

—Schiller... —repite papá.

¡Es asombroso, como si intentara corregirme!

—Ah, ya, creo que es un autor alemán, de los de verdad.

Me pongo wikipédica y, *voilà,* efectivamente se trata de un poeta y filósofo alemán del siglo XVIII, y no sé cuantitas cosas más.

La gente antiguamente era capaz de abarcar muchísimo en una sola vida, que además era mucho más corta que estas que con suerte vivimos hoy día, como dice mi profesor de Tecnología.

De repente, me agarro a la esperanza de que mi padre haya intentado comunicarse conmigo, sacarme del error, salir de las nieblas de su mente para tenderme la mano. Me siento tan feliz que creo que el corazón me va a estallar. ¡Bum, bum!

—Has querido corregirme, ¿verdad, papá?, avisarme, ¿verdad que sí…? ¡¡Es el mejor regalo de cumpleaños que he tenido jamás!! Gracias, padre, gracias.

#1000MillonesDeTBDeCapacidadDeAmor
#MiSoftwareSentimental

Me parece que está queriendo progresar, siento que va a mejorar. Necesito que mejore. Que vuelva para cuidarme. Para sacar la basura de vez en cuando.

Aún nos queda un año de miedo por delante, de pensar que alguien pueda descubrir nuestro secreto. Si todas las autoridades competentes supieran que una menor de edad se ha estado haciendo cargo de un padre incapacitado mentalmente durante años, seríamos una noticia viral.

Nos meterían en sendas instituciones. Seguramente nos separarían, y no podríamos volver a vernos. Como si fuésemos dos delincuentes. A los delincuentes de verdad los tratarían mejor. Les darían un piso subvencionado. Tratarían de rehabilitarlos con un sueldo para toda la vida, no contributivo. A papá y a mí, sin embargo, nos crucificarían, no solo en Twitter.

Necesito ver a papá cada día, cuidarlo, asegurarme de que está bien; es mi única familia en el mundo. Aparte de mis amigos. Tengo que saber si ha comido. Diariamente.

Estoy tan entusiasmada por lo que me parece un gran paso de gigante en la curación de su enfermedad, que agarro el libro que acabo de recibir y lo abro al azar, leo unas líneas con el mismo entusiasmo con que suelo recitar frases de Yahoo Respuestas.

—Despojos: son extremadamente gustosos y se prestan a toda clase de preparaciones.

Mi padre asiente. Como si estuviera de acuerdo en todo. Creo que él también está recogiendo los despojos de su cabeza y tratando de hacer con ellos un plato verdaderamente sabroso. Un pensamiento. Algo que pueda ofrecerme. Que sirva para unirnos.

Me gustaría celebrar este momento con algo importante, pero no me gusta el alcohol, aunque ya he intentado beber algunas veces con lamentables resultados. No tenemos nada en casa como para darnos un homenaje. Excepto por la comida, más o menos adictiva, artificialmente sabrosa y rebosante de hidratos de carbono, que suelo comprar en la sección de ofertas precocinadas.

#VivaElRebozado
#MuerteAlBrócoli

Voy a la cocina y enciendo mi pequeña máquina favorita, una grabadora de vídeo diminuta con la que suelo filmar a papá, en un intento un poco absurdo de animarlo: a veces, le pongo las cosas que hemos grabado juntos para que las vea en la tele. Porque leí en internet un artículo que decía que así se puede estimular a los niños autistas y, en mi imaginación, mi padre no es más que un niño que no consigue comunicarse con el mundo. Desde lo de mamá eso es lo que hace: huir como un crío, vagar perdido en su propia mente, que es un océano que aún no ha conseguido ahogarlo del todo. Se ha convertido en un niño y yo me he visto obligada a volverme adulta. Soy desastrosa, pero me hice mayor hace tiempo. Es curioso de qué manera tan extraña la ausencia de una persona puede cambiar la vida de todas las demás. Ahora que mi madre no está, mi padre y yo somos distintos de como seríamos si ella estuviera aquí. Su desaparición nos transformó para siempre.

#MorritosCalientes
#MojitosArdientes

Papá entra también en la cocina, me sigue como una mascota. Es mi mascota. Mi papá mascota.

Leo el libro en voz alta, le recito cosas que para mí suenan extravagantes, como asar, espolvorear, manteca, cebollas, laurel y tomillo, cocidos, rebozados…, imagino que oírme recitar palabras relacionadas con la cocina como si fuesen versos de un poema de amor, pone a mi padre contento. Aunque cualquiera diría que es un hombre famélico al que le están cantando el menú del día.

—¿Qué podemos hacer? Quiero decir…

El recuerdo del pastel de almendras sigue envolviendo mi cabeza con una nube de perfume delicioso. Como si me lo hubiesen untado por toda la cara.

De repente tengo una idea.

Un pensamiento maravilloso.

Ya sé cómo celebrar con papá mi cumpleaños y el Año Nuevo.

El mejor regalo de cumpleaños que podía tener ha sido ese atisbo de lucidez que ha salido de su boca, esa ventana abierta a su cerebro por la que, si tengo cuidado y pongo empeño, seguramente podré penetrar.

Y sí, ya sé que estoy un poco gorda para entrar por cualquier ventana. Pero confío en los milagros.

Lavado de cara
(Según el libro que me han regalado hoy):
La cara es una superficie delicada que a veces no reacciona bien al jabón, por eso hay que comprarlo de buena calidad. Nos lavaremos la cara con las manos bien limpias, enjabonándolas y frotando con ellas el cutis. Luego la aclararemos y secaremos bien. Para finalizar, se recomienda dar una ligera capa de una buena crema, que sentará estupendamente incluso a aquellos que tienen la cara muy dura.

—Quédate aquí, papá, enseguida vuelvo, voy a ir al súper… No, al súper, no. Está cerrado, hoy es fiesta. Iré a la tienda del chico indio que, si una no es muy exigente, tiene de todo. Voy a traer un par de cositas que necesito para hacerte una tarta. Una tarta de cumpleaños. Apuesto a que nunca has comido nada parecido. Voy a hacerte una tarta y grabaremos el proceso, luego te lo pondré en la tele para que te entretengas cuando yo esté en clase. ¿De acuerdo?

Le doy el libro y papá lo coge, le gustan mucho los libros. Lo mira como si realmente comprendiese que dentro de él hay muchas cosas, palabras que crean mundos con solo pronunciarlas. Debería poder leer perfectamente. Lo que ocurre es que ni el médico ni yo estamos seguros de que pueda entender lo que está leyendo.

Es capaz de repetir algunas de las frases que lee, dando muestras de una memoria portentosa que no concuerda con esa facilidad para olvidarlo todo desde el día del accidente, el maldito día en que su mente decidió despedirse de la vida tal y como la conocía hasta entonces para explorar otros caminos que no le han llevado a ninguna parte.

—Enseguida vuelvo. Lee un poco mientras tanto.

Me pongo el abrigo y las botas y salgo rápidamente a la calle. Llevo un poco de dinero con el que espero poder comprar los ingredientes necesarios para hacer mi primera tarta de almendras; bueno, la segunda…, pero la primera que cocinaré para mi padre. La primera verdadera comida que voy a prepararle en toda su vida. El segundo pastel del día, pero el primer pastel de cumpleaños auténtico.

#MeGustaMascarChicle
#ConSaborATusBesos
#SomosPicanteYSaladoJuntosEnUnaSalsa

Cuando pongo el pie en la calle, veo que hay pocas personas paseando. Realmente nuestro barrio no es un sitio donde la gente pasee mucho, excepto los niños. Los adultos más bien vienen a dormir. Suelen ir en coche de un sitio a otro. Y cosas así.

Hay un perrito blanco con manchas acurrucado muy cerca del portal de casa. Es tan pequeño que parece un conejo. Pienso que es raro que no trote detrás de su dueño. Cuando paso a su lado, se pone de pie y me sigue. Yo miro a un lado y a otro en busca del amo. El perro no tiene collar, a lo mejor anda por ahí despistado.

Cuando me paro y lo miro, él también se para y me mira, y mueve la cola, como saludándome.

Ni siquiera sé de qué raza puede ser. No entiendo mucho de perros. Bueno, de casi nada. A lo mejor es un corzo. O un canguro diminuto, porque da varios saltos.

—¿Qué, bonito, te has perdido…?

No, creo que realmente su naturaleza es perruna, porque ladra un poco, tímidamente, como si estuviese constipado.

—¿Qué haces aquí, con este frío?

No contesta. Claro. Nunca antes había entendido esa manía que tenemos los humanos de hablarles a los perros como si realmente comprendieran algo. Pero después de la experiencia con mi padre, ya concibo que se tenga esa actitud. No importa que la persona o el animal a quien le hablemos no pueda percibirnos aparentemente. Porque con las palabras tan solo intentamos llegar al corazón de otros seres, no a su cabeza. De hecho, como dice mi profesor de Inglés, en el fondo, con el lenguaje no llegamos a la cabeza de nadie. En la cabeza de otras personas es muy difícil aterrizar, hagamos lo que hagamos. Pero el corazón siempre tiene más vías de acceso.

Bueno, puede que esto último lo haya leído en Yahoo Respuestas. Quizás lo decía una joven peruana que lo había leído a su vez en un libro de no sé quién. O quizás lo había visto en una pintada en la calle. Cualquiera sabe. Hoy día, todo está enmarañado, liado, revuelto. Nadie se preocupa por los derechos de autor.

Me doy la vuelta y sigo andando en dirección a la tienda. Ya es noche cerrada. Afortunadamente, el chico indio no cierra hasta las once. Tengo tiempo de sobra para comprar lo que necesito. El joven dependiente parece no tener una vida más allá de su caja registradora.

Camino a paso ligero porque no quiero que se haga demasiado tarde.

Me olvido del chucho. Marcho sin mirar atrás. Hace un condenado frío propio de la época.

Hay unas nubes que tapan el cielo oscuro y que parecen de leche condensada sucia de cacao. Las farolas las iluminan como los focos de un enorme escenario.

Cuando lo tengo todo, le pago al cajero, que me recibe con una sonrisa. Empiezo a pensar que ese gesto de simpatía es más bien una estrategia comercial, pero se trata de un joven indio con unos ojos oscuros y soñadores, de modo que se la devuelvo. Es una de esas pocas personas que, cuando me mira, no parecen estar reprochándome mi sobrepeso o mi timidez patológica. Ni mi forma de mentirle a todos sobre mi padre, de no decir la verdad. Además, supongo que está encantado de que sea una buena clienta que aligera su carga de provisiones, sección porquerías.

Le doy las gracias y vuelvo a salir a la calle.

—Espero verte por aquí antes de Reyes. Que recibas muchas cosas, muchos regalos —me dice con un mohín que le pone la boca de medio lado.

Debe de ser poco mayor que yo. Pero ya está trabajando dieciocho (¡o veintiocho!) horas diarias en un sitio donde tiene menos futuro que envasando piedras de río en tetrabrik.

—Muchas gracias, felices fiestas.

Espero que por lo menos sea el dueño del negocio. Y que su religión no le impida celebrar la Navidad, o alguna festividad parecida en la que su familia le haga regalos que compensen su vida de mierda.

Cuando salgo a la calle ya me he olvidado del perrito. O perrita. No sé qué era.

Pero doy unos pasos, y siento una presencia alrededor de mis pies. Me quedo parada y cuando bajo la vista veo que de nuevo está allí, a mi lado, mirando con ojos de huerfanito.

—¿Quién eres? —le pregunto, aunque por supuesto esta vez tampoco me responde.

Lo cierto es que no esperaba que un perro resolviera una pregunta filosófica que la humanidad no ha conseguido contestar después de miles de años, pero me habría gustado que me diera alguna indicación sobre su situación.

—¿Te has perdido, estás buscando a tu dueño? ¿Te han abandonado…? ¿Quién abandonaría a alguien tan pequeño como tú, bonito? Hummm… ¿Eres chico, o chica?

Me agacho con disimulo y le miro entre las piernas para intentar averiguar su sexo. Creo que es una perra porque no parece, creo que no… En fin. Luego medito sobre la poca gracia que me haría a mí que alguien me mirase como yo acabo de hacerlo, para poder catalogarme. Me imagino a un extraterrestre recién llegado del espacio profundo que me bajase los pantalones para hacerse una idea de cómo debería llamarme, y me pongo roja como una piruleta. Me siento tonta.

Le pido disculpas al perro.

Después de eso, me siento aún más idiota.

Bah. Mejor cambiar de tema.

Dejo las bolsas del súper en el suelo y Googleo en mi móvil examinando razas de perros, en busca de alguna que se le parezca. Pero echando un vistazo superficial no encuentro nada parecido a lo que tengo delante de mis ojos.

—Tal vez seas una mezcla, eres como el café que le gusta a mi padre, de mezcla… Pero no creas que me importa. Yo tengo defectos peores.

#NadieMiraAUnaChicaGorda
#ConMásAdoraciónQueUnPerroAbandonado

Corre un viento ingrato en la calle. Enero ha comenzado con un tiempo seco y helado. Hace rato que salí de casa. Supongo que si la perrita tuviese dueño, ya la habría recogido. Y no parece haber sido así.

—No tienes collar… ¿Eso quiere decir que te han dejado marchar? ¿Que nadie te está buscando? Hay que ser malo para abandonar a una cosita así. ¡Y en Navidad!
—Le acaricio el lomo y me lame los dedos. Siento su calor y me embarga la culpabilidad.

Prefiero pensar que se ha perdido.

No concibo la idea del abandono porque no me gusta que a mí me abandonen. Me ha costado años perdonar (y solo lo he hecho a medias) a mi madre por morirse y dejarnos solos a papá y a mí.

Cuando llegan las vacaciones, muchos dueños desalmados abandonan a sus mascotas. Mi profesora de Zoología dice que eso ocurre sobre todo en verano, pero evidentemente las vacaciones de Navidad tampoco se escapan a la epidemia de crueldad.

Gentuza.

Luego se ponen camisetas pidiendo la paz mundial.
—Menos mal que estamos en un tiempo de paz y amor, ¿verdad, bonita?

Porque, sí: definitivamente, es una chica.

La pobrecita no debe de pesar más de dos kilos. Me mira tiritando, es una de esas perritas pequeñas quizás acostumbradas a llevar abrigo en invierno, y ahora está desprotegida. Por sus temblores, se ve que ni ella misma se considera lo bastante dotada como para sobrevivir a un crudo invierno con la única ayuda de sus propios pelos.

—¿Tienes frío? —Husmea las bolsas del supermercado por toda respuesta. Evidentemente, no solo tiene frío, sino que está hambrienta.

Miro a un lado y a otro, pero no hay nadie en la calle. Pasa un coche de vez en cuando; por lo demás, todo está tranquilo, con algunas luces navideñas en los escaparates, no muy abundantes tampoco. Algunos Santa Claus de peluche cuelgan mustios de los balcones, en una falsa escalada. Si yo oyera ruidos en el balcón, no pensaría que es Santa Claus, sino el poco cuidadoso integrante de alguna banda organizada de esas que desvalijan domicilios y no pueden tomarse nunca vacaciones navideñas. Imagino que los ladrones también tienen familias, que los esperan en casa de morros reprochándoles que no sean capaces de cogerse unos días libres en fechas tan señaladas…

Es el primer día del año, y la gente suele salir poco. Solo trabajan los que no tienen más remedio. Y todo el mundo prefiere quedarse en casa, calentito, disfrutando junto a sus seres queridos, o a sus pequeñas familias disfuncionales, de una buena comida, una película en la tele, el sofá y la manta.

—No sé qué hacer… ¿Y si llega tu dueño? Podrías venirte a casa, pero ¿y si alguien te está buscando? No lo parece, aunque nunca se sabe…

Mientras me mira, la perrita se hace pis. No sé cómo tomármelo. Me parece un poco irreverente por su parte. Yo estoy aquí intentando ayudarla, y ella se mea encima. La muy perra.

#LaAmistadEsMiSistemaOperativo
#BaneoALasChicasMalasQueSePasanDeListas

Pero, a la vez, me mira con unos ojitos tan extraños, en los que hay unas luces verdes muy al fondo de sus iris marrones… Más parecen los ojos de un gato que los de una perra. Si se la mira desde cierto ángulo, resulta una perra exótica, mestiza y bonita. No imagino cómo alguien puede haberla puesto en la calle. Me mira de forma suplicante. Su pelo es de color café con manchas de azúcar. O al revés. De un blanco con salpicaduras. Como un helado de leche merengada con trocitos de chocolate. Depende de cómo la mires. Es tan pequeña que no está claro cuál es su color de fondo.

—No sé qué hacer… Si te llevo conmigo y luego resulta que tu dueño te está buscando… —Empiezo a tener frío, y las dudas no me ayudan nada—. ¿Sabes lo que haremos? Vendrás provisionalmente a casa y si encontramos a tu dueño, te llevaré con él. ¿Estás de acuerdo? Mañana pondremos un cartel, o algo.

La perra, obviamente, no se digna a contestarme.

Menos mal que, gracias a papá, ya estoy acostumbrada a que no me hagan ni caso.

#EncontréElAmorEnLaSecciónDeCongelados
#AlDescongelarloAúnEstabaVivo

—Te haré una foto y la pondré en el cartel. De momento, serás mi invitada. Y ahora mismo, para que lo sepas, y como prueba, también te digo que solo te llevo a casa si tú me sigues. Porque yo no voy a obligarte…

Echo a andar sin mirar atrás. Doy unos pasos y noto que la perrita no se mueve. Probablemente se quede mirándome y me deje marchar a la vuelta de la esquina, perdiéndose así la oportunidad de ir a un lugar donde estar calentita. Quizás debería llamar a los servicios del Ayuntamiento. Pero no me gustaría hacerle a este pobre animal justo aquello que yo temo que hagan conmigo: ponerla bajo custodia de las autoridades.

No oigo nada, y siento una especie de alivio mezclado con un poco de disgusto, de decepción, de preocupación. Por un momento, por un momento había pensado que esa pequeñita…

Cuando estoy a punto de alcanzar la esquina, oigo unos pasitos, apenas perceptibles cuando sus patas se posan sobre el asfalto. Sonrío sin poder evitarlo y me doy la vuelta. La perra está a mi lado, se sienta y me mira con sus ojos asombrados, esperando algo, como un milagro que solo yo soy capaz de hacer.

—Buena chica. Vale, sígueme.

#UnPerroAbandonadoEsUnaOportunidadDeAmar
#GratisTotal

Cuando llegamos a casa, papá está sentado leyendo el libro que me han regalado. Nos acoge con una sonrisa, no muestra ninguna sorpresa porque llegue acompañada de un chucho. Para él todo es lo más normal del mundo, no sabe distinguir lo cotidiano de un acontecimiento extraordinario. Nada le hace infeliz, nada le sobrecoge. Vive en un mundo en el que todo es posible.

—Mira lo que he encontrado en la calle. Quizás tenga un dueño que la está buscando como loco. Pero mientras tanto, hace frío y creo que se quedará con nosotros, ¿qué te parece?

—El infierno es el lugar en donde no se ama —me responde, como si tal cosa.

—Ya lo creo.

La perra, por su parte, no dice nada. Creo que es su estilo.

Dietario de Mirna:
Para hacer revivir una ensalada un poco mustia, sumérjala unos minutos en agua tibia con sal. Y si quiere re-

vivir usted después de un largo día de trabajo, haga lo mismo con sus pies.

La perra y papá hacen buenas migas, ella lo mira nada más entrar, olfatea sus pies, se sienta frente a su sillón y lo contempla como si él estuviese a punto de lanzarle una galleta, una pelota o buena parte de las piezas de la vajilla. Noto que siente un poco de miedo, pero que también se atreve, se aventura a buscar nuestra complicidad. Como si, a pesar de haber vivido una mala experiencia, no estuviese dispuesta a tirar la toalla. Es una perra humanista: cree en la humanidad. Poco importa que la hayan decepcionado, ella sigue confiando en que las cosas mejorarán.

Aunque, a lo mejor, estoy proyectando en ella mis propios deseos, mis miedos particulares, y la pobre solo busca un poco de calor.

De pronto me doy cuenta de que no tiene nombre, no sé cómo dirigirme a ella. Me parece maleducado llamarla simplemente «perra». ¿A quien le gustaría algo así? Si a mí me hablaran de esa manera, me ofendería bastante.

—Hey, perra por aquí y perra por allá, perra... Más que perra. Etcétera.

No me parece correcto. De modo que pienso rápidamente un hombre con el que dirigirme a ella.

Tomo prestado de las manos de mi padre mi libro recién llegado, y busco al azar una palabra con la que bautizar a la pequeña chucha. Creo que el vocabulario relacionado con la cocina me puede inspirar.

Voy leyendo en voz alta.

—Coliflor, berza, no, eso no…, alcachofa, ¡acelga!… No sé si es atinado elegir el nombre de una verdura para una pequeña cuadrúpeda como tú.

Vuelvo a agacharme para mirar por debajo de su panza, que parece requesón con trocitos de mugre, y por un momento no me siento segura de su sexo.

—¿Eres chica, verdad que eres una chica…? ¡Hey!, empiezo a dudar. ¿Qué pasa ahí, entre tanto pelo…?

Estoy lo bastante gorda como para que agacharme sea toda una hazaña. Pero saber a quién me estoy dirigiendo me parece una buena causa que justifica el esfuerzo. Siento remordimientos, porque pienso que con diecisiete años recién cumplidos nadie debería tener problemas a la hora de agacharse.

Eso me hace pensar en la comida. Lo que consigue despertar mi apetito. Lo que a su vez hace que me sienta aún peor…

Vale. Sí. Creo que es una chica. Definitivamente.

#MiCorazónHizoUnBackupDeAmor
#UnaCopiaDeSeguridadDeMiAmorPorTi

—Del amor y con el amor, se atrae el amor —dice mi padre sin venir a cuento.

Es difícil no quererlo.

No es un padre autoritario, ni siquiera uno de esos desapegados que pululan por allí. No me puedo quejar. Vive en su propio planeta *happy* donde todo es amor y citas de los clásicos. Qué lástima que no reconozca las citas, mi cultura saldría ganando.

—Arroz, buñuelos, chantillí, merengue, flan, manjar, torrija, turrón, almendra, yema… —continúo leyendo mi libro, en busca de un nombre para mi nueva perrita. Puedo decir que, además de mi padre, ahora tengo otra mascota doméstica—. Porque, desde luego, lo que no me parece bien es bautizarte con el nombre de embuchado, longaniza, sobrasada, salchicha, salchichón, foie-gras, fuet…

Curiosamente, cuando pronuncio la palabra «fuet», la perra lanza unos buenos ladridos.

—Fuet… —repito.

Ella vuelve a ladrar con brío, como si estuviera asintiendo.

—De modo que te gusta, ¿te gusta el fuet?, ¿como nombre o para comer?

—¡Guau!

—¡Fuet!

—¡Guau, guau!

—Arroz.

Silencio.

—Tarta.

Silencio sepulcral.

—Turrón.

Silencio sepulcral solo interrumpido por los suspiros de oso de papá.

—Fuet.

—¡Guau, guau, guau!

—Decidido, te llamaremos Fuet.

Hago un esfuerzo de concentración, cosa que no es del todo difícil teniendo en cuenta que ni la perrita ni mi padre consiguen darme una conversación suficientemente inteligente como para distraerme de lo que estoy haciendo.

Rememoro la manera en que este mediodía la tía Mirna me ha enseñado a hacer una sabrosa, deliciosa tarta de almendras; han pasado apenas unas horas y sin embargo siento que ha transcurrido todo el tiempo del mundo.

Estoy nerviosa, pero dispuesta a repetir la hazaña.

Mi primer intento de hornear al baño María acaba con un pequeño incendio que logro sofocar usando varios cartones de leche —me pongo tan nerviosa que no se me ocurre echarle al fuego agua del grifo; menos mal que la leche estaba casi caducada…—. Papá y Fuet me miran como si yo fuese uno de esos espectáculos que ofrece gratis el Ayuntamiento durante el mes de agosto.

Tardo siglos en limpiar el estropicio.

En el segundo intento voy mejorando: consigo quemarme únicamente una mano y derramar sobre el suelo un bote de espaguetis rancios, que no necesitaba para preparar la receta, pero que debían estar por ahí como recuerdo de otros tiempos. Del Pleistoceno quizás...

Fuet, muy prudente, me observa subida a una silla, lejos de mi centro de operaciones. Chica lista.

Papá va al salón y vuelve a la cocina una y otra vez, como si buscara algo. Supongo que su instinto de supervivencia debe sugerirle que, por muy sonado que esté, lo mejor es alejarse de mí si quiere mantener intacto el pellejo.

Intento curarme la mano quemada. En Yahoo Respuestas hay un tipo de Cancún que jura que lo mejor es echar sobre la quemadura aceite, mayonesa, vinagre, sal y pimienta, pero yo pienso que quiero sanar mi mano, no hacer una ensalada con ella, así que no le hago caso.

Mientras veo aumentar una ampolla en la piel del dorso, siento el dolor del fracaso por primera vez como algo personal, humillante, intolerable. Normalmente, me paso la vida tan preocupada por sobrevivir que el concepto de frustración, el sufrimiento del desengaño, apenas son algo en lo que reparo. Sin embargo, esta noche, el fiasco en la cocina me hace sentir derrotada, vencida.

¡Me hacía tanta ilusión volver a cocinar la receta de Mirna, compartir la tarta con papá! Darle de comer algo preparado con mis propias manos, no solo desenvuelto con mis propias manos…

La decepción es espantosa, y no sé si es por el dolor de la quemadura o por la contrariedad, pero cuando quiero darme cuenta estoy en el suelo, rodeada de charcos de agua y espaguetis empapados, llorando más que un niño con lentillas rotas.

#EresMiAlfaYOmega3
#EstoyTanGordaQueParezcoUnÁcidoGrasoQueNo-
SabeQuéPonerse

Me paso toda la noche intentando cocinar mi tarta soñada.

Sin el más mínimo éxito.

Menos mal que la receta era fácil.

Transcurren las horas y sigo deseando encontrar ese sabor y olor increíbles que ya se han instalado en mi memoria. Pero es inútil. No soy capaz de repetir la receta. No al menos sin pegarle fuego al edificio.

Lo intento hasta que caigo agotada por el sueño.

Vuelvo a probar al día siguiente.

Y al otro…

#PocketMonstersRevolution:You&Me
#EresMiTipoMiPokemonTipoAguaTipoHierbaTipo-
Fuego

La cocina se convierte en un campo de batalla, en el que la derrotada siempre soy yo. Pero la ventaja es que empiezo a descubrir algunos de sus secretos. Por ejemplo, que me gustaría tener la cara hecha del mismo material que el culo de las sartenes. La vida sería mucho más fácil.

Me siento tan nerviosa, excitada y ansiosa que Fuet y papá deben pensar que…

En fin, pero ellos no piensan. Lo bueno de estar rodeada de seres irracionales es que, al menos, nunca me siento juzgada.

Mientras sigo con mis pruebas, nos alimentamos básicamente con chococrispis, té y unos helados de papaya para diabéticos que compré de oferta hace dos meses.

#DejaMacerarTuAmorJuntoAlMío
#MacedoniaDeDosLocosDeAtar

No se me había ocurrido que la cocina era como las Matemáticas: no sirve de nada saberte la teoría si no eres capaz de resolver los problemas prácticos que plantean los ejercicios.

Pero todo llega, tarde o temprano.

De modo que también amanece el día en que soy capaz de guisar, sin ayuda de Mirna ni tutoriales de internet, y con la mano vendada, mi primera tarta de almendras.

Fuet y papá no se lo esperaban.

#MiCorazónNoContieneGluten
#SoloAmor

Acabo de hornear la mezcla al baño María —¡por fin!, aunque al baño María deberían llamarlo «la ducha María», por lo mucho que salpica—; estoy tan ansiosa por comprobar si he logrado repetir el milagro de la tarta, que tiro al suelo a causa de la emoción un par de cacerolas que había sacado y que, hasta ahora, usaba para guardar los vales descuento en la compra de nuestras pizzas favoritas con sabor a chicle.

Fuet da un respingo, alarmada por el estruendo. Y mi padre me mira con una expresión plácida y complaciente, como siempre.

—Aquí tenemos nuestro plato principal de esta noche. Con algo de retraso, bueno, con mucho retraso..., ¡tachán!, ¡feliz Año Nuevo, y feliz cumpleaños para mí misma! Somos una gran familia, chicos. Estamos hambrientos, nadie lo puede negar. Así que vamos a calmar nuestro apetito y a comer por primera vez un plato cocinado con el ingrediente secreto. Espero haberlo puesto en cantidad suficiente. Estoy segura de que nos vamos a chupar los dedos.

Desmonto la tarta, que aún está caliente. Humea ante mí y desprende un suave y delicioso aroma. Me hace cosquillas en la nariz, y noto un brillo inesperado en el fondo de los ojos de mi padre, que me hace soñar con que algún día volverá a casa, a estar presente en mi vida.

Necesito un padre que se ocupe de mí, que me libere de esta pesada carga. Que haga la compra y limpie el baño alguna vez.

Por favor. Por favor… Deseo, cerrando los ojos. Es mi deseo de Navidad y de cumpleaños.

Fuet se agita nerviosa alrededor de mis pies. Ella también tiene hambre. Le he comprado comida para perros, pero siempre está esperando compartir las cosas que yo engullo. El olor de la tarta de almendras le gusta. Se relame impaciente.

Mientras se enfría el pastel, rebusco en el frigorífico hasta que encuentro un fuet; de la Primera Guerra Mundial, aproximadamente. Habría que datarlo usando carbono-14 para encontrar la fecha exacta, igual que ocurre con la edad de mi profesora de Dibujo. Lo saco y se lo entrego un poco dubitativa. Fuet no le hace ascos al manjar. Muy al contrario, lo coge entre las dos patas delanteras y lo sujeta como si se tratase de un trofeo. Primero lo olisquea y luego le da unos lametones con su lengua cálida y pequeña. No lo piensa mucho antes de hincarle el diente. Lo roe con fruición. Como si estuviese intentando arrancarle un secreto oculto. Le pongo un platillo con agua para que acompañe su festín.

Papá y yo decidimos probar la tarta. Le entrego su plato, con una porción todavía caliente, pero con un atractivo color que alegra su mirada. O por lo menos a mí me lo parece.

Verlo comer un plato que yo he preparado con mis manos me hace sentir algo que jamás había percibido. Un regocijo especial. Tanta es la emoción que me corta la respiración; es algo tan profundo e intenso que no consigo comerme mi parte.

Además, ya he tenido bastante comida mientras la preparaba. Mi estómago está aplacado. Es una sensación poco habitual en mí, más acostumbrada a los dolores de barriga producto de los atracones, y a la ansiedad de quien no se sacia con nada porque, cuanta más comida echa a su estómago, más grande lo hace y más hueco sin colmar deja en él.

Así y todo, saboreo un par de cucharadas, pero sobre todo encuentro placer mirando a mi padre. Está comiéndose lo que yo he cocinado como un niño, con una sonrisa de satisfacción que es sincera, puedo sentirlo, no es algo producto del embrollo que hay en su mente, sino de la gratitud que siente hacia mí por haber guisado para él.

Le doy un par de cucharaditas de tarta a Fuet, las pongo en su plato y ella lo devora y relame todo en un santiamén. Deja el plato brillante, sin una gota de restos. Quizás no sea bueno para un perro comer este tipo de chucherías. Pero necesitaba que fuese partícipe de mi pequeño gran éxito culinario.

Nunca había vivido un momento como este. Soy tan consciente de lo raro que es esto en mi vida, de lo milagroso que resulta lo que está ocurriendo, que me siento en una silla y por unos instantes solo me dedico a observar a mi padre y a la perra. Los miro como si fueran cine en 3D.

#SubeEsteMomentazoAYouTubeParaCompartirlo-ConElMundoEntero
#SéElPrimeroAlQueLeGustaEsto
#SéElPrimeroAlQueLeGustoYo

Los dos están comiendo, y son felices.
Creo.
Ninguno de los dos puede asegurarlo, pero tampoco negarlo.
Son dichosos porque yo misma les he proporcionado su alimento.
Hasta el día de hoy, me limitaba a comprar cosas que nos mantenían con vida a papá y a mí. Se las ponía en la mesa como el cocinero de una cárcel que espera a que los prisioneros se sirvan cuando no tienen más remedio y el hambre está a punto de consumirlos.
Pero me digo que, a partir de hoy, las cosas van a cambiar. Ya nada puede ser igual después de esta cena. Un postre-cena, en realidad.
El portero, que siente lástima de nosotros como su difunta madre, que en gloria esté, nos trae de vez en

cuando algo que él mismo ha guisado: un plato de espaguetis con una pinta regular, y sopa de pescado en la que flotan trocitos de elementos no identificados, y en cuya naturaleza verdadera yo prefiero no pensar demasiado. Lo hace por nosotros, porque se preocupa por nosotros, porque sabe que estamos solos y no comemos bien. Pero eso no quita para que las sopas que hace sean tremendamente difíciles de digerir, incluso filosóficamente hablando. Eran mucho mejores las de su madre.

La comida que él mismo guisa y nos regala es su forma de decirnos que quiere cuidarnos, que le preocupa lo que nos pueda suceder (aunque jamás se le haya ocurrido que alguna de sus sopas pueda matarnos).

Hoy en mi cocina se ha producido un milagro. Lo siento de una manera tan clara e intensa como las sopas de mi adorado conserje. He conseguido hacer algo con mis propias manos, una comida que hace felices a dos seres no muy racionales, es verdad, pero por eso mismo mucho más auténticos. Los dos expresan lo que sienten sin tapujos.

Bueno, el fuet no lo he preparado yo, pero así y todo.

Oigo cómo ruge el viento en la terraza. Suena como un gigantesco estómago vacío que se quejara. Supongo que nuestra escena, la que protagonizamos los tres en un piso de este barrio dormitorio de la gran ciudad, deja mucho que desear. No es la estampa perfecta de la Navidad. El árbol de plástico hace lo que puede por poner una nota entrañable, con dudosos resultados.

Mi padre está comiendo y, a veces, cierra los ojos como si pensara, o recordara, algo profundamente feliz.

Fuet se entretiene ahora mordisqueando los restos de longaniza tumefacta. Me siento tan venturosa viéndolos que se me ha quitado por completo el apetito. No tengo una necesidad compulsiva y urgente de comer, de llenarme con porquerías. Solo quiero mirar a mis dos compañeros de piso.

Comérmelos con la mirada.

Notas de voz del móvil de Fiona:

Frases que gustan:

> «Sea el alimento tu medicina,
> y la medicina tu alimento».
> Hipócrates (el pobre, no tenía Twitter).

El cielo está cubierto de unas nubes negras y espesas, que no son algodón, sino algo mucho más sólido. Me parece ver un relámpago en la distancia. Me acerco a la terraza y la abro para respirar un poco, para intentar colmar mis pulmones y mi cabeza con aire fresco, y así conservar dentro de mí la sensación de plenitud que siento. Ojalá me liberase de complejos y me sintiera siempre tan satisfecha como ahora mismo. No recuerdo, de hecho, haber estado antes tan contenta como ahora. Jamás en mi vida. Quiero decir en mi vida después de que mamá nos dejara.

Estoy en la terraza, de espaldas a la ciudad, a los edificios de enfrente. A las luces y a los ruidos que no cesan jamás en esa metrópoli enorme que nunca duerme. Cierro los ojos y me siento estúpidamente feliz. Pienso que a este instante maravilloso apenas le falta nada. Bueno, hay una cosa que quizás sí echo de menos, pero eso es algo que no está al alcance de mi mano...

—Buenas noches. Aunque con algo de retraso, quería desearte feliz cumpleaños, y feliz Año Nuevo —dice entonces una sugerente voz que me sobresalta.

Doy un salto de ballena en alta mar.

Miro a mi alrededor, con el corazón latiéndome como un poseso, a punto de salírseme del pecho y brincar por el balcón hasta caer a la calle y pegarse el trastazo del siglo.

Madre mía, qué susto.

Supongo que es la voz de un fantasma.

De una aparición.

No sé de dónde viene ese saludo, en este momento estoy rodeada de seres que no saben comunicarse. ¿Acaso habla el viento? ¿Es que vivo dentro de una canción de Bob Dylan, o algo…?

Miro a un lado y a otro. Porque creo en los milagros, y no me parece extraño que un fantasma se haya materializado a mi alrededor.

Pero no veo nada.

—¡¡¡Aggg!!!, ¿quién es? —pregunto; lamento no tener a mano la única arma contundente con que contaba en casa: el fuet que, ahora mismo, Fuet está despachando tranquilamente despanzurrada en medio del salón.

—¿Fiona?

—¿Sí? ¿Qué? ¿Quién…?

Oír mi nombre pronunciado entre la oscuridad de la terraza solitaria hace que sienta un escalofrío que me recorre la columna vertebral. Y eso que yo tengo kilos suficientes como para que mi columna vertebral me produzca pocas sensaciones, sepultada como está entre alegres michelines.

—¿Quién es?

Me pongo en guardia.

Me parece injusto que sea yo quien tenga que ocuparse de defender el hogar. Me gustaría tener un padre que saliese a hacer frente a los peligros que acechan en el mundo exterior. Que protegiera este lugar como si fuese un fuerte. Que se ocupase de la seguridad de todos los que vivimos bajo el mismo techo que él. Que fuese un padre-sheriff en vez de un padre-mascota.

Pero, como siempre, estoy sola ante el peligro. Soy yo la que tiene que batirse con el lector de contadores de gas y hasta con los malditos fantasmas que susurran mi nombre en la oscuridad...

—Fiona...

—Sí. ¡¡¡No!!! ¿Cómo sabes mi nombre? ¿Quién eres, quién...?

Empiezo a dar vueltas como un trompo, intentando averiguar de dónde proviene la voz. Por fin, mi vista se aclara y consigo distinguir un par de ojos brillantes entre una especie de maleza de plástico verde macilento que conforma la valla que separa nuestra terraza de la de los vecinos. No tenemos tabiques comunes con ellos, pero sí una terraza que nos une, que parece que nos da la mano, arquitectónicamente hablando.

—¿Al… Alberto? ¿Eres tú?

—Sí, soy yo, Fiona. He vuelto.

Cielos.

Suena como un maldito anuncio navideño de colonia.

Pero es Alberto.

No me lo puedo creer.

#ErrorEnLaProgramaciónDelJuegoDelAmor
#BugLove

Alberto.

El hombre de mi vida.

El chico de mi vida. La persona de mi vida.

El sueño de mis noches de verano en vela.

El hombre más extraordinario del mundo (si quitamos a todos los demás, a los que ni siquiera conozco). Aunque cuando lo vi por última vez yo tenía trece años y aún no parecía un aerostato autopropulsado a punto de salir volando en una novela de Julio Verne, sino más bien un espárrago recién salido de una clínica de adelgazamiento.

Me acerco a la valla tanto que mis ojos casi tropiezan con los suyos a pesar de que nos separa una enmarañada selva de hiedras de plástico. Las colocó la madre de Alberto, porque decía que no requerían mantenimiento. Es una señora con una decidida preferencia por lo artificial sobre lo natural. Mamá y ella nunca acabaron de congeniar, aunque fingían que eran las mejores amigas del mundo cada vez que coincidían en la terraza cuando salían a tender ropa, o a hacer sus ejercicios de yoga, en el caso de la madre de Alberto, o a leer, en el de la mía…

—Alberto, Alberto… —Su nombre sale de mi garganta con un susurro ronco. Parezco una dobladora de películas porno en su día libre.

—Fiona…

Consigo reaccionar después de este choque emocional que apenas merezco, dada mi edad y condición, y me acerco al interruptor de la luz.

Cuando ilumino la terraza puedo observar la figura en semipenumbra de Alberto, entre hojas de plástico macilentas. Y entonces me doy cuenta de que, o yo no veo muy bien o el amor de mi vida es… ¡el chico desconocido del que me enamoré en el súper el otro día!

Me habría gustado haber adelgazado trescientos cincuenta kilos antes de vivir este momento. Como no ha sido así, procuro sobrellevar con dignidad la escena.

A pesar de que la zona de terraza de su casa está oscura, logro vislumbrar de nuevo al mismo joven pimpollo que sería capaz de ganar un concurso de Míster Universo en el país de Chupilandia y que me ha robado el corazón en la sección de congelados. Mi corazón ahora está *Frozen* por él.

—Oh —logro balbucir, como si fuese idiota.

(Ahora que lo pienso, quizás lo sea).

La visión de Alberto me ha vuelto completamente lerda. También es posible que ya lo fuese antes de verlo a él.

Mi corazón, que anda delicado con tantas emociones nuevas, da un triple salto mortal dentro de mi pecho y eso me hace bambolearme. Teniendo en cuenta mi volumen y envergadura he de tener cuidado, porque puedo desestabilizar el edificio. Todo el mundo sabe lo ingratas que son luego las obras de rehabilitación en una comunidad de vecinos.

—Hola, Fiona. Sí, soy yo, ¡Alberto! He vuelto a casa.

—Pero yo creía que seguías en aquel colegio del extranjero. Dado el tiempo que ha transcurrido desde que te fuiste, pensé que a estas alturas te habrías convertido tú mismo en extranjero.

—Qué cosas tienes. No me he convertido en nada que no fuera antes de irme.

—¿Y qué haces aquí?

—¿Qué quieres que haga? Estoy en mi casa. He vuelto a casa.

Alberto me mira como si se enfrentara a una extraña. De pronto soy consciente de mi nuevo aspecto físico. La última vez que nos vimos yo era una pequeña y frágil muchachita. Y ahora apenas puedo entrar por la puerta de casa. Es como si yo me hubiese tragado a aquella niñita que él conocía. Supongo que ha deducido que soy yo porque vivo en la misma casa, no porque me parezca en nada a la Fiona que él frecuentaba.

Me avergüenza mi cuerpo.

Si pudiese, haría que me absorbiera la tierra, y le hablaría a Alberto desde un pozo profundo, allí, cerca del núcleo del planeta.

Me dan ganas de tapar mi cuerpo, igual que haría la pobre Eva en el paraíso, justo después de darse cuenta de que no queda fino andar a lo *full-monty* por ahí, por pocos vecinos que tuviera.

#SiYoFueseEvaMeComeríaLaSerpienteEnSalsa
#AdánCobardePíoPío

Intento cubrirme con las manos, pero me temo que ellas no son suficientes para ocultar toda mi anatomía. En realidad, demasiado contundente como para poder ser tapada, ni siquiera por la ropa que me compro en la sección de tallas grandes de unos grandes almacenes, valga la redundancia. Ni siquiera una tienda de campaña del ejército me podría enfundar a mí.

—Tierra, trágame. *Por favorcito* —suplico por lo bajinis.

—¿Qué has dicho…?

—Nada, nada… Tengo que irme, feliz Año Nuevo. Me alegra mucho verte. Nunca imaginé que volverías.

Me siento como en la maldita película *Casablanca*. Pero sin avión, sin carta bajo la lluvia. Sin el tipazo de Ingrid Bergman. Me siento como en *La Bella y la Bestia*. Solo que yo soy la Bestia.

—Pero, pero… Fiona, no te vayas, hace años que no nos vemos. Tenía ganas de verte. Estás tan cambiada… Tan mayor.

Es evidente que él no reparó en mí cuando nos cruzamos en el supermercado. No me extraña. No resulto atractiva para nadie. Los chicos por la calle se fijarían en los detalles del sistema de alcantarillado público antes que poner los ojos en alguien como yo. Y menos, los chulazos como Alberto.

«No valgo para nada», me digo y me siento mal. Toda la felicidad que había conseguido disfrutar hace unos minutos se ha evaporado como una sopa que se va consumiendo al fuego sin que nadie la retire a tiempo.

—¡Hasta luego, tengo que volver adentro!

—Pero Fiona…

#QueLaTierraMeTragueQueMeSorbanLasNubes
#MeMueroDeVergüenzaYOprobio
#TeLoJuroPorMiAcnéQueSeMueraMiAcnéSiMiento

Cuando entro de nuevo en el salón y cierro la puerta de la terraza, mi corazón no palpita, directamente está ofreciendo una sesión de fuegos artificiales al resto de mi organismo, que asiste estupefacto al espectáculo. Todo ello, dentro de mi pecho.

Me pregunto si a mi edad son frecuentes los paros cardíacos por motivos de estrés traumático. Tengo que mirarlo en Google. Tengo que ver qué dicen al respecto en Yahoo Respuestas. Tengo que desaparecer del mundo y volver al cabo de varias décadas, cuando haya conseguido adelgazar, a razón de cien kilos por año.

No me puedo creer que Alberto haya vuelto. Son demasiadas emociones. Temo que no voy a poder soportarlo. Hacía mucho tiempo que no vivía un cumpleaños tan emocionante como este. En un día de infarto que ni siquiera es el de mi aniversario.

—Moriré virgen, y no de una enfermedad, sino probablemente de vergüenza… —les digo a mi padre y a la perra, que disfrutan tranquilamente de los últimos bocados de su banquete. He tenido suficiente por hoy. No sé vosotros, pero yo creo que me voy a ir a la cama…

En ese momento un sonido de arpa, lo bastante cursi como para ponerme los pelos de punta, pero tan estridente como para que no me decida a cambiarlo por otro menos llamativo, me avisa de que tengo una nueva notificación en mi muro de Facebook.

Abro el móvil y mientras me seco el sudor frío que la visión de Alberto me ha producido, leo el mensaje que una persona que no reconozco ha dejado en mi página.

Lo que dice me hace temblar, de tal manera que se me doblan las piernas y me dejo caer en el suelo.

Fuet se acerca y me olisquea. Da un gruñido lastimero que por un momento me hace pensar que sabe lo que está ocurriendo, como si fuese una persona. Un médico especialista en adolescentes chifladas. Un detective privado. Esta chucha tiene mucho más sentido de la realidad que mi padre.

Leo en voz alta, mirando de reojo a Fuet, buscando su comprensión, aunque sé que no podré tenerla nunca. No del todo.

Alguien ha escrito en mayúsculas, lo que significa que está gritándome:

Conozco tu secreto.
Lo descubriré pronto para que todo el
mundo sepa quién eres y lo que haces...

Me apetece desmayarme, pero no tengo las condiciones necesarias, ni ese aspecto delicado que se les supone a las señoritas que desfallecen de emoción. O que por lo menos así lo hacían en el siglo XIX, pues hace tiempo que las jóvenes doncellas, por fortuna, como dice mi profesora doña Aurora, perdieron la costumbre de mostrar debilidad, tanto en público como en privado, como estratagema marrullera para llamar la atención o conseguir lo que quieren.

Pero lo cierto es que si alguna vez he tenido ganas de desmayarme, es ahora.

—¡Guau! —dice Fuet.

Y yo le doy la razón.

Qué remedio.

LEÍDO EN EL MURO DE FACEBOOK DE MAX:
Nunca he entendido qué utilidad tiene el pelo. Por eso hasta ahora no se me había ocurrido peinarme.

Paso el resto de la noche como una sonámbula, dando brazadas al aire, como si me faltase la respiración, como si el sueño fuese un enorme lago interminable y oscuro y yo no supiera nadar.

Estoy desvelada, creo que jamás en mi vida podré volver a dormir, no puedo pegar ojo. No podría, porque eso significaría bajar la guardia y no olvido que alguien me está vigilando. Conoce mi secreto…

Por si fuera poco, Alberto ha vuelto.

Buena noticia.

La mala es que me ha visto tal como soy.

Me levanto. Procuro no hacer ruido para no despertar a papá. Voy a la cocina. Hago cosas raras en mitad de la noche, como pegarme un atracón de bollería industrial.

Y yo que creía que la ansiedad por comer había desaparecido de mi vida de un día para otro. Por arte de magia. Gracias a las tartas caseras. Y al amor...

Doy vueltas arriba y abajo por la casa.

Todo está a oscuras, pero dentro del salón se filtran las débiles luces del alumbrado callejero.

Cualquiera pensaría que me he vuelto loca, pero ni Fuet ni papá se extrañan ante mi comportamiento. Podría empezar a caminar a cuatro patas y ellos estarían de acuerdo.

Pienso que lo mejor sería darme un baño para relajarme un poco.

Fuet, un poco adormilada, me sigue hasta la bañera y olisquea el agua, pero cuando le salpica el hocico, sale corriendo. Luego vuelve dando pasitos precavidos.

Reparo en que está un poco sucia. Quién sabe cuántos días llevaría sola en la calle. Ahora que se muestra más tranquila, incluso su aspecto ha cambiado. Quien diga que los perros no ponen caras diferentes según las distintas emociones que sienten es que no ha visto a Fuet.

Mientras se relame unas gotitas que le han caído en la cara, la cojo con cuidado y la pongo en la bañera, le echo un poco de mi champú, especial para cabellos castigados, a pesar de que mi cabello no está mucho más castigado que el resto de mi cuerpo. Siempre me ha parecido que utilizar este tipo de champú era un extra para mi melena un tanto desbocada, pero sobre todo algo que merezco por el tipo de vida que llevo, muy castigada por el destino, etcétera.

Enjabono a la pequeña hasta que se convierte en una especie de enorme merengue de espuma. Resulta asombroso, pero no se queja ni se mueve, como si de alguna manera el agua le gustase. La froto y le doy un masaje, y después le lanzo el chorro de agua tibia hasta acabar con todos los restos de espuma.

—Vas a quedar reluciente —le digo contenta, olvidando por un momento mis preocupaciones.

La seco con una toalla usada, y ella se sacude de manera coqueta. Pienso en darle unas pasadas con el secador, pero me parece un poco desproporcionado. Aunque por lo general suelen gustarme las cosas desmedidas, no hay más que verme a mí.

Cuando por fin termino con Fuet, me doy cuenta de que acaba de hacerse pipí encima de la toalla.

—Eso no se hace, ¿qué has hecho?, ¡¡eres una cerda en vez de una perra!! No debes portarte así. Esas cosas se hacen en la calle, no aquí, dentro de casa. No me parece bien. Ahora tendré que limpiarlo yo. Porque seguramente a ti no te apetecerá coger la fregona, ¿verdad, meona?

Fuet se encoge al oír mi voz, y tengo la sensación de que espera que le pegue, que le dé una patada, o que la mande de un golpe contra la pared. De verdad que tiene una carita asustada, y tiembla. Aunque también puede deberse al hecho de estar mojada. Da la impresión de que está atemorizada. Que no entiende nada de lo que digo. Como papá cuando hace algo mal y yo me quejo, como cuando rompe los platos, o se deja la basura abierta y la cocina huele que apesta por la mañana.

—Anda, vete de aquí, so cochinilla. Lárgate antes de que me arrepienta…

Fuet sale corriendo dejando un lamentable rastro húmedo a su paso.

Lo limpio todo de mala gana.

La envío de vuelta al salón y cierro la puerta del baño. Ahora me toca a mí, me digo con un bostezo mientras contemplo la tentadora bañera. Pero después del espectáculo de *spa* escatológico que acaba de protagonizar Fuet, solo me quedan fuerzas para tomar una ducha.

—Lo que me faltaba, una perra incontinente…

Consejos de la tía Mirna
(del libro *Cómo hacer un hogar feliz en el que no falte el amor*):

Pasta estilo «One pot»

Es una receta americana. «One pot» quiere decir que se ponen todos los ingredientes a cocer casi a la vez. Es muy sencilla, apta incluso para cocineros principiantes:

Ingredientes:

½ calabacín
6 o 7 champiñones
100 g de bacon en tiras
2 tazas de pasta
2 cucharadas de tomate frito
50 ml de nata
2 tazas de caldo de verduras
1 taza de agua
1 cucharada pequeña de orégano
1 taza de queso rallado

Cortar el calabacín y los champiñones en trozos.
En una olla poner juntos el calabacín, los champiñones, la pasta, el bacon, el orégano y la salsa de tomate.

Añadir el caldo y el agua hasta cubrir los ingredientes. Poner a cocer a fuego lento hasta que se reduzca todo el caldo.
Entonces, añadir la nata y dejar cinco minutos más a fuego medio.

Añadir el queso, remover y apagar el fuego.

Servir caliente, cuando el queso se haya derretido.

Chuparse bien los dedos después de rebañar bien el plato.

Papá se despierta. Parece alterado. Me siento culpable por haber hecho ruido.

Cuando me voy a la cama por fin, después de haberme asegurado de que él se encuentra en la suya, arropado y durmiendo de nuevo como un bendito, oigo los pasitos vigilantes y cuidadosos de Fuet, siguiéndome hasta mi habitación.

—Estoy enfadada contigo. No sabes controlar tus emociones.

Ella tuerce la cabeza y me mira como pidiéndome disculpas. Ese gesto de desamparo me llega al alma. Supongo que soy sensible a la debilidad de los demás, y que por eso no puedo permitirme tener la mía propia, tal y como me gustaría.

La verdad es que nunca había tenido un perro en casa. Aunque era algo con lo que había soñado de vez en cuando. Llevo años intentando liberarme de responsabilidades, no adquirir otras nuevas. Pensaba en un perro para papá, pero como una bonita idea, más que como proyecto factible.

Dejo que Fuet se aposente cerca de mi cama, en la mullida alfombra que me regaló mamá.

Todavía no nos conocemos tanto como para dormir juntas.

Blog de la *celebrity* Kayla Oh! —joven cantante y activista—, después de haber sufrido anorexia y bulimia:

Aprende a comer cosas que no estén manipuladas, la comida debe ser natural. No sabemos lo que hay en la comida cuando ha sido excesivamente manipulada. Los agricultores son pobres porque venden lo que sacan de la tierra, tal cual. Pero los que fabrican comida procesada han descubierto que con solo añadir grasa, azúcar y sal pueden hacerse ricos.

Tengo miedo por la amenaza que he leído en mi muro de Facebook, que es *El muro de las lamentaciones* de mis amigos y el mío propio. Lleno de chorradas sentimentales, de deseos y de imágenes embellecidas de uno mismo. Un escaparate falso, pero también auténtico, porque habla de nosotros, de nuestro verdadero yo, mucho más de lo que imaginamos. Por lo menos eso es lo que asegura un tipo de Orlando en Yahoo Respuestas. Esa verdad es un clamor.

También sostiene algo parecido mi profesor de Matemáticas. Y un estudiante de secundaria de Singapur del que me hice amiga durante un par de semanas (luego desapareció y nunca más se supo) por una de esas carambolas electrónicas que te llevan de un sitio a otro, de un *link* a otro, recorriendo el mundo de forma electrónica como un fantasma que atraviesa las latitudes sin saber adónde se dirige ni dónde se encuentra exactamente.

Cierro los ojos y pienso que ya tengo diecisiete años. Mi meta está cada día más al alcance de la mano: ser mayor de edad, verme libre de amenazas…

Pero también está más lejos.

Hoy he cocinado un plato exquisito, algo que hasta ahora escapaba completamente a mi imaginación, que nunca habría soñado…

Empiezo a leer mi libro entre las sábanas, antes de dormirme, mientras observo de reojo el pequeño bulto blanco y marrón que forma la perra, acurrucada sobre la alfombra. Después del merecido baño que ha devuelto el esplendor a sus pelos, parece un peluche pequeño tirado en el suelo.

A veces extiendo la mano y ella acude y me da unos lametazos. Su lengua me hace cosquillas. Es cálida y rasposa, y me dice a su manera que se siente bien a mi lado. Que no la abandone.

#MotionCapture
#DeTuAlma
#BesosPerrunosPorNavidad

¿Será demasiado pronto para que me quiera, para que yo la quiera a ella? Después de lo que ha hecho esta noche… Me parece que una perra debe mostrar cierta dignidad y controlar sus micciones.

Tengo miedo de que se sepa que mi padre y yo —ambos menores de edad en todos los sentidos— vivimos solos, sin vigilancia. Sin la ayuda de parientes o instituciones que se hagan cargo de nosotros.

Pero es que… ¡no necesitamos a nadie! Nos las arreglamos bastante bien. Aunque hace tiempo que renuncié a intentar explicarlo.

Cuido a mi padre sola desde que tenía casi trece años y hasta la fecha no hemos necesitado ayuda de nadie. Estamos vivos, ¿no? Eso demuestra que somos independientes.

El médico ve a papá una vez al año, le cambia las dosis de los medicamentos —que no sirven para nada— y nos da cita para el año siguiente. En todas esas citas soy yo quien lo ha acompañado siempre.

Papá se comporta bien, solo cuando uno habla con él percibe que no es un hombre normal y que algo no está bien en su cabeza. Pero si no abre la boca, nadie se da cuenta. Puedo ir con él en autobús y volver a casa, como si nada. Vistos desde lejos parecemos una familia de esas desestructuradas, pero perfectamente normales y corrientes.

Un padre divorciado, o viudo como es el caso, que saca adelante a su hija, él solo.

Sin embargo soy yo, la hija, quien está sacando a su padre adelante, o quizás hacia atrás (no estoy segura); soy yo la que muchas veces tiene miedo, la que a menudo siente que no posee la fuerza suficiente para aguantar un día más.

Sin embargo, como dice Ratunen17 en Yahoo Respuestas, en la vida no puedes rendirte justo cuando estás a punto de conseguir algo. Sobre todo si ese algo es una videoconsola nueva, porque una videoconsola es para él, de alguna manera, un consuelo.

#LoveGameOfTheYear
#ActualizoMiFirmwareCorazoncito
#SoyLoPeor:TengoHambre

Estoy a punto de cerrar los ojos de puro cansancio, y se me desliza el libro entre las manos. Doy un respingo y cuando voy a incorporarme y a recogerlo me doy cuenta de que tiene una pequeña nota de papel finísimo que ha aparecido entre sus páginas. La firman doña Aurora y Mirna. ¿Cómo no se me había ocurrido? Llevan semanas persiguiéndome, prestándome una atención que no les he pedido.

Me desean un magnífico cumpleaños. Así que eran ellas… Podrían haberme dado el libro en persona cuando me invitaron a su casa, pero, ahora que las conozco un poco más, supongo que pensaron en invitarme a comer *después* de mandarlo por correo.

—Pobrecilla, tan gorda y tan huérfana... Creo que un libro es poca cosa para felicitar a Fiona por su cumpleaños, ¿por qué no la invitamos y le enseñamos a guisar algo directamente, en vez de mandarle un libro de recetas por correo? A lo mejor si solamente recibe el libro no pilla la indirecta, y está claro que esta pobre chica necesita aprender a comer. Aunque, para ello, lo primero que tiene que hacer es saber guisar. La voy a llamar —diría la señorita Aurora, hablando con su tía Mirna—, la invitaré a casa. Después de todo, no tenemos ningún compromiso para mañana a mediodía...

Siento una cierta decepción. El otro día, por un momento pensé que tenía un admirador secreto. Un príncipe azul de esos capaces de amar apasionadamente incluso a las ranas como yo.

Es posible que, como dice Carmen, me tengan lástima.

De la Wikipedia:
Umami (en japonés: うま味), vocablo que significa sabroso.
También se dice de la sensación gustativa que produce el glutamato monosódico.

Cuando están a punto de terminar las vacaciones de Navidad, casi he leído el libro entero. Antes de dormir me gusta repasar algunos de sus consejos y recetas.

Leo en mi bonito ejemplar que con azúcar, canela, clavo, piel de limón y un poco de agua puestos a evaporar en un cacito sobre el fuego se pueden eliminar casi todos los olores desagradables de la casa, dejándola perfumada.

También hay un calendario de hortalizas que me enseña que en enero abundan las remolachas, acelgas, alcachofas, zanahorias, coles de Bruselas, los repollos, cardos, rábanos… Esas palabras son para mí extrañas, y tienen un contenido misterioso. No suelo comer hortalizas. No suelo comer nada que no venga tan enrollado en plástico que pueda salir indemne de la escena de un crimen. Lo que, ahora que lo pienso, no sé si es buena señal.

También recomienda comprar un congelador donde pueda almacenarse un buey entero. Imagino que troceado. Y aunque creo que yo no soy exactamente una campesina francesa de después de la Segunda Guerra Mundial —hacia las cuales se dirige la autora de la obra, según cuenta—, pienso que nuestro congelador es bastante grande. A pesar de mi afición por los congelados, está desaprovechado. Y hay otro gigantesco aparato refrigerador, en el restaurante que mi madre tenía antes del accidente. Desde entonces permanecen cerrados, a dos calles de aquí. El bar y el congelador. Nadie los ha usado ni ha entrado allí después de todos estos años.

Pensar en el frío hace que me estremezca. Afuera, en la calle, ha empezado a llover, puedo oír el golpeteo de la lluvia sobre los muebles de la terraza.

Pienso en Alberto y cierro los ojos, rememorando su cara.

¡Está tan cambiado…!

La última vez que lo vi era apenas un crío. Y ahora es un hombretón.

Es una cabeza más alto que yo. (Y supongo que yo soy varias cabezas más ancha que él).

Me siento tan avergonzada de mi aspecto que me tapo con una manta, intentando ocultarme del mundo, de Alberto, de todos los seres humanos que habitan el planeta… He dejado el libro fuera, encima de la cama, y oigo cómo cae al suelo, al lado de la perra, que se remueve un poco, disgustada.

Cierro los ojos, los aprieto bien fuerte. ¿Dónde estará Alberto en estos momentos, qué hará, qué comerá, con quién hablará…?

No he vuelto a verlo desde nuestra patética conversación a través de la valla de separación de nuestras casas, en la helada terraza.

Cojo el libro del suelo, lo abro al azar y leo:

«Si tiene usted niños, nunca críe animales domésticos a los que eventualmente tenga intención de comerse».

Observo a la perra, que entreabre los ojos y me mira con expectación.

Me parece un buen consejo.

Ese es mi último pensamiento antes de dormirme, con un brazo agarrando el libro y con el otro dejando que Fuet me lo llene de babas.

Dorar:

Freír la comida por todas partes en una materia grasa —aceite, mantequilla o margarina— para que quede una capa crujiente por fuera.

A veces, en la vida sentimos que nos estamos friendo por todas partes: de todos lados llega esa chamusquina que nos convierte en un carbón ennegrecido. Hacemos acopio de fuerzas, pensando que las cosas malas que nos están pasando no van a volver a ocurrir porque no lo permitiremos, y sin embargo, un fuego imponente nos acosa, nos devora. Viene del exterior, es como un ataque en todas direcciones.

El mundo parece haberse conjurado para convertirnos en esclavos de fuerzas desatadas, sincronizadas, que han entrado en acción para acabar con nosotros. Estamos tan fritos, que parece que nos han dorado en preocupaciones.

No obstante, todo dolor es efímero. El dolor es tan malo y tan intenso que es incapaz de durar. Se agota en sí mismo.

Por fortuna, ni siquiera él es eterno.

Todo se puede superar, aunque las circunstancias no sean propicias: basta con cambiar de lugar. A veces, incluso hay que salir corriendo. Pero merece la pena, si dejamos atrás todo lo que nos estaba quemando.

¡Huye, corre, escapa del maldito fuego!… Si algo te quema, si te abrasa, no te quedes ahí aguantando el dolor, o acabarás chamuscada.

Carmen, Max y yo damos un paseo por el barrio.

Les he contado lo de Facebook, la amenaza que me ha tenido en vilo desde que la leí. Ellos mismos habían podido verla antes de que nos reuniésemos.

Acabo de borrarla desde el móvil. Luego, he vaciado la papelera. ¡Rasrás!

Fuet nos acompaña al trote. He tenido que comprarle una correa para que no se escape. Vale, no es exactamente para evitar que huya, sino para que no la pise alguien sin querer, porque no parece tener intenciones de irse de mi lado. Es tan pequeña que a veces temo que vaya a perecer aplastada por algún gigantesco humano.

—Así que ahora tienes un perro… —dice Max, que es un gran observador, mientras acaricia a Fuet.

Le hace carantoñas, y en pago por tanta amabilidad, la perra se orina en su zapato.

—Pero ¿qué…?

—No le des demasiada importancia, empiezo a pensar que es una muestra de cariño por su parte.

—Perro malo… —dice Max entre dientes.

—Es una chica, ¿no has oído? Perra, no perro… —se queja Carmen—. ¿Por qué los tíos siempre creéis que los seres vivos, sean de donde sean y vengan de donde vengan, incluso si provienen del espacio exterior, de entrada son siempre machos…?

—Ah, pero ¿no lo son…? —responde Max.

Paseamos por el barrio. Una especie de ciudad dentro de una zona urbanística nueva que se encuentra dentro, a su vez, de la gran ciudad. Somos el extremo de una serie de círculos concéntricos que nadie sabe cuándo terminan, ni dónde. Un lugar donde las construcciones más antiguas datan de principios del siglo XXI.

Dicen que tenemos millones de metros cuadrados de zonas verdes, pero nosotros nos conformamos con los columpios que hay cada dos manzanas. Están invadidos por jóvenes madres con pinta de estresadas, de chavales gritones y de perros mucho más decididos que Fuet, y con la vejiga igual de floja.

—Chicos, tengo que aguantar como sea hasta el año que viene. Me queda un año menos siete días para cumplir la mayoría de edad. Entonces mi padre y yo seremos libres. Nadie podrá decirnos qué hacer con nuestras vidas.

—Yo sé quién ha sido, sé quién te amenaza. Y tú también lo sabes… —gruñe Carmen.

Lleva las uñas negras decoradas con unas pequeñas calaveras de purpurina que apenas caben en el espacio donde ella las ha enclaustrado.

Reconozco que tiene imaginación vistiéndose. Y haciéndose la manicura.

Está tan delgada que apenas puedo imaginar por qué es amiga mía. Cualquiera diría que una persona como ella, que ha conseguido su peso ideal, huiría de alguien como yo, que encarno el ideal del peso. Del peso pesado. Valga la redundancia.

—¿Lylla? —pregunta Max.

—La misma que viste y rabia.

—Lylla, Lylla… ¿Y quién es Lylla?

Basta con mirar a Max para ver que sus ojos se encogen con un brillo de codicia, es algo imperceptible, algo de lo que seguramente ni siquiera él es consciente, pero que Carmen y yo somos capaces de detectar.

Es la misma reacción que tiene cualquier chico del instituto cuando oye el nombre de mi archienemiga Lylla, de mi nueva peor amiga, de la persona que representa todo lo contrario que yo.

Lylla es guapa, es rubia, sonriente, irritante, es perfecta, no, qué digo perfecta: ¡es pluscuamperfecta!… Es además la hija del director del colegio. Ambos se parecen, nadie puede dudar de la paternidad de ese escalofriante mandamás. Porque Lylla es clavadita a él. Pero en guapo y en mujer. Es como un clavo, cuyo objetivo en la vida es estar clavado. En el trasero de los demás, a ser posible. En el mío, en particular.

También es la persona que ha convertido mi vida en miserable desde que ambas coincidimos en el colegio siendo muy pequeñas. Pero no quiero ni pensar en eso.

#HidratosEnCazuelaParaCenar
#AcosoEscolarParaDesayunar
#CambiaDeDietaOTúVerás

—Padre e hija son igual de prepotentes y de estúpidos —dice Carmen—. De presumidos y de vacíos.

—Y de delgados… —añado yo, con tristeza y un punto de pelusa. Bueno, un puntazo—. Eso es lo único que les envidio.

—Parecen devorar toneladas de comida y no engordar. Lylla, de hecho, siempre está rumiando. Me recuerda a una cabra pirenaica —dice Carmen—. Yo creo que tiene varios estómagos, como los rumiantes.

—Bueno, en realidad tiene varios de todo, porque ella es una pija, no se priva de nada. Así que no me extrañaría que tuviese varios buches, cuando las demás solo podemos permitirnos uno.

—No sé, no me parece para tanto como a vosotras. Además, creo que su madre está enferma.

—La disculpas porque está buena, como todos los chicos. Os parece que a una mujer se le puede perdonar cualquier cosa con tal de que esté maciza.

—¡Nooooo…! Bueno, ¡síííííí…! —responde Max.

—Pero me parece demasiado fuerte que se dedique a amenazarte en Facebook —dice Carmen.

Carmen mira a Max como si lo fuese a derretir con su supermirada de rayos X. X, Y y Z.

—A ver si ha sido tu portero, que se ha chivado —apunta Max, y Carmen y yo negamos de manera tan contundente que parece que la cabeza se nos va a salir disparada del sitio.

—No. Ni hablar.

—Apunta y tira de nuevo, anda, listo —le pide Carmen.

Carmen hoy va vestida con unas zapatillas Converse rojas. Normalmente utiliza los colores de su vestimenta para lanzar señales a la humanidad. Pero ni siquiera yo consigo aclararme sobre cuáles son esas indicaciones tan sutiles. Supongo que es culpa mía, y que confundo los colores anticapitalistas con los neutrales, y los combativos con los ideales, etcétera.

Si yo fuese un extraterrestre que acabase de aterrizar en la Tierra, diría que es la hija pequeña, rubia teñida de negro, de una familia bien (bien mal) de una tribu mapuche venida a menos. Pero como la conozco desde tiempos ancestrales, puedo asegurar que piensa cada mañana, antes de salir de casa, que lo único que una chica no puede perder es la cabeza, porque incluso los imperdibles se acaban extraviando.

—Chicos, tengo que hacer algo para sobrevivir este año. Me va la vida en ello si no… sobrevivo —digo, estúpidamente.

—Apuesto mi cresta a que lo consigues. Eres una tía de recursos. Llevas cuatro años haciéndolo, casi cinco, y ahora no te puedes venir abajo. Si tienes dudas sobre ti misma, continúa preguntando en Yahoo Respuestas. No creo que nadie se atreva a negarte esa verdad.

—¿La verdad filosófica de Yahoo Respuestas? —pregunta Max.

—No, la verdad de los hechos.

—Para ti es fácil decirlo, Carmen. —Le doy una patada a una piedrecita, y Fuet pega un brinco creyendo que el puntapié iba para ella. Me agacho y la acaricio, para que se tranquilice—. Tú no tienes que luchar contra los elementos como yo. Ni contra esa elementa de Lylla.

La peor de todas. Y ahora le ha dado por las amenazas.

—Deberías hacer algo.

—¿Algo como qué?

—Algo que impida que te descubran.

—¿Como por ejemplo meterme bajo tierra y no salir hasta el uno de enero del año que viene...?

—No, me refiero a algo mucho más radical.

—Ah, bueno, eso me tranquiliza.

Carmen piensa un poco.

Cuando se pone a pensar, yo me pongo a temblar.

Porque sus ideas son un poco como su vestimenta: de esa clase que no es fácil de interpretar.

—¿Y por qué no haces algo...?

—Bueno, de eso se trata, de eso estamos hablando, ¿no?

Creo que lo mejor de la vida es tener amigos, pero me gustaría que mis amigos fuesen mágicos. Capaces de ayudarme a encontrar las soluciones que no puedo hallar yo misma.

—Deberías hacer algo espectacular. Mientras tú piensas que la única manera de sobrevivir al año que te espera es pasar inadvertida para todo el mundo, yo creo que la mejor solución está en hacer todo lo contrario.

—¿Hacer qué?

—Pues no sé, algo que te convierta en famosa. Hoy día los mayores cretinos son capaces de lograr la fama, ¿por qué no ibas a poder hacerlo tú, que eres mucho más inteligente?

—Ah, qué bien, pensé que me ibas a proponer algo imposible... Pero, por supuesto, hacerme famosa a nivel mundial no es un objetivo inalcanzable. Ah, qué alivio, por fin tengo la solución. ¡No te digo…!

Hablo con ironía, por supuesto, pero a Carmen eso nunca la ha detenido, no sé si es porque no tiene sentido del humor o porque tiene un humor sin sentido.

Canción de Kayla Oh!

Me has dejado para dedicarte a adiestrar caballos virtuales en purasangre.com:

En tus ojos está escrita mi biografía.
Ahí dice que he perdido la cabeza a los diecisiete.
Cuántos disgustos y tristezas,
ese gesto de ensueño con que te ofreciste a mí.
El amor depende de la calidad de tus emociones.
Verte, verte cada día.
Cuántas locuras haría por una cosa así.

Max observa a Carmen con su mirada concentrada. Ese aire enfurruñado de mi amiga siempre le ha gustado. Aunque lo niegue. Está embelesado mirándola, pero también tiene sus propias ideas respecto a lo que debo hacer, así que me lanza sus propuestas. Él tampoco se corta. Lo que más me gusta de mis dos amigos es que piensan a lo grande.

—Por mucho que diga Carmen, a mí no me parece que sea demasiado fácil convertirse en famoso de la noche a la mañana. Solo conseguirías tener un montón de garrapatas a tu alrededor intentando aprovecharse de tu fama y tu dinero. Tenemos que pensar otro plan.

—Claro, por supuesto. No me digas más. Voy a descartar inmediatamente eso de ser famosa. El dinero y la fama no traen más que inconvenientes.

Lo dicho, mi ironía se cae al suelo como polvo que arrastrará el viento. Y ni siquiera mi perra se digna a orinarse encima de ella.

Mis amigos están pensativos.

Nos sentamos en un banco, en un parterre azotado por un frío viento invernal e infernal, mientras vemos a las dedicadas mamás y a los perseverantes papás perseguir a sus hijos pequeños. Ellas, subidas en tacones de veinticinco centímetros sobre los que difícilmente consiguen mantenerse erguidas, se bambolean con el viento que las agita como banderas de extrarradio. Ellos, pegados a sus teléfonos, también de veinticinco centímetros, que no les caben en la mano y son casi tan grandes como sus cabezas.

—Yo apuesto —dice Max— porque hagas algo contundente. Creo que deberías vender tu virginidad por internet. Por ejemplo.

—Pero ¿qué dices? Estás como un caballo… de vapor… Burbujeante. Potente. Y tal. ¿Estás loco? ¡Tú estás sonado!

—El mundo está lleno de pervertidos podridos de millones que estarían dispuestos a desembolsar grandes sumas por conseguir la virtud de una joven como tú, fresca y… Fresca.

—Eres muy amable, Max, recuérdame que te tenga presente en mis oraciones. Y también en mi testamento cuando llegue a una longeva edad.

—Vale, está bien. Estáis llenas de prejuicios con respecto al sexo. Y a todo lo demás. Moción descartada. No hace falta que me lo reproches. Era solo una idea. Buena, adelantada a mi tiempo, quizás, arrojada y atrevida… Pero veo que no hay gran recepción al asunto. Me retiro de la carrera.

#Juegos3DEnMiMirada
#TeCambioAlHombreArañaPorUnArañazo
#PequeñitoEnLaEspalda

Max es un *nerd*, una rata de biblioteca, un cerebrito, un cuatro ojos, un gililibros, un friki del alto conocimiento intelectual (que para él significa los cómics, las series frikis de televisión, los libros de Ciencias y la composición química de la pizza). Saca muy buenas notas, y sabe tanto sobre temas completamente absurdos e inútiles que su alta capacidad a veces da miedo.

—Tu *nerdez* es casi pervertida, ¿te das cuenta, Max?

—De hecho —añade Carmen—, tu *nerdez* se está convirtiendo ya en un vicio, estudiado en las principales universidades de Walt Disney diseminadas por el mundo. Incluso se trabaja la posibilidad de bautizar con tu nombre a un virus que fomenta la tontería en el universo mundo.

—Yo solo intentaba ser útil.

—Y como siempre, te has quedado en ¡¡¡innn… útil!! —añade Carmen, elevando una ceja azul petróleo en dirección hacia la inmensidad celestial.

—Otra cosa que puedes hacer… —insiste Max, cuyas lentes de pasta dura podrían ser de pasta blanda, como su voluntad, y ello no impediría que él siguiera mordisqueándolas cada vez que se pone nervioso, como ahora mismo—, otra cosa chulísima que se me ocurre así, casi sin pensar, es casarte con un millonario, también por internet. Podemos *photoshopear* las fotografías, y venderte como si fueses una joven *playmate* que busca a un cariñoso hombre maduro billonario con el que pasar los próximos setenta años de su vida. Para cuando el tipo consiguiera ver tu verdadera cara, ya le habríamos sableado unos cuantos millones de euros. Y entonces podrías retirarte a vivir a un paraíso… fiscal junto con tu padre y tus mejores amigos. Acabar el instituto y que las autoridades descubran que eres menor de edad y cabeza de familia de tu pequeña familia descabezada sería el menor de tus problemas teniendo toda esa pasta para gastar. Creo yo.

—Claro, qué genial idea, ¿cómo no se me había ocurrido? Me pregunto por qué no protagonizas la mayoría de las series del canal National Geographic.

Max tiene la mirada baja y pensativa, pero eso no quiere decir nada, porque siempre tiene la mirada baja y pensativa. De hecho, si no fuese tan alto, yo diría que todo en él es bajo y pensativo.

—Estoy tratando de ayudar y vosotras, crueles féminas desalmadas, os reís de mí.

Carmen y yo somos las únicas amigas de Max, y eso porque nos conocemos desde los primeros años de colegio. Si no fuese así, Max jamás se habría atrevido a hablar con una chica. Somos las únicas mujeres de la Tierra con las que intercambia impresiones, además de su madre. Aunque con esta última, más que impresiones intercambia sobresaltos.

—Me gusta cuando te pones en plan *heavy* —le dice Carmen. Eso consigue que Max se ruborice hasta el último de los granos de su cara—. Pero prefiero tu lado macarra. Eres un amuleto contra *skins*.

Como vemos que la conversación no nos lleva a ninguna parte, los tres sacamos al mismo tiempo, sin decirnos nada ni ponernos de acuerdo, nuestros teléfonos móviles. Parecemos tres pistoleros del viejo Oeste que apuntan sus armas hacia sus respectivas entrepiernas.

Tecleamos de forma compulsiva, revisamos mensajes, enviamos mensajes, tiramos mensajes a la papelera, dejamos mensajes sin leer, nos quejamos de que no hemos recibido mensajes, nos decimos a nosotros mismos que no tenemos ganas de escribir más mensajes, revisamos cuidadosamente el *spam*, porque no tenemos mensajes, pensamos que, en un universo paralelo, probablemente no haya tantos mensajes como en este, o que los mensajes serán sin duda más interesantes…

Lo mejor de todo es que, la abrumadora mayoría de los mensajes que recibimos los tres, nos los enviamos entre nosotros.

Max se queja en voz baja, como si estuviese recitando unas palabras ceremoniales ante el altar de un cruel dios mesoamericano de la antigüedad.

Dice amargamente que su madre es la persona que más mensajes le envía. Luego me mira de reojo y ante mi cara de huérfana cargada de reproches, le da a un botón, mientras maldice las pantallas táctiles en lenguaje élfico.

—Insisto: creo que la mejor idea es la mía. Tú eres una jovenzuela. Tu juventud en un mundo de vejestorios decadentes es un valor en alza, tienes que aprovecharlo. O bien te haces famosa o vendes tu virginidad. Tú eliges.

—Preferiría no hacerlo. Ni una cosa ni la otra.

Mientras digo esto, no tengo ni la más remota idea de que, meses más tarde, las palabras de Max y Carmen llegarán a parecerme proféticas.

Pero ahora, mientras oigo a mis amigos, solo pienso que están locos de atar y que, a pesar de todo, los quiero.

Max se ríe, y aunque está acompañado de dos jóvenes ebúrneas, parece que se ríe solo. Porque, sencillamente, eso es lo que está acostumbrado a hacer, reírse de idioteces él solo.

Fuet se mueve nerviosa a un lado y a otro del columpio donde estamos sentados, de manera que parece un burro girando alrededor de una noria. Llega un momento en que se enreda con la cadena de cuero reluciente que le compré en el indio —o sea, de falso cuero, pero muy bien imitado—, y tenemos que desatarla porque parece a punto de ahorcarse con su propia cuerda. Más o menos como yo.

Luego, examino en el móvil una página de menaje de cocina; estoy recordando las recomendaciones de mi libro sobre los utensilios necesarios en una cocina de hoy en día. Aunque procuro no olvidar que la «cocina de hoy en día» del libro se refiere a una cocina de los años cuarenta en Centroeuropa.

Hago recuento de las cosas que tengo y de las que me faltan. En casa hay cacerolas de distintos tamaños, una cazuela pequeña para las salsas y cremas, una olla para el cocido, dos sartenes, una cazuela de hierro esmaltado, dos fuentes para horno, de cristal o de esmalte…

Hasta ahora, yo siempre las había mirado como si fuesen elementos recién salidos de una serie de ciencia ficción. O de un yacimiento arqueológico del Jurásico. Para mí no significaban demasiado. Sin embargo, empiezo a sospechar que hay cierta belleza en esos extraños cacharros. Voy pasando fotos de bártulos por la página web, y los admiro alucinada, como obras de arte a la venta en una subasta en la que puja gente muy sofisticada y elegante, como yo. Quiero decir, como a mí me gustaría ser.

—Acabo de hacerte una foto. Espero que no te moleste —dice Max—, pero la he subido a internet porque te he apuntado en una agencia matrimonial asiática.

—Estás como una batidora. Confiesa. Sé que te has escapado del canal Syfy.

—Ni siquiera pareces de nuestra misma especie —dice Carmen.

—¿Desde cuándo sabes chino? —lo interrogo yo, algo mosqueada—. ¿Cómo sabes que me has apuntado en una página matrimonial y no en una de testaferros para blanquear dinero de la mafia, o en una para tráfico de órganos…? —No sé si tomarme sus palabras en serio, o hacer como siempre.

—No necesito saber chino, tengo a mi querido Google Translator, ¿o tú crees que todas esas jóvenes bellezas ucranianas que se ofrecen por correo electrónico para casarse contigo, o para compartir una herencia fabulosa que han recibido por ser herederas de los zares, han aprendido a hablar nuestro idioma en un par de tardes…? No, querida Fiona. Hacen como yo. Piden ayuda a Google Translator.

—Te advierto que como empiece a recibir mensajes de tipos con malas intenciones…

—No, no. Nada de malas intenciones. Todo son propuestas formales de matrimonio. Lo pone aquí.

—Quizás se ponga en contacto conmigo un tío que tiene un restaurante donde sirven perro asado. —Me acerco a Fuet, la cojo entre mis brazos y la aprieto tan amorosamente que estoy a punto de estrangularla.

—Solo espero que me invites a tu boda, que seguramente tu anciano esposo celebrará en la Estación Espacial Internacional. Y que será el acontecimiento del milenio para *The Daily que Daily*. Sabes que soy modesto y me conformo con poco. Administrar tus bienes, por ejemplo, cuando el pobre hombre pase a mejor vida.

—Es lo que tiene ser un excluido social en la guardería, primaria y secundaria: que acaba con tu ambición —dice Carmen.

—Como sigas así, Max, al final el único amigo que te quedará será tu amigo invisible —le digo, sermoneándolo mientras contemplo en la pantalla de mi teléfono una flanera enorme y preciosa y un molinillo para legumbres que me roba el corazón.

CONSEJOS DE LA TÍA MIRNA:

Todos los alimentos que contienen proteínas deben cocinarse a fuego lento. La temperatura muy elevada hace que el queso se vuelva correoso y los huevos muy indigestos, la carne a fuego vivo se seca y encoge y el pescado se endurece, perdiendo su fina textura.

Todos deben guisarse a fuego lento.

Como el amor verdadero.

Cuando Max y la perra empiezan a dar síntomas de congelación, decidimos subir a mi casa. He hecho otra tarta, aunque esta vez no la he probado. Me conformo con olerla. Tengo suficiente con guisarla.

Anoche volví a darme un atracón de porquerías cuando mi padre ya estaba durmiendo. Me siento culpable, y me duele la tripa. Los retortijones me estuvieron matando hasta el amanecer. No quiero probar bocado durante unas horas.

Les ofrezco una generosa porción a cada uno de mis amigos y se la niego con energía y decisión a Fuet, que está empeñada en catarla.

He leído en yoperro.com que a los chuchos es mejor alimentarlos con la comida que venden para ellos en el supermercado. No darles sobras, como hacían los señores feudales poniéndolo todo hecho una guarrería y llenando el suelo de las cocinas de los castillos de huesos a medio roer.

Mientras Carmen y Max meriendan como si fuesen dos hambrientos refugiados políticos de una guerra zombie, mi padre nos acompaña en la cocina. Sonriente como siempre.

—Pues no se por qué estás empeñada en que tu padre mejore. Para mí es perfecto. Ojalá yo tuviese un padre como él, que nunca tiene nada que decir, que no se mete en nada, que no ordena y manda, y que come poco… —masculla Max con la boca llena del delicioso manjar (no es por nada, pero es que está realmente delicioso).

—Por vía natural es imposible amar si no se entiende primero lo que se ama —dice mi padre, respondiendo a los desatinos de Max.

—Ya lo creo, don Iñaki —farfulla Carmen, realmente impresionada con la calidad y generosa porción de pastel que ha salido de mis manos para ir directamente a su estómago agradecido—. Oye, chata, esto está de vicio. Deberías dedicarte a ello profesionalmente.

—Gracias. No hay de qué.

De repente, los ojos de Carmen se iluminan como dos cerillas que se prendieran por fin después de mucho andar frotándose contra la superficie rugosa de la realidad.

—¡Ya lo tengo, Fiona! Ya sé qué es lo que puedes hacer. Se me ha ocurrido la solución perfecta —dice mientras se limpia con precipitación las comisuras de la boca, sutilmente recubiertas con el caramelo líquido de mi pastel.

—¿Insinúas que puedo conseguir un marido rico…, o que me puedo buscar un trabajo de esclava en la cocina de algún aristócrata local? Ten en cuenta que en el barrio no tenemos demasiados castillos. Lo más parecido a una obra megalómana es nuestro colegio. Y la obra arquitectónica con más solera quizás sea el McDonald's de la plaza de las Américas.

—No, nada de condes, y nada de castillos. Hablo de televisión, y en concreto de televisión por internet, allí donde todos los sueños se hacen posibles. Si sabes qué tecla tocar. Nunca mejor dicho…

—Ah, qué bien… Es lo que estaba deseando oír.

—Os miro a las dos, junto con tu padre, que es tan agradable, y me parece que estoy con un juego de Nintendo y no consigo pasar de pantalla… —asegura Max poniendo cara de niño mimado a quien su madre no ha ido a buscar a la salida del colegio.

—Te lo juro por la miopía de Max, Fiona, he dado con la solución. Es un poco la que él había apuntado al principio, pero mejorada. —Hace una pausa para dar dramatismo a sus palabras, conteniendo tanto la respiración que empieza incluso a ponerse morada. O quizás sean las sombras con que se colorea los párpados. Cuando ya no puede soportarlo más, suelta todo lo que tiene: aire y palabras—. ¡Solo tienes que ganar un concurso!

—¿La lotería…? No creas, ya lo he intentado.

—No, no es la lotería. Es un concurso de cocina.

—De cocina, pero ¡si yo no sé cocinar!…

Carmen, emocionada, se baja del taburete donde estaba encaramada como si fuese un loro en el camarote de un pirata, y saca su teléfono móvil.

Teclea de forma tan enérgica que por un momento temo que se le vaya a salir el brazo, como pasaba con las muñecas articuladas que yo tenía de pequeña, que aguantaban pocos tirones.

Se acerca a mí con el teléfono en ristre. Y me enseña lo que parece…, lo que parece… Bueno, no sé lo que parece porque no veo nada, solo un bocadillo gigante.

—Qué bonito. Y qué apetitoso. ¿Cuánto debe pesar?, ¿cien gigabytes de RAM? A ver, tú, listo —digo mirando a Max—, ¿puedes traducirme esto a calorías?

—No seas boba —se queja Carmen—, vamos a verlo en un ordenador. ¿Dónde tienes tu ordenador?, lo que acabas de ver es el logo. Se trata de un megaconcurso de cocina. La preselección se está haciendo a través de internet. La gente que quiere participar solo tiene que guisar y subir sus vídeos a esta página. Un jurado de primeras figuras de no sé qué será el encargado de seleccionar a los mejores, a los que pasarán a concursar de verdad en un programa de televisión. Claro que ellos no serán los únicos encargados de seleccionar: el público también tiene algo que decir. Con sus votaciones lograrán que un puñado de concursantes sean clasificados para la final, ¡para participar en el programa de televisión!

—Aaaaah… ¡Qué bien! Un concurso que, si tienes mucha suerte, ganas la posibilidad de participar en otro concurso.

—Pero si eso ocurre, solo con que fueses seleccionada, ganarías mucho dinero, y fama y relevancia social. ¿No te das cuenta?

—Sí que me doy cuenta. Lo que no sé es de qué me doy cuenta…

—Quiero decir que no importa que no sepas guisar del todo. Puedes lograr colarte en la final, y convertirte en la persona famosa que estábamos deseando que fueras, para despistar la atención del tema de tu padre. Cuando el concurso acabe, tú serás mayor de edad. La preselección se inicia ahora, pero todo el proceso durará hasta finales de año. Acabará unos días antes de tu cumpleaños, que es el uno de enero.

—¿Y no necesito para eso el permiso de mi padre, que te recuerdo que es tan incapaz de dar permisos como de decir en qué día estamos…?

—Claro que necesitas su permiso, por algo eres menor de edad. Pero no pensé que falsificar este permiso fuese muy distinto a lo que has venido haciendo durante años con tus notas. Por cierto, menos mal que has ido aprobando casi todo…

—¡A mí me parece una idea estupenda! —aplaude Max—, ¡somos héroes del videojuego de la vida! Tenemos que encontrar la salida. Y si esa salida significa para ti agarrar todos estos trastos de cocinero y descubrir sabores extraordinarios, pues eso es lo que harás.

—¡Ay, cielo santo! Max, necesito ponerme un antivirus más potente para poder estar a tu lado. Creo que el que utilizo es demasiado barato. De hecho, es gratis: por eso no funciona… Todo lo gratis sale caro. Eso dice mi madre. Fan de los Ramones.

—Pues a mí no me importaría nada que te contagiaras un poco de lo que sea que tengo. Pero sí, tu antivirus está lleno de virus. Cámbialo. Yo te puedo instalar mi propio *software*, si me dejas.

Dietario de la tía Mirna:
Para conservar la carne tierna, métala en un recipiente cubierto de aceite. Y si quiere conservar tierna su piel, cúbrala con un poco de aceite corporal diariamente.

Mi padre acaricia absorto a la perra mientras mis amigos y yo buscamos en el ordenador la página que Carmen me ha indicado.

Voy a apuntarme. Por probar, que no quede.

Voy a empezar una carrera.

Aunque no sé si encontraré la salida por el camino, o si acabaré metiéndome de cabeza en una jaula.

Esa misma noche, antes de irme a la cama, de nuevo encuentro otro mensaje escrito en mi muro de Facebook:

Conozco tu secreto y lo descubriré para
que el mundo te conozca…

Es curioso, pero lo que más miedo me da de esa estúpida frase son los puntos suspensivos.

#QueElMédicoPongaPuntosSuspensivosEnTuHerida
#RomeoYJulietaNoTerminaronElInstituto
#YTambiénSuspendieronEnAmor

Estoy tan emocionada con mi nuevo proyecto que me dirijo al supermercado para proveerme de víveres.

Necesito comprar todo lo necesario para guisar grandes platos. No sé exactamente qué platos son esos, pero sí sé que tengo que cocinarlos.

El destino me llama.

El éxito me espera.

Mi padre y yo seremos libres cuando consiga cocinar el plato genial, el mejor guisado por los siglos de los siglos, ese que tengo que inventarme yo. Bueno, todavía no sé cómo voy a inventarlo, pero así y todo.

Mientras camino por la calle —un poco como Caperucita, pero con más retaguardia—, voy tarareando una de mis canciones favoritas, una de Kayla Oh!, la cantante que todo el mundo escucha, la que si no conoces es porque no estás en el mundo, la maravillosa artista de fama mundial, que tiene seducidos a todos los chicos y fascinadas a las chicas. Todos queremos ser como ella...

En mi barrio nos gusta porque además se supone que cuando era más joven, cuando tenía quince años o así, vivió durante un tiempo en estas calles. Lo que ocurre es que su piso es igual que los demás, y no pueden ponerle una placa de esas del Ayuntamiento para presumir de vecina ilustre, porque de todas formas nadie sería capaz de distinguirlo, ni siquiera con la placa.

Este es un paraíso igualitario.

Mi barrio tan molón.

Dando la vuelta al mundo
no me canso de besar
—tus labios, rosa rosae—.
Siempre que el viento me trae
tu recuerdo al pasar,
en el estómago noto un nudo,
pues no te puedo olvidar.
Y aun así, te lo digo:
¡Vete a la porra, chaval...!

Últimamente, cada vez que salgo a la calle recuerdo los consejos de Carmen: «Sal siempre arreglada por si te sorprende el coche de Google Maps, que luego puede que no te borren la cara y se te vea en las fotos. Tienes que dejar el pabellón alto, Fiona querida… Tenemos que mantener arriba la reputación del barrio».

Voy primero a comprar especias, al súper (más bien «mini») del joven indio. Sus ojos oscuros me miran con simpatía, pero su boca está hoy seria. Todo él está más serio que un pollo en el asador.

No sé qué pensar.

Luego me acerco al súper de verdad. Hago mi compra rápidamente y vuelvo a casa.

Pienso en Alberto a todas horas, hace mucho que no lo veo. Mi amor está atravesando por una fase de crecimiento e incredulidad.

Me falta el objeto amado.

Soy una Julieta de extrarradio.

Amar duele y hace pensar.

#Spoiler:MiAmorFueFatal
#LeMandéSpamAUnZombie
#BesarAUnZombieSiempreSaleMal

Ayer volví a atracarme de porquerías. Creo que soy adicta a las roñas envasadas. Como a oscuras, sin saborear, mientras miro a mi alrededor con suspicacia, como si alguien fuese a quitarme la pitanza en cuanto me descuide.

Soy una zombie del despojo retractilado y bien azucarado. Por las noches salgo en busca de hidratos de carbono. Ya no los compro, pero mi despensa contiene todavía existencias suficientes como para estimular la celulitis en un concurso de misses.

Me siento fatal.

Después de atiborrarme no puedo dormir. Tengo que esperar horas hasta que se me pasan las náuseas.

Fuet me mira con simpatía. Con envidia. Sé que a ella también le encantaría hincarles el diente a mis grasientas chucherías.

Anoche, además, descubrí que es posible comer y vomitar al mismo tiempo. Me siento fatal conmigo misma. Y lo peor es que no puedo contárselo a nadie, a ninguno de mis dos amigos, porque hacerlo significaría perderme el respeto a mí misma.

#FotografíasTuComidaYSeEnfría
#YoComoComasMientrasEscribo

Creo que esta tarde voy a hacer un potaje Lulú. Es una receta que he sacado del libro que me regalaron Aurora y Mirna.

Se me ocurre que no pasa nada si lo grabo todo. Siguiendo las instrucciones de mis amigos. Quizás sirva para el concurso, o tal vez no, pero no pierdo nada con intentarlo.

—¿Quieres grabarme mientras cocino? —le pregunto a papá.

Me responde como siempre con una de sus frases amorosas:

—El amor es lo bastante razonable para no rendirse nunca a la razón de lo imposible.

Me pregunto de dónde habrá sacado eso. Suena a la clase de cosa que diría un rey de antaño para justificar su gran cantidad de amantes a cargo de los Presupuestos Generales del Estado. Pero no estoy segura.

Lo bueno del potaje Lulú es que es un puchero extraordinariamente fácil de preparar. Tan fácil que casi no necesita condimentos. Tampoco demasiadas cacerolas.

Se cuece un litro de leche con una pizca de azúcar y otra de sal. Se añaden dos huevos cuando la leche esta fría. Se vuelve a poner en el fuego moviendo y retirando rápidamente cuando empieza a espesar, para que no se pegue. Luego se vierte en una sopera sobre rebanadas de pan tostado.

Una vez termino de guisar mi potaje, veo la grabación y me doy cuenta de que papá ha obedecido como siempre y sin saber lo que hace. Ha incluido grandes y largos primeros planos de la perra que, por supuesto, no me estaba ayudando a cocinar.

Aunque no se ha ceñido estrictamente al objeto de la película —o sea, yo—, la cosa tampoco está tan mal. No creo que pase nada porque sea Fuet quien aparezca en casi todos los planos haciendo monerías, y moviendo la cabeza de un lado a otro como si tratase de equilibrar el mundo.

La próxima vez pondré la cámara en un sitio fijo.

—Bueno, probaremos con otra receta —le digo a papá mientras le quito la cámara de entre las manos.

Es la vieja cámara con que él y mamá solían grabar sus vacaciones. Las de los tres juntos. Por un momento noto un pellizco en el estómago, como siempre que pienso en ella. Es una sensación extraña, parece un grano de arroz que de repente va hinchándose hasta hacerse enorme; es un pequeño grano de tristeza que crece si yo lo alimento, si lo riego con mi nostalgia.

Hace ya mil años de eso. Mi madre no está, y el objetivo es salir adelante como sea, me recuerdo a mí misma.

Procuro pensar en otra cosa.

#SoyLaHijaDeDarthVader
#TengoElPeorPadreDelUniverso

Soy la reina de la cocina, un ser humano evolucionado que será capaz de diseñar maravillosos platos que dejarán a todo el mundo boquiabierto. Nunca mejor dicho.

Espero que abran bien la boca para que les quepa todo esto…, todo lo que estoy dispuesta a cocinar.

No sé siquiera si merece la pena subir estas grabaciones a YouTube. Bueno, al final son solo unos experimentos antes de preparar los verdaderos ejercicios culinarios. Espero que Max y Carmen me ayuden con la parte técnica. Porque no estoy muy ducha en aparatos electrónicos antediluvianos como este de mi madre. Un chisme de hace… ¡seis años! O quizás buscaré un tutorial sobre el asunto en internet.

Lo que sea.

A por ello, me digo. A por ello… Y me seco con el delantal las lágrimas que me han mojado el rostro, que me han puesto la cara pérdida.

SOMOS LO QUE COMEMOS,

AMAMOS SEGÚN LO QUE SOMOS

Aparejo:
Mezcla de alimentos, generalmente crema, salsa o aliño,
preparado antes de cocerlo.

Mezclar es una virtud, una fuerza creativa que ayu-
da a organizar en un modelo nuevo elementos que es-
taban por ahí sueltos, que sobraban, restos de otras
cosas, piezas por las que nadie apostaba.
Restos perdidos, como a veces lo estamos noso-
tros.

Porque en ocasiones nos sentimos como un resto, aunque nunca deberíamos pensar algo así de nosotros. Por todos los cielos: ¿por qué nos empeñamos en rebajarnos a nosotros mismos? ¿Qué somos: seres humanos o un escaparate lleno de saldos…?

Cuando creemos que no formamos parte de nada, cuando no recapacitamos ni sabemos hacerlo, nos sentimos como unas sobras.

En esas ocasiones, resulta útil combinarse para conseguir otros fines, juntarse con otras partículas que también parecen sobrar.

Un buen caldo se hace de restos.

Y en la vida podemos coger nuestros propios restos y construir con ellos algo nuevo, algo diferente, como una comida para pobres de esas que siempre son las más baratas pero también las más sabrosas de todas. Fusionarnos, integrarnos, hermanarnos, mezclarnos, reinventarnos, ¡resurgir y luego echar a volar!

(Son platos de pobres y para pobres, hechos con restos de comida: la paella, el cocido, la pizza, la sopa… ¡Los más sabrosos, los de rechupete!).

El regreso al colegio después de las vacaciones no resulta fácil. Todos los años me pasa lo mismo, preferiría quedarme en casa, pero llamaría más la atención que viniendo aquí.

Tiene razón Max cuando asegura que la mejor manera de pasar inadvertido es estar a la vista de todo el mundo. Aunque dado mi tamaño, no sé cómo eso puede ser verdad.

Desde que volvimos de vacaciones me cuesta prestar atención en clase.

Camino por los pasillos en busca de mi aula. Voy sola y así me siento: completamente sola, como un trozo de apio en un guiso de carne.

Pronto me desvaneceré convirtiéndome en poco más que nada. En una pizca de sabor. Y ni siquiera soy como la sal, capaz de contaminar grandes cantidades de comida, dándole su toque especial.

No, yo soy más bien un trozo de verdura insulsa. Si lo quitas, no pasa nada. Y si lo dejas, tampoco.

Este territorio es hostil, es propiedad, como quien dice, de Lylla y sus compadres. Pero no me queda más remedio que andar sola. Porque Carmen hoy no tiene clase hasta pasadas las once de la mañana, y Max ha ido al dentista. Siento que los dos son una especie de guardaespaldas bastante baratos con los que me ha obsequiado la vida.

Los echo terriblemente de menos.

Meto la cabeza entre los pliegues de mi chaqueta. Me queda pequeña porque la tengo desde hace dos inviernos, y he aumentado considerablemente de tamaño desde entonces. Pero me hago la ilusión de que es una especie de mono oficial del cuerpo de artificieros, o una capa mágica que conseguirá disfrazarme hasta hacer que sea prácticamente invisible.

Apenas me quedan unos metros para alcanzar la puerta de mi clase cuando todas mis pesadillas se convierten en realidad.

Es lo malo que tienen las pesadillas. Te interceptan en un pasillo cuando menos te lo esperas y no estás preparada para afrontarlas porque se te ha olvidado traer contigo las armas de destrucción masiva necesarias.

—¿Dónde vas, gorda? —Distingo el inconfundible tono irritante de voz de Lylla.

Lo diferenciaría en medio de una multitud. Podría hacerlo aunque estuviésemos en un concierto de Kayla Oh!, lleno de decenas de miles de granujientas gritonas aceleradas, como ella y sus amigas.

Kayla Oh! también tuvo en su momento problemas con la comida. Lo ha confesado en alguna entrevista y no deja de hablar de ello en su blog. Pasó por una época en que era incapaz de alimentarse correctamente, odiaba o amaba demasiado comer. No tenía término medio. Pero después de mucho esfuerzo, lo consiguió. Recuperó su peso, el de una chica normal de su edad, y aprendió a comer con la cabeza, no con el estómago. Eso es lo que ella misma dice.

Sigo caminando, haciendo como que no he oído a la petarda de Lylla. Pienso en otras cosas que me hagan olvidar esa voz provocadora, llena de urgencia.

—¿No me has oído? —insiste ella. Oigo las risitas de sus amigas coreando cada una de sus palabras.

Le ríen hasta los puntos y comas, le ríen las comillas, los gestos de admiración e interrogación, todo: son imbéciles.

Hay un taconeo a mis espaldas que se va acercando cada vez más rápido hasta que casi puedo sentir el aliento de las cuatro en mi cuello.

Sí. Son ellas.

Lylla, Carla, Miranda y Vera.

Todas van vestidas como si se dirigiesen a un certamen de *Miss Loca Perdida en el Instituto, 1970*. Si alguien cree que conoce el significado de la palabra «vintage» es porque no ha visto a estas cuatro, que parecen salidas de una tienda de ropa cara tirada a un contenedor de reciclaje hace tres décadas y revendida anteayer en un mercadillo para pijos.

Porque todo lo que llevan encima es de lo más *posh* y caro. Mientras que yo a su lado parezco una patata tostada a punto de perder el recubrimiento.

#LasHierbasAromáticasMeGustan
#MeHorrorizanLasMalasHierbas

Miro a mi alrededor buscando la protección de los demás, pero no sé por qué extraño milagro los pasillos parecen estar desiertos. Solamente estas cuatro energúmenas se divisan en el horizonte.

Es una situación típica del lejano Oeste, una escena que tenía lugar, en concreto, en las películas del Far West, cuando el bueno se encontraba desarmado y rodeado de los malos, y el *sheriff* no aparecía por ninguna parte justo entonces, cuando todo el mundo acababa de verlo en la escena anterior, y apenas habían pasado tres segundos. El resto de la población —unos malditos roedores— se encerraba en sus casas y atrancaba las ventanas, por si acaso.

Lo peor de mi vida es el miedo que siento. Tengo miedo a que me descubran. Miedo a que la persona que me amenaza por Facebook (Lylla o alguna de sus cuates) cumpla con sus promesas y me delate.

Miedo del miedo…

En fin.

Qué mal rollo.

No practico la violencia, al contrario que estas chicas, que están tan bien entrenadas en porrazos como en compras *online*. Parecen combatientes ofuscadas de Pressing Catch. Guerreras de lucha libre en barro. Además, son superiores a mí en número. Por muy valiente que fuese, no podría resultar vencedora en un cuatro contra uno.

Cierro los ojos, y siento el aliento de una horrible variedad de sopa con mayonesa enlatada de Lylla, que se acerca tanto a mí que cualquiera diría que va a besarme.

La sola imagen de ella dándome un beso, ni siquiera fraternal, hace que se me revuelva el estómago.

Casi prefiero que me zurre.

Me gustaría estar fuera de aquí, muy lejos.

En otro planeta.

Metida en YouTube.

Ganando un concurso de televisión.

En otra latitud.

Incluso aunque en esas tierras lejanas se estuviera desarrollando una guerra civil intergaláctica incruenta.

—¿Qué te pasa, gordita?, tu cara parece un puré espeso, pero lleno de grumos…

Por un momento, un instante de lo más alucinante, pienso que la metáfora que acaba de hacer esta petarda tiene gracia. Aunque se refiera a mi acné, del cual no me siento del todo orgullosa. Sí, mi cutis parece un puré espeso lleno de grumos. Tiene días, es verdad, pero el de hoy no es de los mejores.

No he salido a mi madre en eso, porque ella tenía un cutis maravilloso. Podría haber sido actriz y haber anunciado cremas hidratantes o milagros dermoestéticos.

Mi alimentación debe haber influido en mi cutis porque es un reflejo de las cosas que como. Se puede leer en mi cara cuál ha sido mi menú del día.

Las tres amigas que forman el coro de Lylla me miran con todo el aspecto de que las han lavado y luego las han escurrido mal. Sueltan una risitas de conejo. De conejo a la cazadora.

—Gorda, dicen por ahí que tienes un secreto, algo gordísimo que no quieres que se sepa… un asunto tan gordísimo como tú. Me pregunto qué puede ser. ¿Será algo que afecta a tu vida escolar…? Si es así, y se entera mi padre, ya te puedes ir preparando. Todo el mundo sabe que papá es un hombre muy estricto. Siempre ha luchado por hacer cumplir las reglas. Yo que tú procuraría no haber infringido ninguna de ellas.

—¡¡¡Ya lo creo!!!

—¡¡Ya lo creo!!

—¡Ya lo creo!

Corean las tres bobas, que se repiten más que una compota de ajo.

—Tengo prisa, dejadme seguir, llego tarde a clase… —digo tontamente.

Es curioso cómo el miedo nos puede hacer correr, pero también nos puede dejar inmóviles, paralizados. Supongo que son dos reacciones típicas. En este caso yo tengo tanto, tanto miedo de Lylla y sus compinches que no soy capaz de moverme.

Me quedo quieta como un champiñón.

Pero temblando como un cucurucho de claras batidas en espuma, de forma que parece que me muevo un poco. Creo que me van a pegar. Casi puedo notar el sabor de la sangre en los labios. Es uno de los sabores más desagradables que sc pueden probar jamás. El propio conde Drácula lo reconocería si fuese algo más honesto.

Me falta poco para mearme encima. Como mi perra.

CANCIÓN DE KAYLA OH!
Fue muy emocionante, pero ahora lárgate:

Siempre se encuentra alguna cosa
rebuscando en la ventana abierta del mundo.
Flores y botellas de vino espumoso,
eso no podrás hallarlo jamás.
Y tampoco mis labios.
Tú pareces feliz,
pero solo de vez en cuando.
Mientras que yo he visto
lo que no puedo ni nombrar.

No sé qué obtienen acosando a alguien como yo. Qué especie de placer tan extraño debe sentir una persona para disfrutar con el miedo de otra. Detesto a los comedores de miedo ajeno. A los saboreadores del miedo de los demás.

Hacer lo que ellas hacen debe de ser como comer carne cruda, aún con vida. Como morder el lomo de una vaca antes de que la pobre se encuentre en la carnicería.

Yo prefiero lo cocido a lo crudo, tal y como recomienda el libro que me han regalado Mirna y Aurora. Es un libro interesante, dice que los seres humanos empezamos a ser más civilizados cuando comenzamos a guisar. En ese momento, algo cambió, y dejamos de ser tan brutos. También nos volvimos más inteligentes. Nuestro cerebro aumentó de tamaño.

Lylla y sus amigas no se han dado cuenta todavía de que las cosas se pueden cocer, cocinar, transformar, cambiar…, y que ese proceso nos diferencia de los animales, tal y como dice mi libro.

Están asilvestradas. Son malas. Me van a arrear…

Y yo soy una imbécil que no sabe defenderse. Me gustaría poder hacerlo, pero hay algo que no soy capaz de sacar de dentro de mí: no encuentro en mí la rabia para devolver un puñetazo.

Empiezo a gritar sin darme cuenta siquiera de lo que hago, no me gusta ser una quejica, y tampoco quiero llamar la atención, pero los gritos salen de mi pecho. Por el puro miedo.

—¡¡No grites, gorda asquerosa…!! Ni siquiera te hemos tocado. ¡Gorda, pasmada!

Empiezo a aullar más fuerte, intentando a la vez que los gritos no salgan de mi boca. No quiero que nadie se fije en mí. ¡Por favor, por favor…! Pero necesito ayuda.

¡Que nadie me mire, pero que vengan a rescatarme!

No sé cuánto tiempo pasa, porque pierdo un poco el sentido. He cerrado los ojos fuerte, intentando que el mundo desaparezca detrás de mis párpados.

De repente, noto un frío raro en la cara, y los abro de nuevo. Lylla y sus perversas amigas han desaparecido, y ahora es la bondadosa cara de doña Aurora la que se acerca hasta mí. Hay una gran preocupación en su mirada.

—Fiona, dime qué te ha pasado.

Me ha mojado la cara con agua, ¿es posible que haya perdido un momento la consciencia?

—¿Me he desmayado?

No quiero desmayarme, no quiero dar síntomas de debilidad, no quiero que me lleven al médico ni que me obliguen a hacerme análisis. Quiero que todo el mundo me deje paz. No quiero llamar la atención. Solo deseo cumplir pronto dieciocho años y largarme de aquí. Ir a algún sitio donde pueda contar la verdad y buscar ayuda para mi padre. Eso es lo único que quiero.

Pero no puedo decírselo a doña Aurora por mucho que ella se empeñe en querer ser mi amiga. No confío en nadie, y menos en una profesora que además está a las órdenes del padre de Lylla. Ese señor tiene la potestad de despedirla o contratarla, de él depende que doña Aurora cobre su sueldo cada mes.

Ni por todo el oro del mundo le contaré mis secretos. Ni por toda la mayonesa del mundo le diré la verdad.

#CobardesDelMundo
#UníosParaHuirJuntos

—Fiona, dime qué o quién te ha asustado.

—Solo he tropezado y me he caído yo sola. ¡Lo siento! Soy muy torpe.

Lo malo es que digo la verdad.

—Fiona, mírame, no me mientas, no trates de encubrir a quien sea que…

—Gracias —le digo cuando me da la mano y me ayuda a incorporarme—. La verdad es que estoy tonta, se me ha caído la mochila y he tropezado con ella. Está claro que tengo que adelgazar un poco si no quiero romperme la crisma con mi falta de agilidad…

—¿Seguro que no me estás mintiendo?

—Ya lo creo que no, ¿por qué iba a mentirle…? Sencillamente he tropezado. Gracias por ayudarme. Me parece que llego tarde a clase.

Me pongo en pie con dificultad.

Es tremendo que te acosen en invierno, porque las botas invernales son mucho más duras y sólidas que las alpargatas veraniegas. Si me hubiesen dado una patada, ni todos mis michelines me habrían librado de un hueso roto. Los acosados preferimos que nos peguen patadas en verano. Porque entonces los acosadores se hacen daño a sí mismos en los pies medio desnudos. Lo peor son las botas de cowboy pijo que llevan los acosadores después de Navidad.

—Está bien, como tú quieras —dice la señorita Aurora, aunque veo en sus ojos que no se cree ni una palabra—. Pero he tomado una decisión y nada de lo que digas me hará cambiar de idea. Fiona, voy a ir a ver a tu padre. Puedes decirme qué día te parece mejor que lo haga o puedo presentarme en tu casa cuando a mí me venga bien. Tienes hasta esta tarde para pensarlo.

Doña Aurora me deja con la boca abierta, se da media vuelta y se encamina por el pasillo solitario hasta su clase.

Siento que se me doblan las piernas. La amenaza de ir a ver a papá es mucho peor que los insultos que acabo de recibir. No puedo consentir que los profesores se enteren de la situación en que se encuentra mi padre.

Me alejarán de él, lo internarán en algún lugar sórdido, de esos que salen en las películas de miedo y en *Policías en acción*, y a mí me venderán por internet como dice Max, pero, en vez de entregarme al mejor postor, lo harán al peor que encuentren. O incluso puede que me vendan por kilos, que es como mejor resultado daría yo…

Dietario de Mirna:

Con una cucharada de miel incorporada a la masa de hojaldre, se consigue que este salga más crujiente y sabroso.

De igual modo, endulza tu conversación para que el resultado no sea desagradable.

Por la tarde, cuando por fin consigo estar rodeada de mis amigos, les cuento lo que ha pasado.

Max propone una venganza:

—Deberíamos recopilar pruebas para demostrar que en realidad son cuatro alienígenas llegadas de una galaxia lejana para sembrar la discordia entre la especie humana.

—Claro —asiente Carmen—, así las autoridades competentes podrían enviarlas a donde corresponde: al capítulo piloto de *Generación alien*, «Carrozas, dioses y más allá»…

—Bueno, pues sí, ¿no…? Por ejemplo.

—Mira, *nerdboy*, ya tienes lleno tu USB mental, compra otro, por favor, y amplía tu memoria.

—Entonces, ¿pretendes que hagamos como si nada hubiese ocurrido?

—Sí, eso creo yo —les digo mirándolos con ojos que parecen dos habas al horno—. Hay que dejar las cosas como están, no puedo ir y sencillamente devolverles la jugarreta. No forma parte de mi naturaleza.

—Claro, es mejor dejar que esas bestias se salgan con la suya, ¿verdad? Unos muerden y otros nos dejamos morder.

—No quiero que se salgan con la suya, simplemente debo evitar que me pillen de nuevo a solas.

—Me gustaría ser cinturón negro de kárate, o de tai-chi...

—El tai-chi no tiene cinturón negro.

—Pues mi madre dice que ella se conformaría con un solo cinturón negro, pero de Armani —concluye Carmen.

—Dejaos de tonterías, tenemos que demostrarles que no se puede ir por la vida atropellando a la gente, tal y como hacen ellas.

—Me gustaría tener un hermano mayor que me defendiera. Me gustaría tener un hermano, incluso aunque no me defendiera... —digo con la mirada perdida.

Entonces pienso en Alberto, en cómo él me protegía cuando éramos pequeños. Ante mis ojos se convirtió en un gigante, en un héroe, en algo más que un hermano mayor. En mucho más que eso.

¿Dónde estará? No he vuelto a verlo por el barrio, tampoco hemos coincidido en la escalera del edificio o en la terraza. Como mucho, oigo a su madre salir de vez en cuando, pero ahora en invierno nadie hace mucha vida fuera.

#HackeaMiCorazón
#MiSistemaEstáOperativoSoloParaTi

Estamos en mi casa, y mi padre y la perra hablan y ladran sobre el amor en el salón, mientras mis amigos y yo subimos a internet los vídeos de cocina que he grabado con la vieja cámara.

Ya me he inscrito en la competición, y a partir de ahora todo lo que cocine será examinado por un jurado popular. Como los crímenes sangrientos.

Carmen se acerca a mí y me rodea con sus brazos, tratando de ser la madre que no tengo. Pero no cuela. Aunque me gustaría, la verdad.

—No te preocupes, pequeñita, todo saldrá bien. Ni Max ni yo vamos a dejarte. Cumplirás la mayoría de edad y te convertirás en una princesa, como Cenicienta, como Blancanieves…

—Menudos ejemplos me pones. Todas ellas tuvieron una vida bastante agitada. Yo estoy en una edad en la que necesito tranquilidad, no emociones tan fuertes.

—Lo que tú quieras. Pues una vida como la de Miley Cyrus, entonces.

—¿Y qué voy a hacer para evitar que doña Aurora venga a casa? —les pregunto con los ojos llenos de inquietud y rascándome un moratón que me ha salido en la cintura después del desmayo y consiguiente culazo en el suelo.

—Supongo que tu padre podría ponerse enfermo, así doña Aurora no vendría a verlo.

—No seas bobo, Max, su padre ya está enfermo, ¿o todavía no te has enterado?

—Quiero decir enfermo con una enfermedad normal, como suele ponerse la gente. Me refiero a un resfriado, esta es la época de los resfriados, muy bien podría mantener una no-conversación por Skype con doña Aurora y demostrarle así que está constipado. Podemos añadir ruido de fondo, para que ella no pueda oír lo que dice. Si no habla, tu padre parece bastante normal.

—Pero mi padre no está resfriado. Y si no puede oírlo, ¿cómo va a creerse la señorita Aurora que está resfriado?, ¿verdad, papá? —le pregunto a voces limpias.

Desde el salón llega la voz de mi padre:

—Acaso el silencio determine y fije el sabor del amor —gorjea mi progenitor.

—Pues siempre dice cosas bonitas, al menos. —Carmen se encoge de hombros.

Yo asiento y me quedo más ancha que larga, como indica mi volumen.

—¿Lo ves? No está ronco ni se prevé que vaya a estarlo. Tiene muy buena salud, por fortuna, si dejamos aparte el hecho de que está como las maracas de Kayla Oh!

—Podemos sacarlo a la terraza, y que se enfríe un poco, así no podrá hablar. Que se ponga al teléfono y cuando doña Aurora le pregunte, y él responda con alguna de sus parrafadas líricas, la voz no le saldrá del cuerpo, y podrás ganar unos cuantos meses hasta que la profe vuelva a hacer otra intentona seria de venir a tu casa.

—También podemos alquilar a un sin techo para que se haga pasar por tu padre. Por supuesto, antes tendríamos que bañarlo y afeitarlo, pero tengo entendido que cuando los aseas un poco se convierten en personas con una fachada imponente. He visto un documental sobre el tema en la MTV.

—Dios mío, Max, a veces me asustas, con esas ideas…, das miedo, tío.

—Y debo añadir que no me gusta Lylla. Detesto su *malware* emocional. Tiene mucho, el cacho borrica. Sería capaz de infectar al mundo entero —refunfuña Max por toda respuesta, mientras se queda observando atentamente cómo un archivo se transforma en un formato que yo desconocía que pudiese existir sobre la Tierra—. ¿De qué parte de *Resident Evil 4* habrá salido esa tía…?

DIETARIO DE MIRNA:
Las únicas normas que necesitas para vivir son las mismas que hay que seguir para organizarse en el comedor, la cocina y el mercado.

Cuando mis amigos se van, y yo me quedo sola con papá y Fuet, de repente me derrumbo. He intentado *hacer* como que no pasaba nada, *sentir* como que no pasaba nada, pero lo cierto es que los insultos de Lylla y sus amigas me han dejado huella.

No hablo del dolor de riñones que siento ahora mismo, sino de mi corazón. Que ha encogido un poco después de lo de esta mañana. Las palabras son como piedras, duelen como golpes en el estómago, pueden herir gravemente. En una serie de televisión sobre psicópatas salía uno que estaba preso, en el corredor de la muerte de Estados Unidos, y les decía cosas a sus vecinos de celda hasta que lograba que se suicidaran. Era una cosa siniestra, pero cierta: con palabras se puede matar.

Echo terriblemente de menos a mi madre.

Es verdad que tener un hermano estaría bien, pero me conformaría con lo que todo el mundo tiene por obligación: una madre.

Mientras papá y Fuet se disponen a cenar, uno comiendo encima de la mesa y la otra debajo, voy a mi habitación y miro durante unos minutos una vieja cinta de vídeo que grabamos en las últimas vacaciones que pasamos juntos.

El viento le mecía el pelo a mi madre. Nunca he conocido a una mujer con un pelo tan precioso como el suyo. Era de un castaño claro con reflejos dorados. Cada vez que la miraba sentía que nada podía ir mal. Era tan fuerte como una montaña. Y papá lograba subirnos a las dos a la vez al caballito.

Siento una terrible nostalgia, porque además entonces yo no tenía que responsabilizarme de nada, mi única función en la vida era dejarme querer por mis padres. Ni siquiera estaba gorda como ahora. Sencillamente tenía unos padres que se encargaban de todo. Estaban sanos y eran capaces de cualquier cosa. Cuando los cogía a cada uno de la mano, me parecía que podríamos atravesar el mundo de punta a punta, y que nada nos pasaría mientras estuviésemos juntos.

Sin embargo, ahora no soy más que una muchacha gorda que tiene que salir corriendo para que no le peguen unas locas en los pasillos del colegio; incapaz de soportar la pesada carga que lleva sobre sus hombros.

Una pesada que lleva a otra pesada a cuestas.

Deseando ser mayor, sí, pero sobre todo ser pequeña de nuevo. Volver al paraíso, a ese lugar donde mi madre todavía estaba viva y nada malo podía ocurrirnos a ninguno de los tres. Al cielo de la infancia.

A algunos niños nos roban la infancia. Esa es la mayor estafa que un ser humano puede soportar.

Me agarro a la almohada, y dejo que mis ojos se cierren por su propio peso, independientemente de mi voluntad.

No estaría mal tener un hermano, sí, o un novio, como Alberto, que pusiera en su sitio a esas fulanas malas que me molestan. Seguro que mi vida mejoraría si tuviese ayuda extra, no solo la de mis dos amigos, que al final hacen lo que pueden, pero no pueden mucho.

Me hundo un rato largo en la autocompasión. La perrita se rebulle a mis pies y luego hace pis alrededor de mi cama, como marcando un territorio que no le pertenece, a la muy condenada. Y eso que la acabo de sacar, como quien dice.

Cuando doy unos hipidos y noto que se escapan algunas lágrimas, también oigo gemir a Fuet.

Me incorporo y contemplo su carita asustada. Abre la boca y veo algo raro, me acerco hasta ella y la examino.

«Solo me faltaba tener una perra con problemas de ortodoncia», pienso mientras le reviso la dentadura. Llevo cinco años de mi vida intentando no tener problemas de ortodoncia yo misma, para no añadir otra factura o inconveniente a mi vida, y no quisiera tener que ocuparme de localizar a un dentista canino en los próximos días.

Al final no es más que un trozo de plástico que parece haber arrancado de alguna parte. Espero que no lo haya hecho de una tubería por la que pase el gas. Esta chica tiene peores hábitos alimenticios que yo misma.

#HoyHagoYoLaCena
#LaNocheDeLosMuertosVivientes

Max me envía un mensaje diciéndome que el vídeo que hemos subido a YouTube tiene exactamente cuatro visitas a pesar de que nosotros tres se lo hemos enviado al resto de nuestros contactos, que se reducen básicamente a nosotros tres.

Dice que la cifra es positiva teniendo en cuenta que nosotros somos tres y ha habido una visita más con la que nunca habríamos contado.

Pero a mí no me consuela este exitazo.

Nos conectamos a Skype.

—Precisamente estaba pensando en guisar otro plato y grabarlo. Pero esta vez no le diré a mi padre que ejerza de realizador, pondré la cámara fija en un ángulo que pille toda la cocina y, aunque no haya primeros planos, no pasará nada porque de todas formas los primeros planos que cogía papá siempre eran de la perra.

—Haz lo que quieras —dice Max—, pero procura que sea un poco más divertido. Porque este primer vídeo es todavía menos entretenido que ver crecer las *cookies* en la pantalla sobre un foro a propósito de Stars Wars.

—O que ver crecer tus ideas.

—O que hacer turismo viajando en el transporte escolar.

—O que jugar al ajedrez vestido de delantero centro de rugby.

—O que jugar al rugby vestido de campeón de ajedrez.

Max y yo nos callamos. Nos despedimos. Cortamos la conexión. Un par de minutos después nos enviamos unos mensajes. Luego hacemos uno de esos silencios entre mensaje y mensaje que resultan mucho más turbadores que los que se producen cuando una va subiendo en un ascensor rodeada de desconocidos. Mientras, vemos cómo aparece en WhatsApp la inquietante leyenda: «escribiendo, escribiendo… En línea…».

—Tengo que dejarte —tecleo finalmente—, creo que mi padre… O sea, que tengo que dejarte. Puntocom.

#PanIntegral
#PlanIntegral
#PanIntegrista
#PlanIntegrista

El día de Reyes queda ya lejano.

Este año ha transcurrido como en los últimos tiempos. Debo decir que mi fe en los Reyes Magos deja mucho que desear desde que mi madre se fue.

No compré regalos ni para papá ni para la perra, no porque sea tacaña, sino porque no entiendo muy bien los asuntos de dinero y prefiero no gastar por si nos encontramos en una situación precaria y hay que echar mano de los ahorros. O por si se produce una invasión zombie y tengo que comprar por internet porque no pueda salir a la calle a por provisiones.

Lo que he ahorrado en regalos parece que me lo estoy gastando en comida, pero en comida de verdad esta vez.

He encontrado una receta en el libro de Mirna que tiene una anotación manuscrita al lado en la que dice que es buenísima para combatir la ansiedad:

Pastel de patata y verduras gratinado con queso.

He puesto la cámara a grabar mientras lo hacía y le iba explicando a la perra cada uno de los ingredientes.

—¿Lo ves?, primero se cuecen las patatas con la piel, en agua con sal. No pongas mucha sal si no quieres que, cuando la comas, tu propia lengua se convierta en un encurtido.

He mejorado mucho en la cocina, no solo porque practico a diario. Quizás el hecho de perder casi una mano en mis primeros intentos por guisar me haga estar mucho más atenta.

Cocinar mejora mis habilidades. Concentración, equilibrio, sensibilidad, atención…

Por lo menos, eso asegura el libro de Mirna.

Mientras pongo las patatas a cocer, les cuento a Fuet y a papá, que nos mira sonriendo, cosas que he leído en el libro que ahora se ha convertido en mi guía espiritual.

Supongo que dice mucho de mí misma tener una guía espiritual que en el fondo no es más que un libro de cocina para amas de casa del siglo xx, pero así soy yo.

Una tragaldabas.

#LeerComerSoñar
#PedalearSobreLaEnciclopedia
#EresMejorDeLoQuePareces
#YMeGustasMásEnCrudoQueCuandoEstásCocida

Me lavo las manos en el fregadero y sonrío satisfecha.

—¿Qué te parece? —le pregunto a papá. Él me responde:

—Un amorcillo nace y se delata imprudente.

A Fuet no le pido opinión, porque ya imagino lo que piensa.

Continúo con mi plato.

Una vez que se han cocido las patatas, pongo también en la olla el brócoli con agua y sal, hasta que está tierno.

Nadie podría haber predicho jamás que yo iba a mirar el brócoli con cara de querer comérmelo.

Pero aquí estoy, haciendo las paces con una verdura cuyo misterio filosófico, o vitamínico, no acabo de comprender.

(Confío en la receta del libro).

Espero que sea verdad lo que promete y que este plato acabe con mi ansiedad.

Desmenuzo las patatas cocidas, la zanahoria y un calabacín crudo y los pongo todos juntos en un bol.

Añado un huevo, queso, sal, pimienta, un poco de nuez moscada y el brócoli cocido. Lo sirvo todo en tres moldes individuales: uno para papá, uno para mí y otro para la perra. Bueno, sé que no debería darle comida humana a Fuet, sino solo su pienso. Pero le dejaré probar un poquito. Por esta vez. A lo mejor a ella también le calma su desazón perruna y deja de hacerse pipí en casa.

Pongo a hornear los recipientes a 180° durante diez minutos y tres minutos extras con el grill. Nunca había hecho nada parecido. En mi antigua vida yo estaba convencida de que el horno solo servía para guardar cacharros inservibles de la cocina. Libros de texto, platos rotos, ropa que ha encogido…, esas cosas.

Cuando aparecen ante mis ojos esas tres pequeñas y deliciosas creaciones que desprenden un oloroso y apetitoso aroma, pienso que he subestimado al brócoli durante los últimos… ¿diecisiete años de mi vida?

#VivaLaUtopíaDelBrócoli
#SoyPeligrosa¡SoyChef!

Desmonto los tres recipientes y los sirvo. Dos de ellos en la mesa. El otro en el cubilete de la perra, que mira alucinada la comida y no sabe qué hacer. Las cosas calientes la asustan. Yo me echo a reír cuando acerca el hocico y lo retira al sentir el sabroso calorcillo. Da un pequeño ladrido y me parece que incluso papá se da cuenta de lo cómico de la situación.

Tengo la impresión de que Fuet y él se llevan muy bien. Desde que la traje a casa encuentro que mi padre se siente más conectado al mundo.

A lo mejor son imaginaciones mías, pero me hacen feliz. Es uno de los motivos por los que no he demostrado mucha constancia a la hora de buscar al dueño de Fuet.

También yo me siento más ligada a la realidad, a las calles, sobre todo porque tengo que sacarla a pasear, y porque me veo obligada a limpiar sus orines por todos los rincones. Gracias a ella he limpiado lugares que tenía olvidados y que no habían visto el agua y el desinfectante desde hacía tiempo. Y, aunque a veces pienso que en algún lugar está el dueño de Fuet buscándola como loco, he conseguido vivir con ese remordimiento. Supongo que es algo que puedo soportar si a cambio consigo que mi padre parezca... ¿un ser humano?

#¿CreesQueLasVacasSueñanConBarbacoas?
#MásBienTendránPesadillas

Estamos comiendo cuando, de repente, suena el telefonillo. Me llevo un sobresalto cada vez que oigo llamar a la puerta. El portero suele dar tres timbrazos cortos para que yo sepa que se trata de él y no me asuste. De modo que, cuando alguien lo toca de forma distinta, mi corazón da un brinco en el pecho.

—¿Quién es? —pregunto con precaución.

—Hola, Fiona, somos Aurora y Mirna. He pensado que te gustaría recibir un regalo extra, aunque algo tardío, por el pasado día de Reyes.

Me quedo con el telefonillo en la mano, paralizada por el terror. Con esa sensación que una tiene cuando sus peores congojas parecen venir a buscarla a casa para invitarla a salir.

—¿Doña Aurora…? ¿Qué hace usted aquí? No se preocupe. Hace mucho que terminó la Navidad. Quedaría raro recibir ahora un regalo. Gracias. Hasta luego —apenas consigo responder sin atragantarme. Cuelgo con fuerza el aparato.

A esto le llamo yo una intrusión.

Siempre había pensado que se necesitaba una orden judicial para entrar en casa de alguien sin haber sido invitado. En esa premisa he basado los últimos años de mi vida. Me informé en internet al respecto. Lo aprendí en las películas. Les pregunté a Max y a Carmen. Incluso a la madre de Carmen, que es estilista *punky,* y sabe de todo porque lee la revista *Rolling Stone.*

Eso me pasa por fiarme de lo que veo en la tele. Y de la gente que conozco. Y de forocoches.com.

Pienso con angustia que los hechos no pueden desmentir algo que yo consideraba una verdad universal.

Pero ahí está la evidencia en forma de doña Aurora y la tía Mirna aporreando de nuevo el timbre…

—¿Sí? —descuelgo de nuevo. Mi suspiro debe haberse oído por toda la calle.

—Vamos, no te hagas la remolona, ya te dije que pensaba pasarme por aquí. Y hoy es un día tan bueno como otro cualquiera. Ábreme la puerta, por favor.

—Sí, querida niña, ábrenos —oigo que apoya la moción la tía Mirna, con su tono de voz de mujer ronca y experimentada en la vida, conocedora de todos los secretos de la existencia, e incluso de los misterios de la no existencia.

—No puede ser, no puede ser… —Miro alrededor, nerviosa, buscando una salida, hacia la terraza…

Vivimos en un séptimo piso, maldita sea.

Busco a un lado y a otro, pero ¿dónde se encuentra la salida de emergencia de la vida?

La casa no está del todo mal, supongo que no mucho más sucia y desordenada que la media nacional, e incluso internacional. Hay un poco de descuido porque no he conseguido aprender todos los trucos necesarios para que mi hogar parezca recién sacado de un anuncio publicitario, pero si después de cinco años de seguir mi método higiénico no hemos muerto todavía víctimas de una infección, puede decirse que no soy tan mala limpiando, y mi cocina no es de las más cochinas.

Me consta que Pippi Calzaslargas vivía sola, era aún más joven que yo, y no limpiaba nunca, pero sobrevivió durante varias temporadas. O sea: años. He visto todos los capítulos en internet. En sueco, el idioma original, con subtítulos en inglés, pero así y todo he podido hacerme una idea.

Miro a mi padre, que es la viva imagen de un hombre tranquilo. Un hombre sin ninguna preocupación, sencillamente porque su cabeza se ha desconectado de su cuerpo y ya no le da órdenes confusas, como nos ocurre a todos los demás.

No tiene grandes alegrías, pero desde luego no sufre de ningún padecimiento. Es posible que incluso sea feliz.

Miro a Fuet, que a su vez me mira a mí y aprovecha para poner unas gotas de pipí al lado de mis zapatillas de andar por casa, que me están pequeñas porque son las mismas que usaba cuando tenía cinco años menos. Desde entonces me han crecido bastante los pies, pero me resisto a desprenderme de ellas porque me recuerdan a mi madre. Las he lavado tantas veces que ya no tienen color, pero aguantan el tipo perfectamente. Deben estar hechas de algún material de origen espacial. Fabricado en China, claro.

Fueron el último regalo que me hizo mi madre antes de desaparecer. No consigo reunir el valor suficiente para deshacerme de ellas.

¿De qué tengo miedo?

La escena que representamos podría ser la de una familia normal, perfectamente formal y disfuncional. Si acabase de bajar un extraterrestre como observador imparcial, un simpático E. T., diría que no hay nada raro en el salón de esta casa de clase media, que incluso disfruta calefacción los días de duro invierno.

Pero somos especiales. Estamos rotos. Y aunque lo hemos intentado con todas nuestras fuerzas, no hemos logrado volver a pegar lo que hace tiempo se partió.

Cuando mi profe se dé cuenta, estaremos acabados.

—Fiona, ¿puedes abrir la puerta, guapa? Hace mucho frío aquí, espero que no quieras ser responsable de que a mi anciana tía le dé un pasmo del que no pueda recuperarse nunca.

La mano me tiembla cuando finalmente abro la puerta. Estoy muda. No sé qué hacer. Voy corriendo al lado de mi padre y le digo en voz muy baja, con los ojos suplicantes, que me tiemblan como si fuesen a caérseme de un momento a otro:

—Papá, procura no hablar, no digas nada, limítate a asentir, no hables del amor, no hables, procura ser normal, es muy importante que doña Aurora no se entere de que estás enfermo. Hazlo por mí, hazlo por ti, hazlo por nuestra familia, hazlo por Fuet, que sin nosotros no tendrá dónde ir… Por favor, por favor…

Son siete pisos hasta nuestra casa. El ascensor es lento. Espero que se rompa entre el cuarto y el quinto y tengan que venir los bomberos a rescatarlas.

Menos mal que acabamos de cenar un plato especial para combatir la ansiedad, que si no, creo que me habría caído redonda.

#ApocalipsisZombieEnMiTerraza
#GranEstrenoMundialDoméstico
#LoPeorDeGuisarEsFregarPlatos

Procuro que mi mente no salga corriendo, tal y como hizo la de mi padre hace tiempo, y focalizo mi atención en algo material, algo a lo que me pueda agarrar para no perder el control.

No se me ocurre nada hasta que miro hacia la puerta de la cocina.

Jamón ahumado, cuscús, brócoli, guisantes, maíz, melón, semillas de cáñamo, arándanos azules y espinacas…

Pienso en eso mientras espero a que suene el timbre de la puerta. Estoy aterrorizada. Si doña Aurora se da cuenta de todo, este puede ser el fin.

He estado a punto de conseguirlo, pero no lo he logrado. Es imposible evitar para siempre que el mundo entre en tu casa, de la misma manera que nadie consigue que un zombie tenga modales en la mesa.

Me dejo caer en el suelo y me sujeto la cabeza entre las manos. Fuet, en cuanto me ve así tirada, acude a mí trotando y se sube encima de mis piernas. Para ella debo de ser algo parecido a una montaña enorme y resbaladiza difícil de escalar.

La cojo entre mis brazos y la aprieto como si fuese un muñeco. No me importa siquiera que haya soltado unas gotas de pipí que me han mojado de nuevo la punta de las zapatillas.

—Bonita, ven aquí, bonita…

Ella me lame la cara y por un momento siento que no estoy sola en el mundo. Solo por eso merecen la pena todas esas meadas que este bicho va soltando por ahí.

Finalmente, el timbre suena.

Dejo a Fuet en el suelo y me levanto.

Me sacudo la ropa y procuro contener las lágrimas. Me miro en el espejo que hay en la entrada. No estoy mal, no mucho peor que habitualmente, quiero decir.

—Buenas noches, doña Aurora buenas noches, doña Mirna.

Las obsequio con una sonrisa más falsa que un billete de tres euros. Pero ellas no parecen notar mi temblor interior. Los nervios que estoy pasando. Siento que mi cerebro está más blandito que un puré de queso de cabra.

—Hola, cielo… Por fin me abres la cancela de tu castillo.

—Sí, como puede ver…

No digo nada más porque mi padre aparece detrás de mí. Lo miro con el corazón arrugado. Mi corazón se ha hecho tan pequeño como un champiñón después de ser rehogado. Espero que no se note a simple vista. Menos mal que por lo general se encuentra escondido debajo del pecho de los seres humanos, y de los inhumanos. Me alegro de que el corazón esté enterrado ahí. Si no, el mío al menos saldría volando por el balcón en situaciones como esta.

También me alegro de que los pensamientos sean secretos, como las recetas de cocina de un gran chef de la Edad Media. Quiero decir, de antes de que existiera internet.

—Buenas nocheeesss… —corean ambas mirando aprobadoramente a mi padre de arriba abajo.

Doña Aurora y doña Mirna observan a su alrededor examinando la casa en la que vivo. Como si estuviesen pasando revista. Como dos concienzudos Guardias de la Noche en una fortaleza. En el Muro de Juego de Tronos. Solo les faltan las espadas y las pieles envolviéndolas.

Siento que mi padre y yo apenas somos dos guisantes en una vaina frente a la larga espumadera de doña Mirna, que arruga el ceño mientras me pregunta, curiosa.

—Así que este es tu papá, ¿a qué esperas para presentárnoslo?…

—Papá, papá… —Hablo con una voz tan estrangulada que apenas me sale del cuerpo—. Esta es mi profesora, doña Aurora, y su venerable tía Mirna.

Pienso: ahora es cuando mi padre dice alguna barbaridad, más propia de Shakespeare que de un padre de familia.

Justo cuando me doy cuenta de que no consigo tragar mi propia saliva, oigo agitarse a mi padre detrás de mí.

—Buenas noches, don Iñaki. Soy Aurora, la profesora tutora de su hija. Fiona me ha hablado mucho de usted.

—Papá, mi profesora y su tía Mirna estaban deseosas de conocerte. Les he dicho que no tenían por qué preocuparse por venir hasta aquí, pero…

Mi padre nos mira a todas como siempre, sin vernos.

En ese momento sonríe y casi asiente, como si de verdad supiera lo que pasa, y suelta una de sus frases:

—El alma femenina recela por instinto…

Sé que es una cita un poco carca de una princesa de Saboya, porque no es la primera vez que la dice: un día la metí en Google y averigüé de dónde provenía.

Pero esta noche —alabado sea el cielo— no le da tiempo a completar la frase.

—¡Lleva usted razón, don Iñaki! Mucho gusto…

Ambas mujeres le estrechan por turnos la mano a papá, que se deja hacer.

En ese instante suena el teléfono móvil de mi profesora. Ella y su tía dan un respingo al ver el nombre de la persona que está llamando estampado en la pantalla.

—Oh, señor Bonet, le ruego que me disculpe, tengo que atender esta llamada.

Mi padre se calla por toda respuesta. Noto que sus ojos se curvan en una sonrisa que casi parece auténtica. Está mirando a mi profesora como si la reconociera, como si la conociera, como si despertara en él algún tipo de emoción.

Sueño que se ha convertido por arte de magia en una persona normal, un padre normalucho, uno de esos padres reglamentarios. El que yo desearía.

Qué ilu.

Más falsa.

Por las palabras de doña Aurora deduzco que es el director del colegio quien está llamando. O sea, el pelmazo del padre de Lylla. Seguramente llama a mi profesora porque necesita extraerle un par de litros de sangre con los que preparar una sopa para cenar esta noche.

Mientras habla titubeando por teléfono, doña Aurora se acerca hasta papá y le da la mano de nuevo, esta vez en señal de despedida. Él mientras continúa mirándola con su sonrisa deslumbrada. Luego es doña Mirna quien se despide. Aunque papá no deja de mirar a Aurora. Parece querer decir algo en un momento dado, pero ella sigue hablando y papá no consigue que las palabras acudan a sus labios.

—Lo siento, es una urgencia laboral —señala el móvil y arruga la nariz, con un gesto de disgusto.

Antes de irse, doña Aurora echa un vistazo curioso alrededor.

No somos demasiado limpios, como digo, pero nuestro hogar tampoco es un monumento a la porquería: las bacterias se las ven y se las desean para sobrevivir en esta casa, exactamente igual que el resto de nosotros.

Veo que la cara de mi profe se relaja conforme se va percatando de que no vivimos en una cueva.

Doña Mirna olfatea el aire, y detecta que ha habido una buena cena.

—Veo que has estado cocinando…

—Sí, he hecho algunos platos siguiendo unas recetas de su libro. No he tenido todavía ocasión de darle las gracias como merece por el regalo. La verdad es que nunca habría imaginado que guisar fuese algo que yo podía hacer. Hasta hace poco estaba convencida de que lo único que era capaz de hacer era… comer.

—Oh, no creas, eso es algo que nos pasa a todos. Lo difícil siempre es empezar, en la cocina y en la vida… Créeme.

Se ponen ambas en modo fisgón y les da tiempo a echar un vistazo rápido a la despensa, mientras doña Aurora continúa con su conversación telefónica superimportante. Doy gracias al cielo por mi obsesión de tener provisiones suficientes por si sobreviene un apocalipsis zombie. Tengo bastante comida enlatada para aguantar varios lustros sin salir a la calle, y no solo para comerla, sino para usarla como munición contra los muertos vivientes.

La señora Mirna y doña Aurora sonríen complacidas cuando ven mi despensa. Estoy segura de que ni siquiera los almacenes de El Corte Inglés están tan bien surtidos.

—Lo siento, tía Mirna, tenemos que irnos, el director del colegio quiere verme. Hay unos papeles que debo firmar —dice, tapando el altavoz del teléfono y haciendo señas con una mano.

—¿Y no puede esperar hasta mañana?…

Doña Mirna se inclina hacia mi padre y le susurra:

—Este director no es lo que se dice un modelo ideal de jefe. Yo creo que sería un buen administrativo en el infierno. Sin embargo, aquí lo tenemos, organizando los asuntos de un lugar lleno de adolescentes. Nunca he entendido por qué la gente no ocupa el lugar que le corresponde. Por eso el mundo es injusto, señor Bonet. Porque casi nadie está donde debería.

Mi padre la mira como si no la viera. De hecho, es muy probable que no la vea. El pobre es un inútil. Está obsoleto. Es como una versión de hace cinco minutos del Adobe Flash Player. Y, además, solo tiene ojos para la señorita Aurora, quien en ese momento percibe la intensa mirada de mi padre, se ruboriza un poco y repite que tienen que irse.

—Me habría encantado poder charlar un poco con usted, señor Bonet, pero, ya ve, asuntos urgentes me reclaman… Me siento avergonzada. Vaya visita que hemos hecho, después de tanto prepararla…

Vuelve a sacudir la mano de mi padre, por tercera vez, y él continúa mirándola embelesado a modo de despedida.

—Espero que tengamos ocasión dentro de poco de charlar con más calma. De todas formas, ha sido un placer conocerlo, quería hacerlo desde hacía mucho tiempo… —dice doña Aurora, mientras camina hacia la puerta de salida.

Papá parece confundido, un poco más de lo que habitualmente está, pero tampoco desentonaría en un grupo de concursantes de *reality show.*

—Qué pena. ¿Y no pueden solucionar lo que sea que ocurre a través de una videoconferencia, o algo? —pregunto tratando de disimular la incontenible alegría que siento por quitarme de encima esta molesta visita.

Como dice mi amigo Max, por un lado estamos los nativos digitales y por el otro los idiotas digitales. Cualquiera que tenga más de veinte años pertenece para Max a la segunda categoría. Ruego al cielo de los ninjas de Alcorcón que mi profesora y su tía no sean unas grandes especialistas de la era digital y piensen que una videoconferencia es algo de la ONU.

—No, lo siento mucho… Hay que firmar papeleo. Me temo que esto debo solucionarlo de forma presencial. Al parecer hay algún problema con no sé qué documentos.

—Qué lástima —repito con todo mi morro—, con la ilusión que nos hacía a papá y a mí esta visita *tan* inesperada…

#NémesisEnLaCocina
#ElVirusProgenitorEnLaSopa

Cuando cierro la puerta y nos quedamos solos me doy cuenta de que acabamos de pasar un examen sorpresa.

Tengo ganas de gritar de felicidad.

Me encanta comprobar que a veces las apariencias engañan. *Todas* las veces.

Subo a YouTube la grabación de mis guisotes nocturnos y al cabo de una hora Max me envía un WhatsApp diciéndome que tenemos quince visitas.

La vida es bella.

Fuet, papá y yo somos un fenómeno de masas.

Casi.

Por lo menos, de masas quebradas pasteleras.

O de hojaldres.

Vale.

DIETARIO DE MIRNA:

Los perros son animales carnívoros, pero también pueden comer arroz, cebada, verduras y galletas especiales para fortalecer sus dientes. Lo que no debe dárseles jamás es pescado, porque les perjudica y porque, además, los perros no son gatos.

Al día siguiente, Max y Carmen me proponen ir a echar un vistazo al antiguo local donde mamá tenía su negocio. Después del accidente, tuve que cerrarlo yo misma. Quiero decir que fui yo quien se ocupó de que no volviera a abrir, porque la llave estaba en casa y mi madre no regresó a por ella después de vacaciones, tal y como estaba previsto.

Mis padres habían ahorrado durante mucho tiempo, pero no conseguían pagar el préstamo que pidieron para comprar el local. Sin embargo, tuvieron la buena suerte, si es que a eso se le puede llamar así, de que mamá recibiese una herencia. Una tía lejana suya murió y le dejó algo de capital. Con él pudieron cancelar el crédito pendiente. Aquella viejecita era nuestra única familia. Esto ocurrió pocos meses antes de que tuviera lugar el accidente y la tragedia les impidiese disfrutar por fin de su propiedad.

Su negocio. El lugar donde habían puesto ilusiones y más dinero del que tenían. Sobre todo para mamá, se trataba de un proyecto de vida.

Ahora permanece cerrado. *Closed. Kaputt.*

Una persiana metálica impide que lo desvalijen. Está llena de pintadas, pero ya ni siquiera me fijo. Recuerdo lo mal que me sentí cuando vi por primera vez un grafiti escrito sobre su inmaculada superficie verde, que mi madre había pintado con cuidado.

Ahora ya no me importa.

Cuantas más pintadas tiene, menos atrae la atención de los gamberros. Lo que me sabe mal es que hubo un chico, al que yo misma sorprendí pintando mientras paseaba por la calle, que hizo una verdadera obra de arte. Luego llegaron otros grafiteros con menos talento y educación y pintarrajearon encima. No soporto que haya gente que deje su huella sobre las cosas bonitas. Es como si tuviesen un afán de fealdad, como si les molestase que alguien hiciera las cosas mejor que ellos y quisieran dejar su marca encima, una huella desagradable.

Carmen dice que eso demuestra envidia, yo no lo sé, pero me parece una mala costumbre.

El restaurante se llama «Bueno para comer».

A mí siempre me pareció un nombre simplón, pero mamá decía que era el título del libro de un antropólogo famoso, Marvin Harris.

El contable que llevaba todo el asunto administrativo referente al restaurante se encargó de dar de baja las licencias, y me entregó un grueso sobre en el que había un montón de papelotes que yo ni sabía descifrar.

Cuando me lo dio, me deseó buena suerte y se quedó mirando a mi padre con tristeza. No he vuelto a verlo. Me dijo que tuviese previstos varios pagos de impuestos que irían llegando a lo largo de un año y medio. Yo, por entonces, casi no sabía lo que significaba la palabra impuestos. Creí que se refería a los puestos del mercadillo (je, je...). Bueno, es broma. Pronto me familiaricé con el tema, y recuerdo que durante varios meses estuve aterrorizada temiendo que me quedaría sin dinero para pagar y acabaría yendo al mercadillo a vender los muebles de la casa.

#EsBuenoParaComerConLosOjos
#LoQueSeComeConLosOjosEngordaMenos
#PorEsoMiAmorYoEstoyTanFlaca

Max, Carmen y yo hurgamos en las cerraduras como tres delincuentes. Me tiemblan las piernas a pesar de que estoy intentando entrar en el negocio que, según todos los indicios legales, es tanto de mi padre como mío.

—Mira que si nos pilla la policía...

—¿Qué van a hacer? Solo tratamos de echarle un vistazo. Este sitio te pertenece. Aquí debe haber una cocina. Recuerdo que tu madre servía comidas. ¿No es un restaurante?

—No, Max, es un telar chino. Y está lleno de pequeños duendes que trabajan por la noche hasta que, al

alba, se desintegran en el aire dejando un rastro de lu-
cecitas brillantes.

—Eres muy graciosa, Carmen. ¿Quieres sujetar a
la perra? Creo que se ha vuelto a orinar en mis zapatos.
Son de marca. Por si no te has fijado.

—Sí, de marca. De marca blanca.

—Da la impresión de que la cerradura está un poco
atascada, ¿no?

—Hace cinco años que nadie entra aquí.

—¿Y qué pasa con el agua y con la luz, has seguido pagándolas durante todo este tiempo?

—No lo sé —respondo, dándome cuenta de que
no tengo ni tomatera idea de muchas cosas.

Debí haberme fijado pero nadie me dijo que tuviese que hacerlo. En casa se pagan puntualmente los
recibos de agua, comunidad y luz, porque están domiciliados. De momento nadie nos ha cortado los sumi-
nistros. El dinero del seguro y la pensión de mi padre
deben cubrir todos los gastos hasta dentro de siete años,
según me dijo el contable. Pero del restaurante no tengo ni idea.

—Necesitaremos una espada láser y toda la capacidad de concentración de un auténtico caballero Jedi
para poder abrir esta cerradura —dice Max, quejum-
broso.

—Tú no eres exagerado, simplemente eres…

—¿Qué, qué soy?…

—Eres el primo hermano favorito de la Exageración.

La perra se muestra inquieta en los brazos de Carmen. Empieza a gemir y ella la deja en el suelo.

—A ver si quiere hacer pis.

—No sé de dónde puede sacarlo, con el cuerpecito tan pequeño que tiene y es como si tuviese un grifo dentro…

—Deberías llamarla Botijo, me parece un buen nombre para ella, dado su carácter y personalidad.

—Espera, Fuet, quítate de ahí.

Max da un último empujón y después de sudar unas grandes gotas que parecen barniz para barcos, logra que la cerradura, por fin, ceda.

—No me lo puedo creer —comento entre nerviosa y asustada—, estamos entrando en el restaurante de mi madre. Hace años que no venía por aquí. Mucho antes de que ocurriera…

—Sí —dice Carmen interrumpiéndome a propósito. Supongo que no quiere que vuelva a soltar mi cantinela de huerfanita. Quizás no me doy cuenta de lo pesada que he llegado a ser durante todos estos años—, yo tampoco me acuerdo de cómo era este lugar. Recuerdo que vine alguna vez con mis padres, pero no logro acordarme de los detalles.

El sitio está en penumbra, las ventanas que dan a la calle siguen herméticamente cerradas y pienso que no es momento para abrirlas. Me acerco al interruptor de la luz y lo aprieto. Milagrosamente, las luces se encienden y me sorprende un panorama tan conocido como desconocido.

—Mi madre decía que para llevar un restaurante hace falta sentir cariño por la profesión. Y ser lo suficientemente simpática como para que los clientes no salgan corriendo después de la primera vez.

—Todas las profesiones necesitan cariño. Eso es algo que yo comparto con todas las profesiones —dice Max quitando el polvo de una mesa cubierta con lo que fue un pulcro mantel y dándose golpes en la pechera—. Las mayores reservas mundiales de cariño laten aquí, bajo este pecho lobo.

El restaurante no es muy grande. Tiene unas veinte mesas, las suficientes como para hacer que el negocio no vaya mal. Y no tantas como para sentirse desbordado por el servicio. Eso era lo que decía mamá.

—Vaya, no está mal, este sitio es más bonito de lo que recordaba. Es cierto que necesita una buena capa de pintura en las paredes y las puertas, y una limpieza integral. Una puesta a punto. Pero eso es algo que le pasa incluso a Max.

—¿Quieres decir que necesito darme una mano de pintura e higienizarme? —pregunta mi amigo, en tono burlón—. ¿Qué soy yo, una puerta vieja?

—Es una manera de hablar —asegura Carmen.

—Estoy de acuerdo con lo de la pintura. Si no me pongo una buena base de maquillaje, se me ven los granitos. Pero en lo de la limpieza no te consiento que me insultes. Huelo mucho mejor que una novia *online*.

Fuet empieza a dar vueltas por doquier. Está nerviosa y contenta. Lo husmea todo como buscando restos de comida. Que seguramente los habrá, porque este sitio estaba preparado para funcionar a pleno rendimiento. Dispuesto para que las vacaciones fueran cortas. Nadie había previsto que durarían casi cinco años.

De repente, tengo una horrible visión de comida en pleno proceso de descomposición. Sin embargo, no huele mal. Max resuelve al momento mis dudas, que expreso en voz alta sin darme apenas cuenta.

—Tranquila, nena, cualquier elemento orgánico que hubiese en esta estancia después de cinco años se habrá visto reducido a polvo. Dalo por seguro.

Así es, en la cocina, la nevera sigue funcionando, pero está desconectada, tal y como hacía mamá con todos los electrodomésticos cada vez que salíamos de viaje. Apenas hay unas botellas dentro. Nada de materia orgánica a la vista. Menos mal.

Carmen abre el grifo.

—Vaya, incluso tenéis agua… Eso quiere decir que habéis estado pagando las facturas de luz y agua durante todo este tiempo.

—Tus padres tendrían los recibos domiciliados en el banco. Has tenido un restaurante en marcha sin darte cuenta de que lo estabas pagando.

—Es una pena que esté cerrado. Podrías abrirlo tú. Convertirlo en un negocio. ¿No se te ha ocurrido?…

—¿Estás loca?, ¿y qué iba a darles a los clientes, bocatas de calamares comprados en el deli de la esquina? También podría hacer los bocadillos con pan y luego poner dentro, como relleno, calamares… En su propia lata, claro. Todavía no soy muy buena guisando.

—¿Qué dices? Pero si estás haciendo progresos muy rápidamente… Mira todas esas visitas que tiene tu canal de YouTube.

—Lo peor son los comentarios…

—¿Qué pasa con los comentarios?

—Que no hay.

#BocataDeCalamaresEnLataConSuLata
#MiNovioEsUnZombiePeroAlMenosGastaPocoEn-
Ropa

—Me encanta este lugar. Tiene un aire acogedor. No recuerdo haberlo visitado mucho. Seguro que tu madre hacía comidas estupendas —dice Max.

—Sí, a mí también me gusta.

Miro a Max. Tengo la impresión de que ha crecido al menos diez centímetros en la última semana. Es verdad que tiene un pasado social secreto, que Carmen y yo conocemos al dedillo, pero así y todo tengo confianza en él.

—Y bien, ¿qué pensáis?

—Sorprendente.

—Una ruina deliciosa.

—No, si lo que quiero decir…

—A mí me parece que este sitio es como un CD virgen. Se puede hacer cualquier cosa en él, se puede grabar cualquier cosa…

—Ah, qué bien, igual que tu cerebro, Max.

—Mi cerebro, chata, es expandible, como esa falda que te pones los domingos cuando no te ve tu madre. Y como la memoria de mi ordenador. Tú ten mucho cuidadito con mi cerebro. Tú.

Miro a mi alrededor y de repente siento como si mi madre estuviese aquí. Puedo verla en los manteles de las mesas, todos iguales, de cuadros, porque ella decía que los cuadros son clásicos y disimulan las manchas de comida. Están todos perfectamente lavados, aunque el polvo acumulado durante cinco años les hace tener el aspecto descuidado del decorado de una película de terror.

Recuerdo que cada vez que nos íbamos de vacaciones mamá lo dejaba todo preparado para la vuelta. Para que al día siguiente de nuestro regreso no hubiese nada que hacer.

Cuando murió, era la flamante y orgullosa dueña de este restaurante. Era su mundo, aquí ella era la reina. Podía hacer y deshacer, preparar comidas maravillosas y procurar felicidad a sus parroquianos. Nunca los llamaba clientes, todos eran conocidos, amigos, porque eran gente que apreciaba sus pucheros…

Me enternece ver las mesas puestas.

Levanto uno de los manteles y veo que llevan debajo un muletón, para hacer más cómoda y confortable la superficie. Eso solo lo haría un ama de casa de los años cincuenta del siglo xx. Lo sé porque lo he leído en el libro de Mirna. También lo hacía mi madre, a pesar de que nació a mediados de los años setenta de ese mismo, ya lejano, siglo xx.

El muletón es de gomaespuma y no sobresale del mantel, queda perfectamente equilibrado.

El mantel cae a plomo y no tiene arrugas, está impecable, como si lo hubiesen planchado ayer mismo. A lo mejor es de organdí, como le gustan a la señora Mirna. Está bien centrado y los platos dispuestos uno frente a otro sirven de eje para los cubiertos.

Veo a la izquierda el tenedor, un vaso grande para el agua acompañado siempre de un vaso para vino, la servilleta que se ha puesto cubriendo el plato, como si el cliente fuese un amigo de confianza, como si fuera un invitado.

Pienso en la diferencia que hay entre mi madre y yo. Entre mi descuido existencial y el esmero exquisito que ella ponía en todo lo que hacía. Entre mi manera de alimentar a mi padre con restos, como si fuese un animal doméstico, y esa forma que ella tenía de cuidar a cualquiera, al primer desconocido que entrase en su local.

Era una reina en un palacio de cacerolas.

Tan guapa que se me saltan las lágrimas al recordarla.

Carmen y Max se dan cuenta de que me siento sobrepasada por la emoción. Pero son lo bastante amigos, lo bastante delicados, para no decirme nada.

Se limitan a arrearme un manotazo en la espalda, que trata de levantarme el ánimo pero casi me corta el aliento vital.

—¡¡Coff, coff!! —gimo.

Max me da un empujón, en plan gracioso, que me estampa contra la nevera. Es un aparato de tamaño industrial. Y aunque ronronea suavemente después de que Max la haya enchufado, no contiene nada que pueda ser comestible.

—He oído que en un lugar remoto de Rusia encontraron un mamut congelado que llevaba muerto desde la prehistoria. Y que se lo comieron. Los filetes estaban sabrosísimos al parecer —dice Max.

—Venga ya. Deliras que te tiras —protesta Carmen.

Pero Max teclea en su teléfono móvil hasta que le muestra una pantalla.

—Mira, lista arista, para que te enteres. Un mamut lanudo, enterrado bajo el hielo en la pequeña isla Liajovski, al noreste de Rusia. El mamut se extinguió hace diez mil años. Apuesto a que vender filetes de mamut recién descongelados debe de ser lo más lucrativo del mercado de la carne. Se me está ocurriendo que si pudiésemos conseguir un mamut recién descongelado, nos forraríamos reabriendo este local.

Mientras mis amigos discuten, miro con melancolía la caja donde mi madre guardaba los cubiertos. Eran de metal plateado, de estilo Luis XIV. No estaba nada mal para una tasca de barrio. Seguramente los clientes no sabían distinguir estas sutilezas, pero también estoy convencida de que las apreciaban al darse cuenta de que mi madre los trataba con un cariño especial.

—Hay que poner cariño en todo lo que uno hace. Un poco de amor. Si no es así, nada sale bien —lo digo por lo bajo, pero Max me escucha. Tiene un oído de tísica sideral.

—Amén, hermana en este lado de la fuerza.

Las mesas están puestas, pero nadie va a comer en ellas. Hay un servicio sencillo dispuesto en cada una, un jarro para el agua y otro para el vino colocados a derecha e izquierda del centro, sobre un salvamanteles de tejido amarillo que contrasta con los cuadros rojos y blancos del mantel.

Cada mesa tiene dos saleros, un pimentero y un botecito de mostaza que probablemente está en peores condiciones de conservación que el mamut congelado de mi amigo Max, con diferencia.

Una de las mesas más grandes, en la que caben seis comensales, tiene dos caminos de mesa hechos con piqué de tergal blanco. Recuerdo que mi madre decía que eran fáciles de lavar, pero a mí no me lo parece. Tienen bordados de trencilla verde, que marcan el sitio para cada cubierto y cada plato.

#NoSonMonstruosSonLasSombras
#DebajoDeTuCamaSoloEstáTuSoledad

Todos estos detalles inútiles no se le podían haber ocurrido a nadie más que a mi madre. El negocio de mamá era todo lo contrario a un establecimiento de comida rápida. El plástico no tenía cabida en este templo de la cocina. Todo aquí es sólido, auténtico, fuerte, dispuesto para resistir. De hecho, así ha sido durante estos años. Todo ha aguantado firmemente.

La loza, los manteles y las mesas, los electrodomésticos incluso, han resistido sin mamá mucho más de lo que papá y yo hemos podido hacerlo.

Cuando quiero darme cuenta, Carmen y Max están discutiendo a grito pelado, como siempre.

—Chicos, chicos, parad… Creo que ha llegado la hora de irnos de aquí. Apagad las luces, por favor.

Me siento embargada por una cantidad industrial de melancolía. Podría venderla. Podría exportarla a China. Podría meterla toda en internet y lo dejaría sin un solo mega de espacio libre.

—Podrías… abrir el restaurante y administrarlo tú —me sugiere Max.

—¿Bromeas? Pero si no soy capaz ni de administrar un grupo de WhatsApp… —respondo, poniéndome seria.

Dietario de Fiona:

Esperar a que vuelvas a mi vida es como ver una película de Sylvester Stallone y suponer que ningún personaje resultará herido.

Mis amigos y yo somos como el apio, los garbanzos y las pipas de calabaza. Tan distintos que nadie sabe cómo podemos andar pegados todo el día. Y sin embargo, juntos hacemos una buena combinación, una ensalada perfecta. Nuestro aliño, a pesar de las peleas entre Max y Carmen, quizás sea el amor.

Cuando estamos cerrando la puerta del restaurante, asegurándonos de que todo quede como estaba, y nadie pueda entrar a robar o destrozar el mobiliario, mientras ayudo a Max con el último de los candados, levanto la vista y me encuentro algo —a alguien— que no esperaba.

Tal es mi sorpresa que está a punto de pararse mi corazón.

Bueno, en realidad el corazón ya lo tenía parado hacía rato. Supongo que lo que se me ha parado de verdad es el cerebro, porque me quedo mirando como una boba al hombre de mis sueños.

Allí está el chico de los congelados.

El héroe de mi infancia.

Mi Alberto.

Mío, mío, mío.

Al menos en mis sueños.

El hombre maravilloso que consiguió ralentizar mi ritmo cardíaco, y convertirme en una pizza recién descongelada. ¿Qué digo descongelada? Completamente chamuscada, pasada de minutos en el horno, churruscada del todo. El tío que me transformó en un montoncito de ceniza. En una cosa que huele a chamusquina.

Va caminando por la acera como un actor de cine en una película del Oeste. Del viejo Far West, atestado de zombies.

Call of Duty en el suburbio.

A tense storyline.

Él es el héroe solitario.

Él rescatará a la chica.

Siempre lo ha hecho. Acostumbraba a hacerlo cuando éramos pequeños, por lo menos.

Tiene el aspecto salvaje de una joven promesa de Hollywood, el lustroso aspecto de un *risotto* con pollo. Me quedo tan embelesada que, cuando me doy cuenta, estoy metiendo por equivocación la mano en el bolsillo de Max, que me mira como si estuviese a punto de atracarlo.

—Oye, guapa…

—Disculpa, en realidad quería meter la mano en mi propio bolsillo. No sé en qué estaré pensando…

Carmen sigue la dirección de mi mirada y se tropieza con aquel cuerpo sublime.

—No me digas que estás mirando a ese tío, no me lo puedo creer. ¿Él es… *yasabesquién*…? Guau. Sí que está cambiado. Hay que ver las cosas que cinco años pueden hacer en un crío más o menos mono.

#GrandesPasionesDeAyerYHoy
#TeAmoPorqueTeRecuerdo
#CómoTeQuieroAunqueNoQuiera

—¡Eh, Fiona, espabila! Te has quedado embobada.

Las palabras de Carmen tienen en mí un efecto antiinflamatorio. Sus jóvenes y carnosos labios hablan como lo haría una estricta gobernanta del siglo XIX. Una severa institutriz experta en enderezar las conductas desordenadas de las jóvenes casaderas de una rectoría solitaria azotada por el viento en una siniestra colina en los Highlands escoceses…

—¿Eh? —gruñe Max.

—Vaya con Alberto. Debe llevarlas a todas por la calle de la amargura. Seguro que se desmayan a su paso como si fuese una estrella de cine. Madre mía, qué chulazo…

—Vale, bueno, sí, bien, vale, no, claro, sí, para nada… —digo yo, conmocionada. Siento como si me hubiesen echado unas monedas dentro, como si acabase de convertirme en una máquina tragaperras especializada en decir chorradas.

Max nos mira a las dos como si fuésemos unas videoconsolas averiadas.

—Así que, ¿mirando a los chicos, eh, brujillas?, esas miradas deberían estar prohibidas.

—Yo no estoy mirando a nadie —aseguro con poca convicción.

Mis palabras salen tan temblorosas de mi boca que casi puedo verlas volando con torpeza y cayendo al suelo desplomadas por su propia falta de convicción, de fuelle, de combustible, de alas.

Las mentirijillas tienen las patitas muy cortas. Y más cortas aún las alas.

La perra empieza a gemir, como si se quejara de no tener el don de la palabra para poder acercarse y conversar también ella con ese ser superior que en estos momentos está pasando a nuestro lado, sin apenas reparar en nosotros, los pobres mortales.

Alberto, mi vecino y amor eterno, el chico de la sección de congelados, ni siquiera parece habernos visto. Yo estoy convencida de que a pesar de mi tamaño resulto invisible a sus ojos.

Aunque, para mi sorpresa, en un momento dado sus ojos se cruzan con los míos y desde ese mismo instante ya no se separan. Nuestras miradas se quedan enganchadas, como si acabasen de ser juntadas por un pegamento invisible. Orgánico, pero sin cuerpo.

Me quedo de una pieza cuando Alberto me sonríe. Yo le devuelvo una mueca que dibuja en mi cara una especie de zigzag, curvas y picos más parecidos a las oscilaciones de la bolsa en un día convulso en el que se hunden varios bancos internacionales.

—Hola —me dice Alberto, y se acerca hasta nosotros—. ¿Puedo ayudaros, tenéis problemas con esa cerradura? ¿Lo que hacéis es legal?

Estoy leyendo un libro que cuenta la vida de grandes amantes de la historia. Ni todas juntas sintieron lo que yo en este momento.

Max se pone en pie y se estira hasta que se da cuenta de que Alberto, el joven príncipe de los congelados y de mi infancia, mi amor platónico, le saca una cabeza.

Una vez comprobada su inferioridad física, Max se encoge como un caracol, fastidiado; se repliega como un primate que no está dispuesto a batirse para ver quién es el más fuerte, quién se lleva a casa a las hembras. Max es de esos machos que sospechan que, luego, cuando consiga llevárselas a casa, las hembras le van a costar un dineral en mantenimiento. Por eso suele preferir a las elfas sexis virtuales.

—Ya estamos, casi —dice mi amigo gruñendo. Sin mucho convencimiento—. Pero gracias.

—Vaya, Fiona, hace días que no nos vemos. He estado fuera y… Te veo, por fin… Bien, ¿qué tal tu cumpleaños, y los Reyes, y todo?

Ahora Alberto me está mirando. Solo a mí. Como cuando éramos pequeños y me decía que no me preocupase, que todo iba bien, que todo iría bien.

No sé cómo soportar su mirada.

No sé qué hacer con esa mirada.

Dónde puedo meterla.

Dónde puedo transportarla para que nadie me la quite.

¿Me la puedo llevar a casa conmigo…?

—Soy Alberto —dice mientras le tiende la mano a Max.

Luego la acerca hasta mí y, de repente, me veo como Moisés intentando tocar los dedos de Dios en la Capilla Sixtina. Temo que si rozo sus dedos me convertiré en polvo. O desapareceré. No sabré qué hacer. Si me toca, es posible que me derrita aquí mismo, como un producto perecedero —muy efímero— de la sección de congelados, de esos que están pasados de fecha.

Claro que también puedo ser un mamut prehistórico helado. Mugiendo aún por él. O lo que hagan los mamuts. Mamutgiendo, vaya.

#2playersIntoABattleLikeNeverBefore
#TheBattleOfLove

Ni siquiera consigo imaginar por qué un chico como él se ha dignado mirarme. Ni siquiera puedo comprender que yo sea visible a sus ojos. Cuando éramos pequeños, también me resultaba increíble que fuese mi amigo.

—Estos son Max y Carmen. También estaban en nuestro colegio cuando éramos pequeños, pero quizás ya no te acuerdas..., no os acordáis —digo dirigiéndome a mis amigos, que me miran como si fuese la atracción principal del circo y ellos acabaran de colarse.

—Sí, algo me suena. Pero hace mucho de aquello. —Alberto se inclina con amabilidad hacia la cerradura—. Repito que si tenéis problemas, puedo echaros una mano.

—Qué amable —digo con cara y voz de boba.

—Eres muy considerado. Fiona me ha dicho que has estudiado en el extranjero. —Carmen lo mira con ojos críticos.

—Sí, pero en realidad siempre he vivido aquí. Quiero decir que mis padres siguen teniendo la misma casa de entonces. El hogar, etcétera. Ya sabes a lo que me refiero. Aunque es verdad que he pasado años fuera. Primero estuve interno en un colegio y luego fui a vivir con mis abuelos a Inglaterra.

—Tu padre era extranjero, ¿verdad? —curiosea Carmen.

—Mucho tiempo sin pasear por el barrio, ¿eh? —dice Max, y en sus ojos distingo un brillo de suspicacia y recelo.

Sí, ya sé que es la típica rivalidad entre machos, pero cualquiera que viese a Alberto y a Max ni siquiera supondría que pertenecen al mismo planeta, así que, ¿por qué iban a rivalizar?...

—Acabo de volver. He terminado mis estudios y no sé si tomarme un año sabático. El año que viene quizás vaya a la universidad.

Alberto se echa a reír.

Nunca había visto una sonrisa como la suya. Siento que el sol ha salido en pleno invierno y cubre con sus rayos la faz de la Tierra. Por completo. Por un lado y por el otro. Y todo gracias a esos dientes perfectos. Mi dentadura no es como la suya. No he tenido una madre que me lleve al dentista cuando corresponde. Creo que algún día tendré que hacer la primera visita, pero una de las ventajas de no tener padres es precisamente que nadie te obliga a ponerte *brackets* o una de esas horribles ortodoncias que ahora lucen incluso los de cincuenta.

Max se pone en modo machote, algo que le pega tanto como el alioli a las manzanas reinetas.

—Pues nada, tío, me alegra saludarte.

—Recuerdo este restaurante —dice Alberto, señalando hacia la puerta—. Veníamos a menudo a comer aquí. Recuerdo la sopa de pescado. No me gustaba comer sopa en casa, pero me encantaba la que hacían aquí. Mi madre siempre se mosqueaba por eso. Este local era de tu madre, ¿verdad, Fiona?

—Sí.

—Ahora está cerrado, ¿no?

—Sí, cerrado.

Alberto vuelve a sonreír, me mira con simpatía. Pero a mí me gustaría que me mirase como miraría un obeso, después de hacer una huelga de hambre, a un bombón de caramelo.

—Me tengo que ir. Es un placer haberos visto, ha pasado mucho tiempo. Fiona, estás muy cambiada, la otra noche apenas pude verte bien y... —Alberto se rasca un poco la cabeza. Me resulta adorable.

Canción de Kayla Oh!

He ligado por internet, en un *sitio* de mala fama:

Estoy enamorada de un joven caballero Jedi.
Es un hombre de mi talla.
Es de verdad.
Se sabe los negocios de la vida.
Las veinticuatro horas del día
me hace feliz en el universo del amor.
Lo malo es cuando traspasamos la puerta hacia la vida
real, él y yo.

Después de dar unos pasos, se vuelve y nos mira.
—Ya sabéis, si necesitáis que os eche una mano... Es un gusto veros después de tanto tiempo.
—Para mí también ha sido un placer —dice Carmen.
—Ni que lo digas —añade Max con un tono burlón que a Carmen le repatea las narices.
—Ojalá nos veamos más a menudo por aquí. Bueno, hasta luego. Tengo que dejaros, he quedado con mi novia.
¡¡¡Hey, hey, hey...!!!
Espera un momento.

¡¡¡¿Con su novia?!!!

Cuando oigo esas fatídicas palabras salir de entre sus dientes, pienso que son unas palabras tan grandes y violentas y desagradables que, al brotar para afuera desde el interior de su boca, deben haber arañado la preciosa dentadura que luce el amor de mi vida.

Porque es el amor de mi vida, por mucho que tenga novia. Lo que pasa es que él aún no lo sabe.

El aire de la tarde esparce chispitas de polvo dorado en sus mofletes. Es el hombre más guapo del mundo. Es el chico más impresionante que nunca he podido ver de cerca. Que jamás he podido tocar.

Me comería hasta sus huesos.

Mientras lo veo hacer ademán de irse, me relamo.

Dietario de Fiona:

Garbanzos: deben ponerse en remojo unas diez horas antes de cocerlos.

Amor verdadero: debe sentirse durante años. Luego, una ya está preparada para llevarse una auténtica decepción. Y prepararse a sobrevivir.

Los tres nos quedamos mirándolo hasta que él bordea la esquina y desaparece por una calle cercana.

—Vaya —dice Carmen, con una voz extrañamente aplanada—, no solo tiene novia, sino que además es el novio imaginario de una que yo conozco. Vaya,

vaya… La vida es muy injusta y muy dura. La vida es una zorra. Un cacho zorra. A veces.

Cuando Alberto se pierde detrás de la esquina, yo me quedo con la mirada perdida en el aire que él acaba de atravesar.

Alberto, Alberto…

Susurro como una posesa, para mí.

Su nombre se abre paso en mi cerebro. Como una antorcha que atravesara las circunvalaciones de mi cabeza buscando la luz al final del túnel.

¡¡¡¡Alberto!!!

Me quedo tan embobada que mis amigos me miran como si estuviera loca. Bueno, eso lo hacen todos los días.

Alberto, mi Alberto…

Porque el amor de mi vida no es solo el hombre de la sección de congelados del súper, sino sobre todo aquel niño que yo miraba con ojos de adoración en el colegio.

Sigue teniendo el mismo pelo. Los mismos ojos intensos y llenos de brillos apasionados de superhéroe de patio escolar. La misma sonrisa de medio lado, como si hubiese sido capaz de ver tu alma con solo mirarte y perdonase todas tus debilidades, como si las comprendiera, como si nadie en el mundo fuese capaz de guardar un secreto mejor que él.

Tengo los ojos a punto de salírseme de las órbitas para dar un paseo espacial.

—Alberto, Alberto Scanlon.

—Alberto, Alberto… Es guapísimo, eso seguro.

—Sí, aquel niño. El que siempre nos sacaba de problemas cuando estábamos en el colegio. El que nos defendía cuando Lylla y sus amigotas nos atacaban —le susurro al oído a Carmen, mientras Max está distraído buscando no sé qué en Google.

—Claro, es un chico inolvidable, sobre todo porque tú me lo has recordado muchas veces durante este tiempo. ¡Alberto, Alberto! Pero hace ya mil años de aquello.

—Sí. ¿No te acuerdas? Cuando sus padres lo enviaron a estudiar fuera yo estuve lloriqueando por él durante semanas.

Carmen se encoge de hombros. Afortunadamente ya no queda ni rastro de aquellas grandes ojeras que tenía cuando era niña. Y que se debían a una enfermedad que consiguió superar con el tiempo. Una de esas enfermedades raras. Lo mismo que mi padre. Pero ella tuvo suerte de dejarla atrás con la infancia. Estaba en su cuerpo, no en su mente, como la de papá.

—Madre mía, «¡Alberto por aquí, Alberto por allá!» —se queja Max—, parecéis dos gallinas digitales en un videojuego. No os oía cacarear tanto desde que os enseñé las rebajas de la tienda *online* para batallas de Airsoft. ¡Parecéis dos elfas casaderas en una tienda de arcos de ocasión!

—Qué machista suenas, tío, cualquiera lo diría viéndote. Se lo voy a chivar a tu mamá.

—Noto en tu voz un ligero regusto a rencor, quizás a envidia, quizás al resentimiento de contemplar a Alberto, un hombre joven dotado por la naturaleza con cualidades lo bastante distinguidas como para dejar las tuyas a la altura de un mero gesto condescendiente con la especie humana por parte de la siempre despiadada Madre Naturaleza... —dice Carmen, y advierto cómo sus ojos también brillan.

Siento emociones confusas e intensas provocadas por Alberto, por el que es ahora y el que fue en el pasado.

—No, nena, nada de eso, tú y yo sabemos que solo somos *gamers* del juego del amor. Y, como diría Descartes, yo quiero distinguir lo verdadero de lo falso porque deseo ver claro en mis acciones y caminar por la vida con seguridad. O sea, que no voy a dejarme ofuscar porque un macizorro aparezca de repente de la nada, recién salido de vuestro oscuro y misterioso pasado y os deje a ambas patidifusas, boquiabiertas y algo más que no acierto a calificar, pero que supongo que no es nada bueno cuando ni yo mismo puedo ponerle nombre.

—Qué simpático eres. Podrían nombrarte «causa del error» mundial. Podría ser un nuevo cargo honorífico, establecido para ti.

—Yo evito la precipitación y el prejuicio, aunque eso no me impide ver que tu joven naturaleza se ha visto convulsionada ante la presencia de ese machote procedente de la península itálica.

—De las islas británicas… ¡Eres tonto, déjame en paz!

—Por mí como si viene de las islas Vírgenes. Al fin y al cabo son islas, ¿no? ¡Como si ha salido de Mallorca! ¡Por mí como si vuelve a Mallorca hoy mismo!

#QuienNoGuisaSuPropiaComidaComeSoledad
#LosFogonesSonVidaSonFamiliaYAmistad

Mientras Max y Carmen discuten, como de costumbre, no dejo de pensar en él. Los tres caminamos por la calle de vuelta a casa después de haber explorado el restaurante.

Imagino a Alberto como a un príncipe azul. Un príncipe azul, y morado, y rosa, y violeta, y amarillo, y verde… El príncipe de todos los colores, de todos los sueños. Pero ¿cómo puede un príncipe azul tener novia? Eso va en contra de la esencia de todos los príncipes, de todos los principios y de todos los finales.

El otro día leí que #SeñoraGordaY-Cabreada57 decía en bolsosybolsas.com que la idea del príncipe azul es muy dañina para las jóvenes que al final se tienen que casar con obreros de la construcción, repartidores de pizza y ludópatas de la Playstation.

¿Quién es la novia de Alberto? No puedo imaginar dónde vive esa suertuda. Seguramente en el paraíso. No acierto a suponer de dónde habrá salido y dónde pretende ir la chica afortunada que ha conseguido como premio el corazón del mejor hombre que existe sobre la tierra.

Imagino que tiene una novia extranjera, puesto que ha pasado por ahí buena parte de su vida, estudiando. Y buscando novia, al parecer. Seguramente la conoció durante algún fin de semana en la campiña (aquí vamos al campo, pero fuera seguramente serán más finos e irán a la campiña), tal vez intimó con una muchachita de origen aristocrático.

El mundo parece estar lleno de chicas así, multipijas que tienen dinero de sobra y títulos rimbombantes, y prometen una vida maravillosa de carreras de caballo, sombreros asombrosos —valga el retruécano— y unas dotes para la cocina que dejan bastante que desear porque piensan pasarse el resto de sus vidas saliendo a comer fuera.

Seguramente, por si fuera poco, es alta y guapa, y tiene piernas de dos metros de largo, no de dos metros de ancho como yo.

Sí, me digo que Alberto tiene por delante una vida burguesa, acomodada, llena de satisfacciones materiales y seguramente carente de emociones.

Al contrario que yo.

Porque vivir como yo lo hago, al borde de la pobreza y de la legalidad, desde luego, carece de todos esos deleites finos pero, al menos, sí que reporta emociones intensas.

#MeLlevoALaBocaUnManjar
#MeLlevoALaBocaTuRecuerdo

Ah, el mundo es terriblemente injusto.

Alberto tiene a otra chica, cuando podría ser furiosamente feliz conmigo.

Yo le expresaría mi amor en forma de alejandrinos. Bueno, no quiero mentirme a mí misma porque de todos es sabido que mentirse a uno mismo es la manera más idiota de ser un mentiroso, pero aunque no sé escribir poesía sí que sé leerla. La leo cuando puedo. Debajo de las mantas, con el bulto de calor que Fuet pone sobre mis pies. Emily Dickinson, Wallace Stevens, Lorca.

Ni todos sus versos servirían para expresar lo que siento ahora mismo.

Podría, yo podría…

Me da por soñar.

Todos los días le haría un buen puchero a Alberto que sería un poema: prometo aprender a guisar para él. Quizás así consiga que me mire con ojos tiernos. Igual que cuando éramos niños y él desenvainaba su espada imaginaria para defenderme delante de las malvadas del colegio.

Pienso en la canción de Kayla Oh! que se ha convertido en un éxito mundial y que dice en inglés: «Siempre que trato de evadirme del tiempo y del espacio, pienso en el amor. De todas las huidas es la más sencilla, la más placentera. Oh, oh, oh…, soy desgraciada, sí, pero también soy feliz, porque un solo sentimiento basta para ocupar todo mi corazón. Oh, oh, oh…».

Googleo la palabra «amor» mientras acaricio a mi perra y obtengo 410 millones de resultados en 0,43 segundos.

No está mal. Desde luego, obtengo más resultados en internet que en mi vida.

Pero cierro la pantalla porque, en el fondo, sospecho que hoy no me va a dar tiempo a leérmelos todos.

#MiraMiVida
#YSéElPrimeroDeTusAmigosAlQueLeGustaEsto

Me llama la señora Mirna y me pongo tensa, en guardia. He logrado superar la primera prueba, pero eso no quiere decir que apruebe el curso. Tengo que estar alerta para que no me descubran.

—Querida niña, he pensado que tengo que echarte una mano.

—¿En qué sentido? —pregunto yo, escamada.

Siempre que alguien me dice que me va a echar una mano, yo me toco el cuello, mosqueada.

—Me he enterado de que estás haciendo grandes progresos en la cocina. Me lo ha dicho mi sobrina, que a su vez ha tenido noticias del asunto a través de tus amigos. Estoy muy de acuerdo en que te presentes al concurso de chefs. Yo creo que la televisión es un invento del diablo, que lo ha traído al mundo para dividir a los seres humanos y condenarlos antes de que lleguen al infierno, con lo cual él se ahorrará un gran trabajo en la selección del Juicio Final. Pero tengo que decirte que este concurso no me parece mal. No repruebo que la gente aprenda a guisar un poco. Ya está bien de comer porquerías. Los que puedan permitírselo deberían cuidar su alimentación. Y los que no, también.

—Sí, bueno, sí, no, sí…

—Veo que estás de acuerdo conmigo. Así me gusta, eres una buena chica. Espero que estés sacándole provecho al libro que te regalamos.

—Sí, bueno, sí, no, sí…

—Tengo la intuición de que tu línea fuerte es la cocina tradicional. Es ahí donde tienes que concentrarte, con eso puedes ganarles. Tu propio aspecto habla de la cocina de otros tiempos. El libro que te regalé está lleno de recetas que puedes aprovechar. Y, además, yo puedo enseñarte un par de trucos.

—Sí, bueno, sí, no, bueno…

—¿A que sí? Como te iba diciendo, he pensado que podríamos volver a hacer una comida juntas.

—Tengo que grabar mis experimentos culinarios y subirlos a YouTube para que sean votados por los espectadores. Son las reglas del juego. No las he inventado yo.

—No me importa, puedo cederte los derechos de mi imagen cuando quieras.

—Ah, vale, si es así…

#TusLabiosSonNuggetsDeIlusión
#TeLoComeríaTodoPeroEsQueNoTengoHambre
#MenúDelDía:AcnéYFaltaDeVitaminaD

De modo que esa misma tarde doña Mirna se presenta en mi casa. Afortunadamente, papá está durmiendo la siesta. De verdad. Se lo comunico a Mirna, que me mira con cara de suspicacia. Aunque reflexiono que esa es la cara que pone a todas horas, con lo cual no creo que indique nada raro.

Fuet da saltitos alrededor de Mirna, y aunque lo intenta en repetidas ocasiones, no consigue orinarse en sus zapatos. Está perdiendo facultades y puntería. Aunque también es cierto que Mirna se mueve más que una burbuja de aire en un caldo en ebullición.

—He traído todo lo que necesitamos. La condición básica para preparar el plato que haremos es la calidad de las frutas utilizadas. Sí, no me mires con esa cara, vamos a hacer una confitura exquisita.

—¿Una confitura? Yo creía que no merecía la pena: son muy baratas en el súper.

—Que sean baratas no quiere decir que sean buenas. O que nos convengan, si queremos cuidar la línea. Lo bueno de verdad tiene valor, pero no tiene precio. Recuerda que solo el necio confunde valor y precio. Lo que hagamos en casa no tendrá colorantes ni conservantes. Será una comida auténtica. O sea, prepárate para que no tenga un color vivo ni dure demasiado por mucho que la guardes en la nevera. Pero las cosas auténticas son así, un poco fugaces, perecederas. Como la belleza. No tienes más que mirarme a la cara para darte cuenta de que digo la verdad.

—Vale. La creo.

—Bueno, de todos modos no me quiero poner filosófica, que me salen arrugas en las arrugas.

He empezado a grabar a Mirna desde que llamó a la puerta. Cuando llegamos a la cocina sitúo la cámara en un ángulo alto, encima de un mueble, para que pueda grabar toda la escena con su gran angular.

—El mejor azúcar para una confitura es de pilón, que se rompe en trozos desiguales, o… el azúcar molido. No emplees jamás el azúcar moreno, que fermenta las confituras, ni el azúcar en terrones, que se vuelve azúcar cande… —me aconseja Mirna.

Nunca he estado en el ejército, pero supongo que lo que sienten los soldados rasos delante de un general es lo que a mí me pasa ahora mismo por el cuerpo mirando a esta señora tan predispuesta.

—¡Sí, señor! Digo..., señora.

—Búscame un recipiente de cobre sin estañar...

La miro como si se hubiese vuelto loca. Aunque lo sorprendente sería que se hubiese vuelto cuerda, ahora que lo pienso.

—¿Qué, por qué, el qué, lo... qué...?

—Bah, olvídalo —dice Mirna mientras saca de algún sitio una cacerola de aluminio grande, una espumadera inoxidable y una gran cuchara de madera, además de una placa con agujeros.

Fuet la sigue a todas partes, como si fuese algo que Mirna se acabase de atar al tobillo.

—Lo que te decía es que, para esta receta, están contraindicadas las cacerolas estañadas porque alteran el color de las frutas y también las de hierro o esmaltadas, ya sean recipientes o cucharas. Nunca hay que dejar que una confitura se enfríe completamente en una vasija de cobre: corre el peligro de descomponerse y producir un envenenamiento. —Mirna se queda pensativa un rato y luego continúa—: Aunque ahora que lo pienso, ya no existe ese tipo de utensilios de cocina. Ahora todo está hecho de un material indescriptible, probablemente producto de la investigación en la carrera espacial. No sé si te das cuenta de que la llegada del hombre a la Luna ha traído grandes beneficios para la humanidad. También para las cocinas.

Nos colocamos un delantal cada una, y unos gorros que ha traído Mirna.

Fuet nos mira envidiosa, de modo que cojo una servilleta que está desparejada y se la pongo alrededor del cuello; no es un delantal, pero a ella le gusta. Casi me imagino que sonríe. Agradecida por ser nombrada la primera cocinera canina de la historia.

Primero elaboramos un almíbar con azúcar. Hacemos el almíbar con un vaso de agua por cada kilo de azúcar y lo dejamos hervir hasta que está bien ligado. Y después cogemos las naranjas que ha traído Mirna.

Son muy gordas y las rayamos para quitarles la primera cáscara, que no se utiliza en el confite. Echamos las naranjas así peladas en agua fría. Luego las sacamos, las cortamos bien y las metemos en agua hirviendo para que se cuezan hasta que la naranja se hunda con solo darle un golpecito con el dedo. Las escurrimos y después las dejamos reposar un rato, sobre un trapo limpio doblado para que empape el agua. Las pesamos más tarde, y apartamos una cantidad igual de azúcar.

Cogemos los gajos de las naranjas y los vamos echando en el almíbar, lo hervimos hasta que los gajos cogen un cierto color dorado.

—Y ya tenemos una confitura muy distinta de la mermelada a la que tú estás acostumbrada. Es un poquito amarga, pero te encantará. Te advierto que no puedes abusar de ella porque no necesitas demasiado dulce en tu vida. El dulce, déjalo para los sentimientos, en la mesa no abuses de él hasta que no vuelvas a caber en una talla XXXL. Regálale un bote a cada uno de tus vecinos. Conviene estar a bien con ellos para que no te roben la correspondencia ni la colada.

—Pero si no quiere que coma dulce, ¿por qué no deja de enseñarme recetas de dulces?...

—Porque son muy agradecidas. Estimulan a los cocineros principiantes a proseguir en su aprendizaje. ¡Y son tan ricas!... Esta confitura está de rechupete, pero no nos vamos a conformar con haber preparado un solo plato. A ver, ve metiéndola en esos botes. Luego los dejas enfriar y los guardas en el frigorífico. ¿De acuerdo?

—Como para no estarlo, con esa cara que pone usted...

—Hija, es la cara que tengo. Me levanto por las mañanas y no puedo elegir ninguna otra en un catálogo.

Cuando la veo sacar una botella de aguardiente pienso que ya he descubierto por qué tiene una personalidad tan, digamos..., estrambótica. ¡Seguro que empina el codo!, me digo mientras la miro con los ojos como platos hondos.

#SoyUnaMáquinaDeAmarCon250GBdeRAM
#YVisiónExpandible

—Ya que estamos puestas, vamos a hacer unas guindas en aguardiente —me explica, silabeando—. Para un litro de licor se necesitan un kilo y 250 gramos de guindas, 250 gramos de azúcar en polvo, tres cucharaditas de canela y tres vasos de los de vino de aguardiente de 45°.

—A mí no me está permitido beber alcohol. Soy menor de edad, todavía. Por desgracia —mascullo entre dientes. Luego me callo. No quiero recordar el tema de mi edad ante las potenciales masas de internautas que vean esta escena cuando la cuelgue en la red.

—No te preocupes, este es un postre muy ligerito…

Les quitamos los rabitos a las guindas, las ponemos en un tarro y las recubrimos con el azúcar. Luego les añadimos canela.

—Mañana, cuando hayan pasado veinticuatro horas, solo tienes que verter encima el aguardiente, cerrar herméticamente el tarro y dejarlo macerar por lo menos dos meses. Pero, mientras tanto, vamos a brindar —dice Mirna, como si ya lo hubiese hecho por su cuenta antes de venir a casa.

Me entrega la botella y yo la miro como si por primera vez Google me dijese que no ha obtenido resultados.

Por cierto, Mirna es como Google: siempre obtiene algún resultado. Aunque sea erróneo.

Se sirve un lingotazo de aguardiente y me pone a mí otro. Brindamos por la buena cocina, por la amistad, por los buenos amigos y amigas, brindamos por que el suflé no se desinfle y las tortillas no se quemen, por que nunca falte un poquito de ruibarbo y jalea de grosella en nuestra despensa.

Me siento como si estuviese en un cuento de Hans Christian Andersen. Como si acabase de llegar a la casita del bosque y la bruja correspondiente fuese una borrachina que ni siquiera se plantea ir a rehabilitación. Como si Amy Winehouse hubiese vivido lo bastante para jubilarse y enseñarme a guisar.

—¡Salud!

—¡Salud!

—¡Guau!

Cuando pruebo el brebaje estoy a punto de desmayarme. Mi garganta alcanza la temperatura de un hornillo eléctrico de esos que le gustan a Mirna, de los que aparecen en su libro y que no se fabrican desde 1939.

—¡¡Puagggg!!… Esto debe de estar hecho con productos abrasivos.

—Qué cosas dices, este es un aguardiente de la mejor calidad. Lo destilé yo misma. Tengo un alambique. Claro que no aquí, sino en mi casa del campo. Algún día tienes que venir a verla. En la juventud, la mejor manera de evitar el futuro alcoholismo es arrearse un buen chute de esos que no hay más remedio que escupir en el acto. Opera el mismo principio que con las vacunas. Las vacunas protegen de las enfermedades porque están hechas de virus.

—Se nooootaaaa que nooooo conoceeee *ustezzzzzz* a algunos de mi colegioooooo… ¡Cielossss…! ¡¡Me quema la gargantaaaaaggg… Egtooo esgggsss fueggooorrr líquido…!!

—Anda, no seas blandiblú. Bueno tengo que irme, no te olvides de echar mañana el aguardiente dentro del tarro.

—Haaaggg…ta…maniaaana. Gggaciaaas pog tooddoo…

—Y recuerda: la mayor tentación de las mujeres que trabajan, o que estudian como tú, es la charcutería. Resulta más barata que la carne, y no necesita ser guisada. Pero ten en cuenta que las personas de hígado delicado no deben abusar de ella, sobre todo si tienen mucha grasa. Tampoco olvides que la legumbre más ingrata de pelar es la escorzonera. Adiós. Saluda a mi padre de tu parte. —Ella dirá lo que quiera, pero yo creo que el aguardiente también le ha hecho su efecto—. Me pareció muy buen mozo. ¿Está casado?

—Adiooogggsss…

#CocinandoConChuckNorris
#LaAventuraGráficaDeMiVidaSinTi

Subo el vídeo a internet, al espacio reservado para los aspirantes al concurso de cocina. Lo titulo de una manera rimbombante, pero sincera: «Confitura de naranja para personas delgadas que ya no lo son, seguido de guindas al licor, flojito (en guindas)».

A la mañana siguiente, antes de que haya tenido tiempo de despertarme, me desvela el sonido de una llamada y luego de un mensaje entrante. Es Max. Doy un salto en la cama y la perra se pone inquieta al verme nerviosa. Empieza a ladrar como una loca y a dar vueltas por la habitación, y sobre sí misma, como si estuviese persiguiendo a su propio rabo.

Mis amigos y yo nunca nos llamamos por teléfono. De hecho, no conozco a nadie que lo haga. La gente que habla por teléfono nos parece casi sospechosa. Gente mayor. Viejuna. O líderes mundiales, y eso.

Nosotros hacemos todo tipo de cosas con el teléfono, excepto hablar a través de él. Por eso, cuando veo la llamada, me asusto.

—¡Qué pasa?

—Querrás decir qué «no» pasa —responde Max de manera enigmática.

—Son las siete de la mañana, ni siquiera he tenido tiempo de despertarme. Me levanto a las siete y media. Eres el responsable de la pérdida de treinta minutos de mi sueño diario. Te enviaré la factura correspondiente. Quien rompe, paga, etcétera.

—Deja ya de decir tonterías.

—No se me ocurre otra cosa cuando me despierto antes de tiempo, o cuando hablo contigo.

—¿Has visto tu vídeo?

—¿Qué vídeo?

—Tu vídeo de YouTube.

—Bueno, la verdad es que no lo vi entero, terminaba el plazo semanal para subir y...

—Tienes diez mil visitas.

—¿Qué estás diciendo? ¿Bromeas?, ¿te estás fabricando una peluca de hobbit con mi enredada melena castaña? O sea: ¿me tomas el pelo? Eres como un antiguo indio arapahoe, pero en vez de hacha tienes una lengua que corta más.

—Acabo de verlo, eres un fenómeno. Y lo mejor son los comentarios.

—Si esto es una broma, me la pagarás a precio de entrada para parque temático. Sin descuento.

—Ahora que te has convertido en una youtuber famosa, ¿seguirás siendo mi amiga?...

—Tengo que dejarte, me está entrando un mensaje de Carmen.

—Y si no, ¿seguirás siendo mi enemiga?

#TeCreesTomRaiderUnderworld
#YEresMiChurriEnLaPiscinaMunicipal

Abro el mensaje de mi amiga y veo una serie de emoticonos sonrientes, soltando lágrimas de risa, como si tuviesen un pequeño surtidor en los ojos…

Carmen dice, aunque resulta difícil leer lo que ha escrito entre tanto muñequito descacharrante, que se ha divertido muchísimo viendo el vídeo de mi último plato cocinado. Dice que después de Mirna puedo seguir llevando estrellas invitadas a mi cocina. Por ejemplo, Elvis Presley, o Kayla Oh!

Le respondo que Elvis está muerto y ella dice que hoy día eso da igual.

No me puedo creer que mi vídeo haya sido visto por más de diez mil personas desde anoche hasta las siete de esta mañana.

De repente, la responsabilidad de que toda esa gente haya pasado unos minutos viendo lo que Mirna y yo pergeñamos en la cocina me cae como un mazazo encima de los hombros.

Me tiembla todo el cuerpo.

Brrrr.

Pienso si se habrán reído de mí.

Luego imagino que es difícil no reírse viendo lo que hicimos entre las dos…

Le preparo el desayuno a mi padre.

Ya está en pie, suele despertarse temprano.

—Buenos días, papá.

Le doy un beso y me doy cuenta de que necesita afeitarse. A veces consigo que él mismo lo haga, pero otras veces soy yo quien tiene que hacerlo sin mucha ayuda por su parte. En todos estos años, he desarrollado un auténtico pulso de barbero afeitando a mi progenitor.

Lo dejo sentado frente a los cereales, con su eterna sonrisa complaciente, y me doy la vuelta para volver a mi cuarto y prepararme para sacar a Fuet antes de que haya una catástrofe mañanera.

—Enseguida vengo —le digo.

—Aurora… —dice él.

Me quedo de una pieza.

—¿Qué?

Me giro hacia donde papá está sentado.

La claridad sucia de la mañana invernal cae iluminando la escena como en una película de Hollywood. La luz es nacarada como una cascada de agua mágica, y el pelo de la perra incluso brilla como si estuviera hecho de un poco de matorral alumbrado por la Luna.

—¿Qué has dicho, papá?

Me ha parecido entender que decía algo así como «Aurora». Probablemente se refiere a que acaba de amanecer. Sería maravilloso que se diera cuenta de que el tiempo transcurre, de que el sol amanece y anochece, de que la vida sigue desde que mamá nos dejó.

—Repite lo que has dicho, papá.

—Aurora —vuelve a decir.

Es la primera vez que me hace caso. Que dice algo que se espera de él. Como si yo acabase de darle los buenos días y él, en vez de soltarme una de sus frases floridas, respondiera con un simple «buenos días».

—Te refieres a…

—Aurora —repite papá.

—¿Hablas del amanecer o de mi profesora…?

En ese momento papá continúa comiéndose los cereales y no dice nada más. Tan solo sonríe. Y acaricia la cabeza de la perra que se ha puesto a su lado, sentada muy repipi, en la silla de al lado, mirándolo con interés, esperando que caiga algo al suelo. Y que sea comestible.

Intento sondearlo, sacarle algo más, pero solo consigo que me diga que es más frecuente observar un amor extremo que una amistad perfecta.

—Ni que lo digas.

#MiPerraDevilBaby
#MiPadreTheFabulousFreak

Vuelvo a mi habitación y agarro una toalla. Me doy una ducha rápida. Me lavo los dientes antes de vestirme. Salgo a pasear a Fuet y subo rápidamente de nuevo a casa.

Me conecto y entro directamente a mi espacio del concurso culinario.

Ahí estoy yo. FionaX2000X.

Acostumbrada a ver tres o cuatro visitas, esto me sorprende tanto como a mis amigos. Comienzo a mirar la lista de comentarios, pero siento un ligero mareo. Soy incapaz de leerlos. Soy demasiado sensible. Para lo bueno y para lo malo. No tengo nada contra el hecho de que la gente se exprese. Pero nadie puede obligarme a tener que leer todo lo que se dice sobre Mirna y sobre mí. Acabaría emocionalmente destrozada. Las palabras son armas de destrucción masiva.

Diez mil visitas son muchas. Apenas doy crédito. No sé si mis recetas —en realidad las recetas de Mirna— han interesado o no. Pero lo cierto es que me he colocado entre los veinticinco aspirantes al concurso de ChefTeVe más vistos.

Por si fuera poco, esta mañana descubro otro hecho asombroso. Cuando voy a ponerme el pantalón, me doy cuenta de que me está grande. Parece un milagro, es algo imposible. Mucho más que las diez mil visitas de YouTube. Normalmente, para embutirme en ese pantalón necesito estirarme encima de la cama encogiendo la barriga y conteniendo el aire, suplicándole al cielo y haciendo unas contorsiones de danza balinesa que aprendí en un tutorial *online* que enseñaba cómo meterse en un pantalón diez tallas más pequeño. Cuando lo hacía así, no podía respirar durante varios minutos. Durante varios días.

No sé cómo, hasta la fecha, no me ha dado un patatús intentando vestirme.

Por lo general, me pongo amoratada, siento una confusión repentina y la sospecha de que unos bichitos malvados viajan por mis arterias en un barquito con forma de émbolo con la peor de las intenciones, igual que en aquella serie de dibujos animados, *Érase una vez el cuerpo humano,* que tanto marcó mi vida.

Pero hoy, contra todo pronóstico, mis pantalones no solo entran a la primera por mis piernas hacia arriba, estando yo todavía de pie, sino que además, cuando me los abrocho y doy un par de pasos, casi se me caen...

Son mis pantalones favoritos, los que mejor disimulan que estoy gorda. Por eso me los pongo mucho. Pero hacía tiempo que no los sacaba del armario.

Una chica ucraniana residente en Parla, Madrid, aconsejaba en Yahoo Respuestas usar los mismos pantalones y combinarlos con distintas camisetas, cuando uno es pobre y no puede permitirse tener un vestuario muy nutrido. Eso consigue que la gente piense que siempre vas más o menos bien vestida, y con cierta variedad.

Usando una base matemática de variaciones, combinaciones y permutaciones, demostraba que con solo tres prendas diferentes se podría engañar a los demás haciéndoles creer que poseíamos un vestuario muy bien provisto lleno de novedades. Y aún mejor, que con diez prendas de ropa, se podían crear doscientos diez conjuntos diferentes de cuatro elementos cada uno, para poder ir vestidas de manera distinta durante casi un año entero, a razón de uno al día, sin contar festivos.

Sus consejos se convirtieron en mi biblia estilística. Pero este pantalón es, desde luego, la base principal sobre la que he establecido mi *look*. Mi estilo (que es una especie de falta de estilo) no es nada sin esta prenda.

No tengo una madre que me lleve de compras. Y no me gusta gastar dinero inútilmente en ropa, porque siempre estoy ahorrando por si llegan tiempos duros, cuando yo esté recluida en un orfanato y mi padre en el hotel de *El resplandor*.

#SiATuVentanaLlegaUnNerd
#MúdateDeBarrioQueLuegoVendránDiez

Y, ahora, me encuentro con que mi pantalón preferido, que no usaba desde Navidad para no desgastarlo, se me cae al andar. Eso solo quiere decir una cosa… ¡Que he adelgazado! Lo que resulta increíble. Mucho más que lo de YouTube.

Tardo unos minutos en encontrar algo que pueda ponerme. Por fin opto por un vestido de flores diminutas blancas sobre un fondo negro. Parezco la niña de *El exorcista,* versión Nintendo Total. Pero al *look* de una joven de tipo medio nunca le ha hecho mal un cierto toque lúgubre. El vestido es holgado. Lo compré en el mercadillo el año pasado. Es el tipo de vestimenta que le pondrías a un pez globo si se dejase vestir.

Pienso que debería pintarme los labios, pero me moriría de vergüenza. Resisto la tentación, a pesar de que me he comprado no hace mucho un maletín de pinturas que serviría para darle una mano completa a todas las puertas de la casa. Fue una tarde, en el Carrefour, después de un ataque adolescente de feminidad, y luego se me pasó el plazo para devoluciones.

Estar un poco más delgada me sienta tan bien que apenas me lo puedo creer. Pongo morritos delante del espejo durante un rato. Pronuncio la palabra «Alberto» como lo haría una actriz de cine en una película de porno existencialista, si alguien se decidiera a producir el género.

Mientras repito «Alberto, Alberto...», Fuet da vueltas siguiendo el ritmo a mi alrededor, como buscando algo. Luego para y se sienta mareada mientras me mira y la cabeza le da vueltas. Parece un dibujo animado.

Sigo pronunciando «Alberto, Alberto...», y aprovecho para meterme un montón de papel higiénico en el sujetador. Me doy cuenta de que mis pechos han aumentado cinco tallas por lo menos con esta sencilla operación, que encima me ha evitado pasar por el quirófano, y sonrío complacida.

Me animo un poco y me pinto los labios. Ahora, sencillamente me asemejo al mascarón de proa del *Titanic*. Después del accidente.

Me saco todo el papel del sostén. No importa, me digo, con un cierto deje de tristeza. El papel raspa bastante y seguro que me habría dado alergia. Entonces, los pechos me habrían crecido por la enojosa hinchazón, pero así y todo…

Me limpio los labios aprovechando el papel, para no desperdiciarlo.

Dejo a papá con la perra y me voy a clase. Lo bueno de tener una perra tan pequeña es que le he puesto un cajón con serrín, como a los gatos, y parece que se está aficionando a él. Así me ahorro sacarla a mediodía, porque justamente a esa hora me pilla en clase.

Me he despistado con tantas emociones fuertes y llego tarde.

—Lárgate a la cocina. Y, cuando tengas necesidad, ve a tu cajón a hacer tus cosas y deja en paz el resto de la casa —le advierto antes de irme.

#GuíaDeLaCocineraGalácticaFileteDeAlienFritoPa-
raMerendar
#FrikisUnidosJamásSeránAbducidos

Nada más entrar en el colegio, me doy cuenta de que me persigue una de las secretarias.

—Fiona, Fiona… ¿Puedes parar un momento?

—Sí, dígame, señorita Pérez.

—Doña Aurora Ferrán te está esperando en su despacho.

—Pero tengo clase de Mates, ya llego un poco tarde…

Observo que algunos de los chicos me miran al pasar. Pienso horrorizada si se me habrá olvidado quitarme el papel del sostén y me palpo de forma disimulada, pero entonces toco el abrigo de paño extrafuerte que me cobija desde hace años. Propio de un soldado siberiano. No podrían verme la pechuga ni aunque mantuviera las prótesis de papel higiénico o me hubiese metido dentro del sostén dos neumáticos.

«¿Qué miran estos muertos vivientes?», me consuelo pensando que algunos de ellos, con los que no he mantenido nunca relaciones de exagerada simpatía mutua, carecen de inteligencia y sentimientos, y seguramente solo piensan en alimentarse, como los zombies. Y, como ellos, apenas necesitan dormir. No hay más que ver la cara que tienen.

—Yo solo soy una mandada, Fiona. Me ha dicho que, en cuanto entres por la puerta, te avise de que tienes que ir a verla. Creo que te han mandado un mensaje al teléfono móvil desde Secretaría, avisándote.

—Lo siento, lo tengo en mudo, cuando salgo de casa para venir aquí, le quito la voz. Son las reglas del colegio, creía yo.

—Yo solo soy una mandada.

—Sí, ya me he enterado.

—Ah. Pues eso.

MIRNA EXPLICA SU FILOSOFÍA

(Mientras prepara su receta de cerezas al licor):

MIRNA: ¿Cuál es el animal que da mil vueltas sobre sí mismo después de muerto?

FIONA: No sé.

MIRNA: El pollo asado.

Cuando entro en el despacho de Aurora, noto por su cara que algo va mal. Normalmente siempre está sonriente y parece bien dispuesta. Incluso he llegado a pensar que siente cierto cariño hacia mí. Algo que me emociona, y que no sé siquiera cómo interpretar. Quizás lástima, como dicen Max y Carmen, pero a mí ya me va bien.

Hoy, sin embargo, parece tensa, como si hubiesen esculpido su rostro en madera. Mira a un lado y a otro con inquietud, y me dice que me siente con una voz tan tirante que parece a punto de romperse.

—Buenos días —le digo con precaución.

—Siéntate, Fiona.

—Gracias…

Pienso en qué habré hecho mal; no recuerdo haber hecho nada malo, o por lo menos nada que los demás hayan podido ver. Ese tipo de cosas procuro esconderlas.

Intento distender un poco la situación. Ella está mirando unos papeles y se ha puesto unas gafas que le hacen parecer una intelectual, o una gafapasta perdida en un polideportivo municipal.

—¿Sabía usted que las espinacas son ricas en magnesio y sirven para reducir la presión arterial? —digo, e inmediatamente después de decirlo pienso que soy una bocazas. Me ocurre a menudo. No serviría como espía. Le daría abracitos y recetas de cocina al enemigo.

—Sí, bueno, sí… Las espinacas, la presión arterial, el magnesio… son grandes temas. Pero no aparecen en el examen de hoy.

—¿Hoy tenemos un examen? —pregunto con la cara descompuesta.

La palabra «examen» hace que me tiemblen las piernas. Las cuatro o cinco piernas que siento que tengo cada vez que me tiemblan. Son muchas piernas para mí.

—No, en realidad no tenemos ningún examen, es una manera de hablar. Fiona…

—Dígame —suspiro aliviada. Aunque sé que ahora viene algo más.

—¿Sabes que tu vídeo de YouTube tiene a estas horas de la mañana…? —Mira un momento su teléfono móvil, y me dice exactamente la hora que es—. Es curioso, ¿te das cuenta, Fiona, de que hoy día ya nadie lleva reloj? Ahora la gente mira el teléfono móvil para consultar la hora. En realidad, lo consulta todo en el teléfono. Me pregunto si esto será del todo bueno.

—No sé, pero práctico sí que es, me parece a mí.

—Vale, dejemos ese tema. Te estaba diciendo que a estas horas de la mañana hay veinte mil visitas en tu vídeo de YouTube.

—¿Veinte mil...? —Me quedo hecha un cuadrilátero tridimensional.

Parezco sacada de un fotograma de *Resident Evil: Retribution*.

—Pero si hace media hora que salí de casa y... la última vez que miré tenía poco más de diez mil visitas.

—Pues ya va por las veinte mil. Estas cosas son exponenciales, o no sé qué.

—Bueno, a mi modo de ver eso es una... ¿buena noticia?

La cara de doña Aurora me hace sospechar que no es del todo buena. No imagino por qué.

—No sé por qué interesa a tanta gente, no sé...

—¿Que no sabes...? ¿No te das cuenta siquiera de que mi tía y tú habéis montado un numerito a la vista de todo el mundo en el que prácticamente hacéis apología del consumo de bebidas alcohólicas entre los menores de edad...?

—¡Oh, al contrario! Después de esa tarde, a mí se me han quitado las ganas de beber alcohol, al menos hasta que mis cinco futuros hijos vayan a la universidad. Y la verdad es que apenas si probé ese brebaje. Es demasiado fuerte para mi garganta. Creo que incluso un leñador del Ampurdán se sentiría afectado si lo probase. Con solo olerlo perdería el conocimiento. Y se volvería abstemio.

—Ni te imaginas cómo están de enfadados en la junta directiva del colegio. El director está que se sube por las paredes.

—Pero él siempre se sube por las paredes, ¿no? Es como si viviera por ahí arriba… —Me muerdo la lengua.

Tuve una fugaz imagen del director. Con su traje a rayas azules, el poco pelo canoso peinado hacia atrás con una gomina tan fuerte que parece adhesivo para hierros. Sus cabellos pueden verse a través de los litros de gomina que usa, como frutas escarchadas en un almíbar cocinado con el pegamento para tuberías que usan en la Estación Espacial Internacional.

Podía verlo reptando como un Spiderman de pacotilla por las paredes del polideportivo. El señor director tiene menos músculo que mi osito de peluche favorito, Teo, uno que me regalaron cuando cumplí tres años y que guardo envuelto entre mantillas en uno de los cajones de mi dormitorio. No me atrevo a sacarlo por si se deshace con el vigor de mi respiración.

—Lo siento, nunca imaginé que mi…

—No, si en realidad la culpa no es tuya. La culpa es de mi tía Mirna. No debiste consentir que guisara nada que contuviera alcohol. ¿No te das cuenta de que eres menor de edad? Hoy día, la sociedad es muy cuidadosa con estos asuntos. No estamos en los tiempos de la Segunda Guerra Mundial, por Dios bendito… Como ella cree.

—Pero, la tía Mirna, quiero decir…, su tía Mirna solo trataba de ayudarme. Le estoy muy agradecida. Hasta ahora mis vídeos solo habían tenido cuatro visitas; de no ser por ella nadie habría mirado mis guisos. No habría tenido la menor posibilidad de verme clasificada. Y ahora estoy… ¡entre las veinte primeras de la fase preselectiva! —digo echando un vistazo a mi página y abriendo los ojos con una mezcla de incredulidad, placer y miedo.

Me pongo tan nerviosa que empieza a picarme el cuerpo. Hasta que me doy cuenta de que me he dejado un trozo de papel dentro del sostén. Me pica tanto que rabio. Puedo notarlo irritándome la piel.

—Necesito…, lo siento, necesito ir un momento al baño, ¿puedo…?

Doña Aurora lanza un suspiro y me mira con aire derrotado.

—Claro que puedes. Anda, ve. Y cuando termines vuelve aquí.

Salgo pitando.

No tardo mucho en despejar mi delantera.

Regreso al despacho de doña Aurora por los pasillos ahora casi desiertos. Las clases ya han comenzado. En esta escuela son muy estrictos con la puntualidad; confío en que mi tutora me excusará delante del profesor de Mates por el retraso. No quiero llamar la atención de los profesores, aunque sé que lo que estoy haciendo no es precisamente ocultarme a la vista del mundo. Continúo con mi propósito de ser una alumna ejemplar. Es la única manera que se me ocurre de que me dejen seguir viviendo.

Corro un poco.

Me siento más ligera.

Como una pequeña avecilla que va de flor en flor.

Noto que mi cuerpo se siente libre, igual que si hubiese dejado una pesada mochila y fuera capaz de andar más rápido. Hay una báscula en el baño de papá. Cuando vuelva a casa me voy a pesar. Me hago el propósito de empezar a vigilar mi peso. Nunca me he pesado. Vale, sí, a veces, en la clase de gimnasia, me han pesado. Pero cuando eso ocurre, yo me limito a mirar hacia otro lado y a cerrar los ojos muy fuerte con idea de no enterarme de cuál es el volumen real que ocupo en el mundo. El espacio que me corresponde, o que más bien invado. Todos esos kilos que me sobran. No quiero saberlo. No puedo saberlo. Si fuese consciente de ello, luego sería incapaz de salir a la calle. Y necesito salir al mundo. Aunque solo sea para venir al colegio y pasear a Fuet.

CANCIÓN DE MIRNA
(Mientras prepara su receta de guindas al licor):
Si a tu ventana llega un *diplodocus,* trátalo con cariño,
que quedan *pocus…*

Dejo de correr y procuro no hacer ruido mientras regreso al despacho. Las clases están cerradas, pero las puertas tampoco son un prodigio de aislamiento. No quiero armar bulla por si alguien sale a llamarme la atención o a amonestarme. Aquí hay mucha afición por las multas y penalizaciones. Esto, más que un colegio, parece la unidad de Tráfico del Ayuntamiento.

Cuando apenas me faltan unos metros para alcanzar la puerta, oigo unas palabras en tono agudo e impaciente que me dejan helada.

—Aurora, déjame decirte que no pienso en otra cosa más que en ti.

—Don Jeremías, creo que se equivoca…

El tono de voz de doña Aurora, sin embargo, es bajo y con un indiscutible deje de angustia.

Don Jeremías es el director del colegio.

El padre de Lylla.

Me detengo y me pego a la pared. Concentro toda mi atención en escuchar las voces que provienen del interior del despacho de doña Aurora.

—Vamos, no te hagas la estrecha, sé que estás deseando tener un hombre a tu lado.

—Se lo pido por favor. No creo que…

—Me doy cuenta de cómo me miras, leo en tus ojos un deseo que tú no quieres reconocerte a ti misma.

—Yo nunca, pero nunca…

—Deja de mentirte a ti y a los demás, insisto en que no tienes nada que temer. En mis brazos vas a ser más feliz de lo que nunca has soñado.

—¡Yo no quiero ser feliz! Quiero decir…, es una manera de hablar…

—Déjame tocarte. Si dejas que ponga mis manos sobre tu cuerpo, sabrás a lo que me refiero cuando te digo que necesitas un hombre.

—Don Jeremías, por favor, no hable usted así…

—Relájate, esta noche podemos vernos en mi casa de fin de semana, está a pocos kilómetros. Mi hija va a ir a dormir con unas amigas, estará fuera, y la cuidadora de mi mujer pasará la noche con ella, porque lleva unos días resfriada. Tenemos toda la noche para nosotros solos. ¿Sabes lo que significa para un hombre como yo estar atado a una mujer como la mía…? Es como vivir solo. ¡Peor que solo!

—No quiero, no necesito, no me gusta esto, ¡oiga!…

—Aurora, mírame, dame tu boca…

Mi corazón comienza a palpitar como suele hacer, como si estuviese en una convención de monos locos aficionados a tocar el tambor.

«Vaya», me digo, asustada, «de tal palo, tal astilla».

Ahí está don Jeremías, con sus relamidas greñas y su mano larga. Acosando a una mujer, casi con el mismo ímpetu con que su hija lleva acosándome a mí toda la vida.

Mi repugnante cobardía me deja paralizada, como si fuese un grafiti en la pared. Como si acabaran de estamparme en una película de dibujos animados, y mi cuerpo no fuese más que una mancha con cara aterrorizada.

Mi primer impulso es irme lenta y silenciosamente de allí. Largarme. Al fin y al cabo, no es asunto mío. Son dos adultos, supongo que pueden resolver sus problemas entre ellos sin necesidad de que yo intervenga.

Hago un esfuerzo y consigo despegarme de la pared. Echo a andar de puntillas, igual que si pisara nubes, pimientos rellenos, como si caminara sobre huevos escalfados.

Mi objetivo es desaparecer. Que don Jeremías no me vea. Irme y que doña Aurora se las arregle por su cuenta. Si se deja manosear por ese cerdo que ejerce una superioridad sobre ella, la del escalafón, la de la fuerza física, no quiero enterarme. Si se deja mancillar y humillar por el director, lo mismo que yo me he dejado mangonear por su hija durante todos estos largos y abrumadores años, no es mi problema.

¡No quiero saber nada de esto!

No lo soporto.

Echo a andar a paso rápido.

Corro que me las pelo.

#SerCobardeEsFácilYBarato
#TenerValorCuestaMuchoYNoTodosPuedenPagar-
Tanto

Recorro los pasillos sin mirar atrás. Cada vez más rápido. Quiero irme de aquí. Quiero olvidar lo que he oído. No quiero saber nada de los asuntos de los demás. Bastante tengo con los míos.

Cuando llego a la puerta de mi clase suelto el aire y respiro intentando tranquilizarme. He dejado atrás una pesadilla. Un mal sueño que no me corresponde. Lo siento por doña Aurora, me cae bien, pero tampoco es para tanto…

Pongo la mano en la puerta y me dispongo a empujarla para entrar y sumarme a la clase de Matemáticas, aunque sea con retraso.

Soy una buena chica.

Soy una buena estudiante.

Solo quiero acabar el curso y ser mayor de edad. Me lo repito como un mantra, como una oración, como un lema, como el estribillo de una canción de Kayla Oh!

Paso un rato sentada en mi pupitre. No sé cuánto. Apenas me entero de nada de lo que está explicando el profesor. Me siento inmune a las miradas del resto de mis compañeros. Quizás expresan burla, reto, desprecio, compasión… Lo que sea. Me resbalan como si mi cuerpo fuera de teflón, como las sartenes buenas.

#ComeLento
#DigiereBien
#CuidaTuLíneaDeVida
#SanaTuLíneaDelCorazón
#CorreComoUnaRataAnteElMenorProblema
#LaDietaDeLaRataEsLaMásCómoda
#PeroNoHueleBien
#YLeSientaFatalAlCorazón

Y, de repente, hay algo que me empuja hacia atrás en el asiento.

Casi salgo despedida, por poco me caigo.

—¡Fiona Bonet! —oigo en un eco lejano la voz del profesor de Matemáticas, enfadado. El murmullo burlón de mis compañeros de clase.

No les presto atención, no obedezco, y no me detengo.

Lo que tira de mí es una fuerza misteriosa que crece en mi interior y que me hace salir corriendo. Ahora puedo correr algo más que antes. Estoy un poco más delgada. Mi cuerpo me obedece sin oponer esa resistencia que me hacía jadear.

Bueno. Pero he acabado jadeando. Mucho peor que Fuet cuando intenta llegar con sus saltos a la puerta del congelador.

No tardo demasiado en llegar de nuevo frente al despacho de doña Aurora. La oigo prácticamente gemir, pero esta vez no me paro a distinguir sus palabras.

Abro la puerta de golpe y me quedo mirando la escena.

Don Jeremías está echado encima de mi tutora. Sus manos son unas garras de depredador con las que estoy segura de que podría cavar y escalar. Son vertebradas, artirodáctilas, puntiagudas. Intenta colarlas, las dos a la vez, por el escote y la falda de mi profesora.

—¡Será cerdo! —digo en voz alta.

Doña Aurora está llorando, pero eso no detiene a la bestia, que se ufana sobre ella como si intentase convencerla de que el mejor sitio del mundo son sus brazos. Es decir, sus garras retráctiles de iguana gigante.

—¡Ya basta, basta, bastaaa…! —grito sin poder evitarlo.

Don Jeremías detiene sus avances, suelta lentamente a doña Aurora y se da la vuelta hasta enfrentar sus ojos con los míos.

Hace unos minutos yo habría jurado que no sería capaz de sostener la mirada de esos fríos ojos de reptil, de rastrero. Pero algo me ocurre, algo que no sé explicarme a mí misma. No creo que sea valor, no me imagino de dónde iba yo a sacar valor para sostener la mirada del director de mi colegio, precisamente el mismo del que estoy huyendo desde hace cinco años, intentando que no repare en mí, que no se fije en mi existencia.

No, no soy una valiente. Todo lo contrario. Quizás sea rabia, furia, lo que siento. Quizás es que estoy harta.

—Ya está bien —digo en voz muy baja—. Ya-está-bien…

Don Jeremías sonríe.

Pero su sonrisa no es agradable y acogedora, como deberían serlo todas las sonrisas humanas, hay algo glacial e indiferente en la comisura de sus labios. La suya no es una sonrisa, es una mueca distante, amenazadora.

La indignación ha tenido el curioso efecto de desplazar el miedo fuera de mí. Como si no cupieran los dos al mismo tiempo en mi cuerpo. Como si el enfado que siento y el miedo fueran incompatibles, y no pudiesen estar juntos a la vez en mi interior. Agua y aceite.

—Suéltela, ¿no lo ha oído? A ella no le gusta que usted la toque.

Me oigo hablar y apenas me reconozco. No sé si es mi voz la que oigo. Me gusta, me gusta cómo suena, me gusta ese timbre de control y de razón que tiene. No parezco yo misma, y quizás sea eso lo que me encanta.

Don Jeremías se aleja lentamente de doña Aurora, que gimotea como una chiquilla, se estira el traje de chaqueta con un ademán afectado y sostiene mi mirada, como si fuese un pistolero en el Antiguo Oeste Zombie, mi lugar favorito de los mundos que no existen, después de la cantina de Chalmun, el bar en la galaxia lejana de Star Wars.

El director no dice nada, pero puedo sentir su desconcierto. Quizás ahora quien tiene miedo es él. Me mira como si yo estuviese armada, como si le apuntara con una pistola.

Se dirige con paso lento hacia la puerta y cuando llega al quicio, donde estoy yo, espera enmudecido hasta que me aparto y lo dejo salir. Lo hago, y me siento alta, me siento grande en vez de gorda. Me siento poderosa. Siento que acabo de ganar la partida contra un bravucón. Que por una vez han vencido los buenos. Y que no he necesitado la ayuda de nadie.

#HoyEsElDíaDelOrgulloFriki
#HoyTeLlevoABenidormABailarMambo

Cuando nos quedamos a solas, doña Aurora corre a cerrar la puerta. Pero no tiene cerradura, no puede echarla, y las manos le tiemblan tanto que parece una anciana. Después me mira desolada, hecha un mar de lágrimas. Y se lanza a mi cuello. La abrazo como si yo fuese su hermana mayor.

—Tranquila —le digo.

No sé muy bien qué palabras usar para consolarla. No tengo experiencia en estas cosas. Ella es una mujer, y yo apenas sé qué hacer con mi propia vida, así que mucho menos sería capaz de dar consejos a los demás.

—Oh, gracias, muchas gracias, Fiona, no sé qué habría hecho si tú no… No puedo comprender cómo ha podido.

—Ya está, ya pasó…

Por ahora.

#SiQuieresLecheFríaMeteAlaVacaEnElFrigorífico
#SiQuieresLecheCalienteNoMetasALaVacaEnEl-
Horno

Esa noche en casa, a solas con papá y con Fuet, decido que tenemos mucho que celebrar.

Ha sido una jornada horrorosa, en cierto sentido, pero también he hecho cosas que nunca habría imaginado.

He dado la cara. No me he escondido como un miserable roedor, como acostumbro a hacer. Me siento como si, hasta hoy, no hubiese tenido piernas. Mejor dicho: como si las hubiera tenido pero jamás hubiese sido capaz de usarlas para andar. Como si acabase de aprender a andar.

Preparo mi cámara.

Busco una cacerola para hacer espaguetis.

Hasta hace muy poco, yo ni siquiera sabía que los espaguetis había que cocerlos. Pensaba que venían ya blanditos de algún sitio, que se recolectaban así, probablemente en China, o en Milán.

Pongo una cacerola grande con agua a calentar, y añado un chorrito de aceite de oliva y una pizca de sal. La dejo que hierva.

Mi padre, cosa extraña, parece de buen humor. O como si tuviese humor. No hace más que hablar en voz alta, y declamar, ebrio de vida. Al contrario que doña Mirna, que cuando se decide a embriagarse lo hace de una forma más expeditiva, él tiene un aire delicado y misterioso.

—¿Por qué generalmente las viudas son más graciosas que las solteras? Yo se lo diré a ustedes: porque el amor pasó por ellas. Y porque el amor se ha quedado en ellas también —declama a grito pelado, para gran regocijo de Fuet, que lo corea con afilados ladridos.

Preparo una salsa de tomate en una sartén aparte. Echo un par de cucharadas de aceite. Pelo unos ajos, y los añado al aceite una vez fileteados. Cuando están tostados, pongo el tomate que he sacado de una lata de conservas. Tengo tantas latas de conservas que podría reparar con ellas los trozos caídos del Partenón de Atenas.

Decido preparar también un postre: flan de chocolate y mandarinas con nueces. Necesito huevos, medio litro de leche, 100 gramos de chocolate puro, 100 gramos de azúcar que decido sustituir por Abedulce, bajo en calorías, y ocho nueces. Caliento la leche con el edulcorante y el chocolate. Añado la ralladura de piel de las mandarinas y luego los huevos. Lo bato todo y reparto la mezcla en moldes que previamente he caramelizado. Los cuezo al baño María durante media hora.

Noto que mi casa se transforma de repente en un hogar porque huele a comida recién hecha. Eso quiere decir que hay alguien que se ocupa de cuidar a los habitantes de esta casa. Esa es la diferencia entre una casa y un hogar. En un hogar, sus miembros se protegen entre sí. Preparar la comida es una forma de atender a los seres queridos. Eso dice el libro de Mirna. Y yo lo creo.

Hasta hace poco, aquí la menda era una asidua visitante de la sección de precocinados. Incluso los enlatados están por encima de los precocinados en la escala evolutiva de la alimentación moderna.

Ahora guiso mis propios alimentos. He dado un gran paso en mi evolución personal, me digo. No necesito que me lo digan terceros, hasta yo puedo verlo. Mi talla de cintura lo grita a los cuatro vientos.

Cuando veo a papá comerse uno de los flanes que todavía no ha tenido tiempo siquiera de enfriarse, me doy cuenta de que adoro cocinar.

Mi padre nunca dice lo que piensa. Probablemente no piensa nada. Su mente está vacía. Ha conseguido alcanzar el nirvana. Se ha convertido en un ser sin preocupaciones, libre de las miserias del mundo. Sin embargo, mientras saborea la comida que acabo de hacer, en su cara se dibuja una expresión. Hay un rastro de emoción en ella. Puedo verlo. Me hace tan feliz que me acerco a él y le doy un abrazo. Fuet se pone celosa y empieza a dar saltitos tratando de escalar por la pierna de papá. La cojo en brazos y los tres nos fundimos en un abrazo, mientras papá sigue masticando ajeno a lo que ocurre a su alrededor, concentrado en el sabor de las naranjas, las nueces, la leche y el chocolate.

Está disfrutando.

Hasta hace poco, simplemente se dedicaba a masticar como un rumiante aburrido en mitad de una pradera inmensa, mirando al solitario horizonte con el vacío en los ojos y en el estómago.

Su enfermedad lo mantiene apartado del mundo. Pero yo sé que con la comida que le preparo, este penetra un poco en su interior. Lo dice el libro de Mirna, yo lo creo. Papá no puede ser, en eso, diferente del resto de la humanidad.

#ElRestauranteDelPrincipioDelMundo
#HastaLuegoYGraciasPorElPastel

Ojalá pudiese invadirlo por completo. Ojalá consiguiera que una macedonia, un salteado de verduras, unos mejillones gratinados, un guiso con guindillas y jengibre… abrieran la puerta de su corazón.

El libro de Mirna dice que, a través del estómago, se conquista a un hombre. Que el camino al corazón de un hombre pasa siempre por su estómago. No dice nada sobre el estómago de la mujer. Teniendo en cuenta que los cocineros famosos de hoy día suelen ser hombres, algo debe haber también…

Mientras como tranquilamente mi porción de espaguetis, pienso en Alberto. La pasta es una comida sencilla, que convence a todo el mundo. ¿Le gustaría a él probar este plato? Prepararlo es fácil, no tiene gran complicación. Seguramente, hasta un niño sería capaz de hacerlo.

Tengo ganas de salir a la terraza y llamarlo a gritos, de regalarle un táper lleno de esta deliciosa pitanza para conquistarlo un poco.

Me contengo.

De todas formas, solo conseguiría que saliese su madre y me vería obligada a hablar con ella de temas que no están en la Wikipedia. Llevo años evitándola. Mejor no empezar a provocar su atención ahora…

Recojo la mesa cuando papá y yo hemos dado por finalizada la comida. Acerco los platos sucios al fregadero y los meto en el lavavajillas.

Mientras hago estas tareas que antes me parecían horribles, y que rehuía sin cesar, me dedico a pensar en Alberto.

Dónde y con quién estará ahora mismo.

Recuerdo la impresión que sentí cuando dijo que tenía una novia. Un pellizco en el estómago, como si alguien me lo retorciese. Una sensación de impotencia y angustia que ahora vuelvo a sentir.

No logro imaginarlo con otra.

La sola idea me indigna.

Alberto ha estado viviendo conmigo desde que era una niña. Su recuerdo me ha acompañado, ha sido un amuleto, me ha ayudado a atravesar estos años difíciles.

Nunca imaginé que volvería a verlo. Ni siquiera le preguntaba por él a su madre. Pensaba que se había casado con una princesa extranjera y estaba dedicado a tener hijos extranjeros. No quería hablar de ese tema con su madre. No soy muy habladora, todo el mundo conoce mi carácter introvertido y me suele dejar en paz. Tampoco nos veíamos mucho. Es difícil coincidir en un edificio tan enorme como este. Llevo años limitándome a saludar de manera escueta y sosa a todos los demás habitantes. Escapándome de ellos antes de que entablen conmigo una verdadera conversación y me pregunten por mi vida. No quiero contarles nada al respecto, ni saber detalles de las suyas.

A veces, sentía la tentación de acercarme a los padres de Alberto y preguntar por él. Pero sabía que eso habría supuesto iniciar un intercambio de confidencias, un acercamiento, una relación que para mí siempre sería peligrosa. De modo que lo dejaba estar. Me aguantaba las ganas.

Pero no los suspiros por su recuerdo, que siempre fue para mí una luz en el camino. En ocasiones me preguntaba qué hubiese dicho Alberto de haber sabido que pensaba constantemente en él. Que había ido creciendo mientras seguía embobada con la imagen del niño que fue. Que ya tenía diecisiete años y muchas noches me dormía rememorando la curva de su boca. Ese gesto serio, casi adulto, con que se enfrentaba a la vida. Dispuesto a hacer justicia, dispuesto siempre a ponerse del lado del débil. Como los hombres buenos de verdad.

Luego me reía, dándome cuenta de lo ridículo que resultaba que alguien como yo estuviese enamoriscada de la imagen idealizada de un niño pequeño cuyo retrato se diluía poco a poco en mi memoria conforme pasaba el tiempo.

#AmoAlChicoConSonrisaDeFruta
#AmoAlChicoDeLosOjosDeNubeDeAlgodónAzul

Acabo de dejar a Max y a Carmen.

Nos hemos separado en una esquina que es más o menos el centro geométrico desde el cual podemos encaminarnos cada uno a nuestra casa y recorrer la misma distancia.

Hace frío pero no llueve; al contrario, un sol espléndido parece dispuesto a competir con el gélido ambiente.

El vídeo de mi experiencia culinaria junto con Mirna ha alcanzado las sesenta mil visitas. Me he situado entre las quince primeras aspirantes al concurso de cocina de la tele. La calificación media es de cuatro estrellas y una rayita de la quinta.

Es cierto que no he conseguido el mismo triunfo con el resto de vídeos que he subido a internet hasta ahora. Pero no se puede tener todo en esta vida. Además, nadie espera que todas las grabaciones tengan el mismo alcance de público. Me bastaría con un par de éxitos más para poder clasificarme. Creo. Pero depende de lo que hagan los otros, y hay algunos participantes muy, muy buenos.

Me habría gustado tener notoriedad con una pieza en la que se viese de forma contundente que mis habilidades culinarias van creciendo, y no con un episodio friki en el que tanto Mirna como la perra y yo misma parecemos sacadas de un episodio desechado de un *spin off* de Futurama.

Pero voy caminando en mi dominio de la cocina con pasos lentos y seguros. Eso dicen mis amigos, y Mirna.

Bueno, digamos que con pasos lentos.

He hablado con doña Aurora. Le he preguntado si está bien y me ha tranquilizado respecto al episodio ofensivo que protagonizó junto al director del colegio. No le ha gustado rememorarlo. Dice que está cavilando en la idea de tomar medidas, pero que tiene que pensar bien y consultarlo con alguien antes de tomar una decisión. Se notaba lo incómoda que se sentía hablando de ello. Como si se sintiera culpable en vez de víctima.

Tiene ganas de volver a casa y charlar con papá. Probablemente no he conseguido solucionar mi problema, sino solamente posponerlo.

Pero de momento no quiero pensar en eso, tengo que estudiar esta noche. Aunque mi cabeza está en otras cosas. Me resulta difícil concentrarme.

#TiritaMiCorazón
#ElAmorCalientaMásQueElSol

#TuMiradaEsLaTiritaQueNecesito
#SobreLaHeridaQueMeDejóTuAusencia

La gente aprieta el paso por la calle, intentando llegar a casa pronto. Para refugiarse con su familia, lejos de los problemas del mundo. Encontrar amparo y consuelo junto a los suyos. Los más débiles recurren a los más fuertes buscando seguridad. Los más pequeños piden ayuda a los mayores. Yo no tengo a quién acudir. Excepto a mis amigos, que a veces son mucho más incompetentes que yo para solucionar los problemas cotidianos. Lo que ya es decir.

Mientras voy andando, distingo a una pareja sentada en uno de los parterres del barrio. Enseguida reconozco a Lylla. Tengo una antena especial para localizarla. Producto de mi necesidad de sobrevivir a su presencia.

Está acompañada y me sorprende que no ande rodeada de sus guardias de corps. Como están en el nivel 7 de Pura Maldad, cuando andan juntas suponen para mí una amenaza biológica, por lo que en cuanto las diviso en lontananza salgo por patas en dirección contraria.

Me fijo en su acompañante y, de pronto, me quedo parada en el medio de la acera, convertida en una estatua de sal. No, en una estatua de papaya del siglo XX. En una torta de queso al horno. Me convierto en algo blando, inconsistente, sin capacidad para avanzar.

No puedo dar ni un paso.

Me he quedado suspendida, y muda.

Estoy plantada en el medio de la acera y una señora que empuja un carrito de bebé hace muecas indescriptibles intentando que me aparte de su camino. Hasta que desiste de su empeño y me rodea a duras penas, soltando improperios que apenas puedo oír.

—¡Un poquito de educación no nos vendría mal! —dice la señora.

Es joven y lleva un impermeable vistoso. Demasiado para mi gusto. De color rojo. Seguramente la tienen geolocalizada desde un satélite ruso sin necesidad de usar la señal que envía constantemente su móvil.

—No me lo puedo creer —murmuro con un deje de desesperación. Me doy cuenta de que estoy hablando sola en mitad de la calle, pero no me importa. Me gustaría gritar. No sé cómo puedo contenerme—. Alberto… ¡No, así no!

#MiCorazónSeRompe
#CuandoTúSalesConEllaLaDelCutisDeBotella

Cuando consigo reunir fuerzas, me acerco disimuladamente a un escaparate. Mientras hago ver que estoy interesada en la colección de aparatos de calefacción que se expone tras el cristal, los espío por el rabillo del ojo.

¡Alberto y Lylla!, Alberto y Lylla…

¿Quién lo podría haber imaginado?

Están juntos. ¿Es Lylla, entonces, su novia?

Me doy cuenta de que la imagen del par de tortolitos se refleja perfectamente en el cristal del escaparate. El sol de la mañana ayuda. Se ha confabulado para mostrarme la cruel realidad en toda su aspereza.

Veo como en una película, en una pesadilla, a Alberto echar sus brazos por encima de los hombros de Lylla y acercar su cabeza a la de mi peor enemiga.

Luego se besan.

Los detalles se me escapan porque el cristal no termina de ser un espejo. Menos mal.

Me doy cuenta de que estoy llorando. Las lágrimas también contribuyen a que no pueda apreciar los pormenores de la escena. Afortunadamente.

Lloro. Y lloro.

Mis lágrimas resbalan por mi rostro como gotas de agua en un cristal. Soy una tetera que vierte agua hirviendo sobre el mundo. El mundo es una taza que recoge mis lágrimas de agua hirviendo.

Me doy la vuelta procurando que nadie me vea; aunque no conozco personalmente a ninguno de los transeúntes que se cruzan conmigo por la calle, sus rostros me resultan vagamente familiares. Al final, vivimos en el mismo barrio, paseamos por las mismas calles. Lo hacemos durante años. Algunos vienen y van, pero otros no tenemos más remedio que aguantar en el sitio donde estamos. Nos acabamos reconociendo, aunque no nos conocemos.

No quiero que nadie me vea llorar. Y me siento ridícula. Además, últimamente todas las metáforas que se me ocurren tienen que ver con la comida. Me pregunto si eso es bueno o malo.

Alberto y yo somos como la leche y el limón, en principio parecería que no hacemos buenas migas. Al té se le añade leche o limón. Pero nunca las dos cosas.

Me siento tan tonta. Una ilusa con corazón de melón.

Anoche mismo soñaba con él, pensaba en lo que sería sentir sus manos en mi cintura. Hasta hace pocos días yo ni siquiera tenía cintura. Tenía más o menos la misma forma que una coctelera. Mi cuerpo era como el de un langostino gigante. Cualquiera que me viese solo desearía ponerme un poco de salsa rosa por encima.

«Seguramente así es como me veía Alberto, como una gorda informe», pienso mientras me seco las lágrimas con el puño y procuro no mirar atrás.

Detrás de mí están los dos abrazados, diciéndose cosas que yo desearía escuchar de la boca de Alberto, pero que él está susurrando en los oídos de otra. Mientras que yo siento que tengo la boca llena de vacío. Igual que el corazón.

Me siento llena, llena de vacío…

Mi imaginación ha construido un balconcito con vistas a lo peor del mundo.

A pesar de que cierro los ojos mientras camino, puedo verlos todavía. Igual que si los tuviese delante, a dos pasos de donde estoy. Puedo ver a Alberto, la mano de Alberto retirando el pelo de Lylla detrás de la oreja, diciéndole que la ha elegido a ella. Hablándole con palabras de ternura. Y en su lengua, en la punta de su lengua, seguramente queda el regusto de champán que deja el amor.

Puedo ver cómo la boca de Alberto se acerca al oído de Lylla y sus palabras se transforman en un beso húmedo. Cuando los labios del chico que amo se acercan a la piel de la chica que detesto, dejan de hablar, se ponen serios, se vuelven mimosos, arrulladores… Hablan sin necesidad de palabras.

Alberto respirará cerca de la oreja de Lylla, será mi peor enemiga la que sienta ese escalofrío que nace en el pecho y sube hasta la garganta, allí tiembla, y luego vuelve a bajar, recorriendo todo el cuerpo.

Pienso en todas las emociones que Alberto le está regalando ahora mismo a Lylla, y no soy capaz de comprenderlo. Todo lo que yo deseo de él, lo tiene ella, Lylla, que se deja contemplar por Alberto.

Alberto la mirará como si nunca hubiese visto nada parecido. Como si ella fuese la mujer más hermosa del mundo. Y lo será mientras Alberto la mire. Porque eso es lo que hace el amor. Ahora lo sé. El amor embellece. Convierte a cualquiera, por feo y malo que sea, en alguien digno de ser amado, en un ser hermoso, en carne joven a la luz de la luna.

No puedo soportar la idea de que Lylla esté sentada frente a Alberto, meciéndose en sus brazos. El uno pondrá las manos en el otro. Habrá un breve titubeo hasta que consigan acoplarse, hasta que los ritmos de sus cuerpos se adapten el uno al otro. Aprenderán a besar, sus bocas sabrán a caramelo cuando junten las lenguas. Harán con sus lenguas lo mismo que con sus manos. Se agitarán en un abrazo dulce, mientras sonríen y cierran los ojos, y luego los abren, sin prisas, como si ese momento fuese a durar para siempre.

El momento que yo debería estar viviendo ahora mismo con Alberto.

#AQuéSabeTuBoca
#AGustoDeAmorProhibido

Pero claro, me digo, en realidad yo no lo merezco. ¿Quién soy yo para valer el amor de Alberto? Apenas aquella niña pequeña que se dejaba amedrentar en el patio del colegio, que sigue consintiendo que hagan con ella lo mismo que entonces.

Carne de sección de precocinados en el súper.

Desamparada y sola.

Tortilla de ingenuidad y temor.

Batido de timidez patológica.

Aunque entonces, cuando Alberto salía en mi defensa y me apartaba de las garras de la misma persona a la que ahora está besando —quizás sin saber que es la misma, ¡ojalá no lo sepa!—, entonces yo aún contaba con mis padres. Un padre y una madre. Un rincón seguro. Pues ellos, más que unas simples personas, eran un lugar. Eran el hogar. El sitio al que acudir en busca de consuelo, el refugio.

Ahora, ninguno de los dos está a mi lado.

El libro que me regalaron Mirna y Aurora es maravilloso, y no porque enseñe a cuidar las cosas y a guisar, sino porque muestra la importancia del lugar. De ese sitio en el que somos importantes, amados. Del hogar.

Mi hogar ahora está compuesto de una casa y de un padre ausente. De una perra incontinente y de un par de amigos, que aunque no viven conmigo sí forman parte de mi territorio en el mundo.

#MiHogarEresTú
#DondeEstésTúEstaráMiCasa

Cuando llego a casa, Fuet me saluda. A su manera, claro. Da unos cuantos ladridos alegres y luego se orina a mi lado. Me digo que vamos progresando porque antes se hacía pis encima de mis zapatos y ahora guarda una distancia prudente.

Seguramente no merezco el amor de Alberto, pienso mientras limpio el rastro que ha dejado. No soy lo bastante guapa, ni lo suficientemente interesante para atraer la atención de un chico como él.

Mientras que Lylla es una de las personas más populares del colegio, y de las más guapas, también de las más delgadas. Y de las más crueles.

Me irrita que el mundo sea tan injusto, que sean las personas como Lylla quienes consiguen lo que quieren, cuando sus víctimas no logramos progresar.

Los mansos no llegamos a la meta. Nos dejamos avasallar por los fuertes. Nos dejamos apartar de la carrera. Estamos menos dotados, no conseguimos nuestros propósitos por falta de energía, pero también de fe en nosotros mismos. Eso dice, según acabo de leer en forocoches.com, una tal BrujaPirujaQueOsDen1999.

En otras circunstancias, habría deseado llegar a casa para atiborrarme de comida. Esas porquerías que me hacían infelizmente feliz. Comida que no habían preparado unas manos amorosas, sino unas máquinas sin escrúpulos que mezclan ingredientes rebosantes de adictivos e hidratos de carbono en espera de que personas ansiosas y desesperadas como yo busquen obtener consuelo a través de su estómago.

Pero, por primera vez desde que tengo recuerdos, no siento deseos de hartarme. Quizás porque ya estoy harta. ¡Harta del todo!

Ahora caigo en que hace días que no me entrego a uno de esos episodios de gula, empipadas, empacho…, de comilonas antológicas, como un invitado a una orgía romana.

Reparo en que no siento ese deseo arrollador que me entregaba en brazos de la comida basura. Quizás a eso se deba que esté perdiendo peso. Hace mucho que me alimento solamente de la comida que yo misma guiso. El proceso de guisarla ya es algo que me calma el apetito. Y en cualquier caso, a pesar de que he confeccionado sobre todo tartas y dulces, todo era comida de verdad. No quiero seguir vendiendo mi alma por esa pitanza de colores brillantes y forma difusa de la que es difícil reconocer el origen, el sitio de donde se ha sacado, y de la que nadie sabe a ciencia cierta si se trata de carne, pescado, verduras, frutas o ácido clorhídrico. Legumbres o rayos fritos.

La comida de verdad es como el amor verdadero, transparente y ligera. Auténtica. Lo jura alguien en Yahoo Respuestas. Por Tutatis.

Por eso engorda menos.

—Buenas tardes, papá.

—El amor, mezclado con las penas, endulza la copa más amarga de la vida —me responde él.

—Sí, es posible, lo malo es cuando las penas son penas de amor.

Fuet ladra estruendosamente como si no estuviese de acuerdo con nada de lo que acaba de oír.

Algo más que probable.

Esa misma noche, me doy un atracón de bollería industrial rancia, que encuentro al fondo de la despensa.

Las penas de amor con fructosa caducada, no es que sean menos penas, pero una consigue olvidarlas para centrarse en el dolor de tripa y la gastroenteritis, que son fenómenos que impiden por lo general prestar atención a cualquier otra cosa.

#VoyAComerBien
#VoyAComerte

Al día siguiente intento reponerme de mis males: decido probar con un nuevo plato. He sacado la receta del libro de Mirna, como suelo hacer. Se trata de tortillas de queso al horno.

—Parece fácil. Vamos a ver.

Hablo en voz alta, para la cámara.

Aunque casi me he olvidado de que está en marcha grabándolo todo, es cierto que acostumbro a hablar sola cuando estoy en casa. Soy como uno de esos personajes de película de televisión de los sábados por la tarde, que continúan hablándole a su padre, que lleva años en coma en el hospital. Sin perder jamás la esperanza de que un día recobre la consciencia y vuelva al mundo.

Cuatro huevos con la clara separada de la yema y 150 gramos de quesos variados: curado, semicurado, tierno y queso azul. Sal y pimienta.

Lo complicado es separar la yema de la clara del huevo. Busco un tutorial en internet y ensayo con el primer huevo. No lo consigo. Es un agradable y pringoso desastre. La primera yema se deshace entre mis dedos.

De modo que casco un huevo más y lo hecho en un bol. Lo toco hasta que me doy cuenta de que es posible coger la yema como si fuese una pieza aparte. Tiene un tacto tan placentero que dejaría la mano hundida aquí para los restos. El huevo es suave, pero no resulta grasiento, da una increíble sensación de elasticidad, de vida.

Mezclo las yemas de huevo con los quesos rayados, la sal y la pimienta, monto las claras aparte, lo bato todo con cuidado y lo vierto junto en un molde de horno.

Horneo quince minutos a 170°.

La cocina huele a familia. A comida recién hecha. El agradable aroma se expande alrededor.

Dicen que el hambre destruye a las familias. En nuestra casa eso no va a pasar. Por lo menos, no ahora.

#SoLongFlanDeHuevo
#QueLaDebilidadTeAcompañeYQueTeDen

Acabamos de despachar nuestro festín, y estamos terminando de recoger la cocina. Hablo en plural pero en realidad soy yo quien hace todo el trabajo, mientras papá y la perra me miran interesados. Cada uno sumido en sus propios pensamientos, o en la falta de ellos.

Suena el timbre y doy un respingo que pone nerviosa a Fuet. Mi padre no se inmuta.

—¿Síííí? —No imagino quién puede ser a estas horas.

Cada vez que suena el timbre tengo la misma reacción que el portero de noche de una central nuclear. Que Obama cuando le suena el móvil a las tres de la madrugada y resulta que es Putin.

—Buenas noches, Fiona.

—¿Doña Aurora?

No me puedo creer que mi seño haya vuelto a insistir. Es una persona concienzuda, no lo negaré.

—Bingo.

—Ah, hola, buenas noches. ¿Qué desea?

Intento despacharla por el telefonillo, cualquier cosa que pueda preguntarme desde la puerta yo también puedo responderla desde aquí, me digo.

Parece decidida a subir a casa de nuevo.

—Fiona, ábreme la puerta, necesito verte.

—Bueno, estábamos a punto de irnos a la cama.

—¿A las nueve de la noche? Me parece un poco pronto, la verdad. En este país de insomnes y trasnochadores.

—Es que seguimos un horario europeo. Estamos convencidos de que los horarios de aquí no son adecuados para el correcto descanso de los menores de edad y los ancianos. Tampoco para el resto de la población.

—Déjate de bobadas y ábreme la puerta.

—Me parece que no funciona el portero automático.

—Pues entonces baja a abrirme. Hace frío, me estoy empezando a congelar. Baja, te espero.

—Ah, qué casualidad, creo que sí que funciona después de todo… Deben de haberlo arreglado esta tarde. ¡Grrrr!… —gruño mientras le abro la puerta.

Total, de nada vale prolongar la agonía. Que, al fin y al cabo, vivimos en un séptimo.

Me observo las pantorrillas que asoman bajo el pijama tobillero. Ahora que estoy algo más deshinchada, quizás debería aprovechar y enseñarlas. Tendría que depilarme, y…

#ComparadoConMisPiernasChewbaccaSeHizoLaDepilaciónLáser
#ConLaEspadaDeLukeSkywalker

—No tuve verdadera oportunidad de hablar con tu padre la otra noche, y he pensado que esta sería una ocasión tan buena como otra cualquiera para haceros una visita —dice la señorita Aurora cuando entra en casa.

La noto ruborizada, me doy cuenta de que a pesar de todo puede que sea relativamente joven. ¿Cuántos años tendrá? ¿Ciento cincuenta? Max dice que los mayores de veinte años pertenecen a otro mundo. Que son infiltrados de un universo paralelo, puestos aquí para controlarnos a los verdaderos humanos. Pero, no sé…

La señorita Aurora va vestida con un precioso abrigo rojo. Contrasta con su pelo oscuro, que tiene unos reflejos caoba. Lo mejor de ella son los ojos. Claros y abiertos a cualquiera que quiera asomarse a ellos. Me gustan sus ojos porque parece que no esconden nada. Al contrario, son como unas ventanas abiertas de par en par.

Es sin duda la mejor profesora que he tenido. Demasiado metomentodo, pero eso no cuenta, porque tiene mejores *defectos*. Tengo suerte de que sea mi tutora. Si me hubiese tocado alguien de la calaña del director, viviría este último año de colegio aterrorizada. Aún más, quiero decir.

La señorita Aurora, por muy comprensiva que sea, seguramente no es idiota. Debe olerse algo. Si no, no estaría aquí a estas horas pidiendo volver a ver a papá.

—¿Dónde está tu padre? —pregunta firme, aunque sonriente.

—En su habitación. Como le he dicho, creo que está durmiendo ya. Somos partidarios…

—Pues despiértalo. Quiero hablar con él. Solo serán unos minutos. Después me iré y podréis descansar.

—Como quiera.

La dejo que se siente en el salón, y me dirijo a la habitación de papá. Tengo una sensación de miedo pero también, me doy cuenta con sorpresa, de cierto alivio. Es como si estuviese a punto de descubrir mi secreto, de quitarme de encima una pesada carga. De rendirme y poner fin a la lucha. De levantar los brazos y dejarme arrestar. Al menos, dormiré a pierna suelta en el calabozo. Ya no tendré que preocuparme por ser descubierta. Me siento agotada de guardar secretos. Disimular es un trabajo durísimo.

Ocultar la verdad es una tarea demoledora, destructora. La mentira es una ingrata, muy mala guardiana del calabozo donde vive esclavizada la verdad. Y si no, que se lo pregunten a AmanteTraidora1986, de bolsosyjoyones.com. Ella asegura que es así, lo jura por Snoopy.

Creo que una parte de mi sobrepeso se debe al secreto que llevo conmigo. Como si me hubiese vuelto más pesada, como si hubiera añadido kilos, no solo a mi cuerpo, sino también a mi alma. Un peso que arrastro conmigo allá donde voy, y que me vuelve lenta, débil, que me ha convertido en un blanco fácil para los depredadores como Lylla.

Estoy hasta las gónadas. O sea. Me digo.

Voy hasta el dormitorio de papá, llamo para disimular, aunque no hace falta, porque él es como un niño. Y la cuidadora soy yo. En mi casa los papeles están invertidos. Hablo en voz alta, para dar una apariencia de normalidad a la escena, pero en mi fuero interno sé que he llegado al final. Que estoy a punto de revelar mi enigma.

Cuando papá y yo llegamos al salón, Aurora se pone en pie. Nos mira sonriendo y se dirige hacia mi padre. Noto que papá se pone nervioso, algo que no suele ocurrir.

—Buenas noches, señor Bonet, le ruego que perdone de nuevo esta intromisión en su hogar.

En ese instante me preparo para oír una parrafada de mi padre sobre el amor, pero curiosamente no dice nada. Se limita a devolverle la sonrisa a mi profesora. Y a mover la cabeza como si entendiera de verdad lo que le está diciendo.

Doña Aurora le tiende la mano, coge la suya y completa el ritual del saludo entre dos adultos educados.

Los tres volvemos a sentarnos. Yo tiro discretamente de la camisa del pijama de papá hasta que se sienta a mi lado en uno de los sofás. Frente a nosotros, lo hace mi tutora.

La perra, encantada con la visita, va de un lugar a otro dejando un pequeño rastro húmedo. Desde que ella está en casa, me obliga a limpiar mucho más que antes. Y puede ser que incluso la casa parezca más limpia de lo que solía estar.

—Señor Bonet, tengo un gran aprecio por su hija. Me parece una chica llena de cualidades. Es buena estudiante, y aunque no es perfecta, ¿quién lo es…?

Mientras habla así, recuerdo la escena tan violenta de la que fui testigo. Miro a doña Aurora y creo que ella está pensando en ese momento lo mismo que yo. Las dos bajamos la mirada entre abochornadas y cómplices.

Papá, tal y como era de esperar, no dice nada. Sin embargo, su mirada se ha intensificado. Está concentrado en Aurora, la mira fascinado. Si yo no supiera que en su cabeza no hay nada, diría que se siente interesado por mi profesora, que le está prestando atención.

—Ya sé que Fiona es buena chica, pero en el claustro comentamos a menudo que es muy extraño que usted no vaya nunca al colegio. En los últimos cinco años ninguno de los profesores ha tenido la oportunidad de hablar con usted, según he podido saber. Todo han sido notas enviadas por usted. Pero a mí no me bastan —bajo la cabeza, avergonzada. Tengo mucha maña falsificando cartas supuestamente escritas por papá—. ¿Por qué no ha ido nunca al colegio, señor Bonet? ¿Tan ocupado está como para no hacerse cargo de los asuntos escolares de su única hija? No basta con que nos envíe esas notas tan educadas, pero supongo que usted ya lo imagina. Debe haber alguna poderosa razón para que sea un padre tan... ausente, y quiero que me la diga.

Papá sigue sonriendo, pero no contesta.

Las «notas tan educadas» de excusa que, por supuesto, escribo y envío yo misma, tienen un estilo que ha mejorado considerablemente con los años. Debo decir.

—Señor Bonet...

Doña Aurora me mira, desconcertada.

—¿Por qué no responde tu padre?

Y, en este justo instante, me echo a llorar.

#TengoUnSecretoYNoSéQuéHacerConÉl
#LosSecretosNoSePuedenGuisar
#TeCambioMiSecretoPorElDeDarthVader

Se lo cuento todo entre hipidos y soplidos. Empezando por el accidente en el que murió mi madre y, de resultas del cual, también mi padre se quedó «tocado». Siguiendo por un resumen atropellado y balbuciente de lo que han supuesto estos cinco años para mí. Aunque no le digo que han sido cinco años, sino que doy a entender con prudencia que, desde que mi padre está enfermo, ha pasado un tiempo que puede oscilar entre los cinco minutos que hace que ella entró por la puerta, hasta varias décadas atrás.

Lo hago entre lágrimas.

Que no son fingidas.

Tantas, que podría embotellarlas.

No sé para qué.

Fuet se vuelve loca en cuanto se da cuenta de que estoy llorando. También ella llora. Gimotea a mi lado, pero al menos no parece estar haciéndose pis encima de mis zapatillas.

Doña Aurora está tan sorprendida que durante varios minutos se queda paralizada. Se lleva la mano a la boca y se la tapa como intentando contener un gesto de pasmo, de sobresalto, de extrañeza. Pero no dice nada, ni una sola palabra.

Cuando termino con mi pequeño resumen de la situación, la que enmudece soy yo.

Me doy cuenta de lo que acabo de hacer: descubrirme. Desnudar mi alma delante de una persona que podría dar parte a las autoridades. Hacer que el próximo año de mi vida sea un verdadero drama.

Tal vez me recluyan en uno de esos pisos para adolescentes conflictivos vigilados por los Servicios Sociales del Ayuntamiento donde las camas carecen de colchón y las chinches han construido una verdadera civilización entre los somieres. Tal vez internen a mi padre en un psiquiátrico donde se vuelva loco de verdad. Ahora no está loco, tan solo perdido. Lo sé porque lo he visto, lo conozco, sé lo que le ocurre. Tiene una enfermedad rara porque lo que le pasó es raro.

En cuanto a mí, la diferencia entre los diecisiete y los dieciocho años no puede ser tan grande. No tanto como para cambiar a peor la vida de dos personas que se quieren y se cuidan. Que han sobrevivido juntas en condiciones difíciles. Que han demostrado que pueden hacerlo.

Así se lo digo a doña Aurora.

Pese a que normalmente siento que todo lo hago mal, también sé que tengo que reivindicar mi pequeño logro: he conseguido mantener este hogar con el fuego encendido. Es cierto que hasta hace poco no he aprendido a guisar, o no lo he intentado, pero por lo demás la casa sigue en pie. El hogar sigue dando calor.

Miro hacia fuera, a través de las ventanas de la terraza, el cielo está negro y, aunque no pueden verse, se adivinan las nubes oscuras. Seguramente esta noche lloverá. No nieva. En esta ciudad raramente nieva. Pero a veces llueve. Y las nubes dejan de ser oscuras en cuanto logran descargar la lluvia.

He confesado mi secreto, y aunque siento un enorme alivio, empiezan a castañetearme los dientes de preocupación.

Doña Aurora continúa callada. Su mirada va de mi padre a mí, y de mí a mi padre. Como si no supiera decidirse por ninguno de los dos.

—Sí, ya sé que he hecho mal, pero no tenía otra opción. Pensé que papá se curaría pronto. El médico nos dijo que podía curarse en cualquier momento. Tiene una enfermedad rara, hay mucha gente que tiene enfermedades especiales, poco corrientes. Yo creo que si los juntamos a todos probablemente tengamos un número lo bastante importante como para que alguien las estudie, ¿no le parece? Es muy injusto que no se investiguen algunas dolencias solo porque muy poca gente las padece. Porque no son rentables. Es tremendo pensar que las enfermedades son más importantes cuanta más gente las sufre. Es un mérito terrible. Yo no lo entiendo.

Doña Aurora finalmente abre la boca. Se mira la mano como si las palabras que no ha dicho se le hubiesen quedado pegadas en la palma y estuviese tratando de interpretarlas.

—Vaya, Fiona… No tenía ni idea.

Esa era la idea. Que nadie tuviese ni idea. Guapa.

—Alguien más sabe…, ¿alguien más conoce tu situación?

—Solo mis amigos, Max y Carmen. No tengo familia. Soy como una de esas huerfanitas de los cuentos. Solo que viviendo en un mundo sin hadas madrinas, pero con muchos ogros. Menos mal que la declaración anual de impuestos de mi padre me la hace el portero, que sabe de todo. Si no…

Mientras digo eso pienso que me gustaría que doña Aurora fuese una de mis hadas madrinas. Que desearía vivir en un mundo de fantasía en el que los milagros suceden, en el que los sueños, cuando son justos y buenos y hermosos, se hacen realidad.

Doña Aurora se levanta.

Siento que acaban de sentenciarme.

Seguramente irá directa a una comisaría, a poner en conocimiento de la autoridad la terrible situación. Pero miro a mi alrededor y no veo nada malo en nuestra vida. Seguimos adelante. Cumplimos el objetivo de sobrevivir un día más. Cada día, el mismo objetivo.

Yo también me pongo en pie. Contemplo a mi padre y no puedo contener otro ataque de llanto.

Ahí, dentro de sí mismo, encerrado sin poder conectar con el mundo. Hoy día, todo está globalizado, menos él.

Desperdiciando su vida. Los que probablemente sean los mejores años de su vida.

—No es justo —digo en voz alta—, no es justo, no es justo…

Papá también se levanta, y se acerca a mí. No estoy segura de que entienda el dolor que siento. No sé si percibe mis emociones. Siempre es amable, siempre está sonriendo, pero no se entera de nada. Confieso que alguna vez tuve la tentación de darle un bofetón, para intentar sacarlo de su ensimismamiento, y porque sentía impotencia y rabia y lo culpaba por dejarme sola. Inmediatamente después sentía tantos remordimientos que me abofeteaba a mí misma, para castigarme por mi crueldad. Hace tiempo que eso no sucede. Por fortuna. Era muy incómodo para mis mofletes.

Ahora, sin embargo, me enternece que dé un paso hasta situarse junto a mí. Como si estuviese tomando partido por un equipo. Por un ejército con el que está dispuesto a luchar. Somos un ejército de dos, de tres contando a Fuet. Que también se pone a mis pies.

Como dice el libro de Mirna, esto es el hogar.

Hincho el pecho de aire, intento sacar fuerzas de mis lágrimas dado que son lo único que tengo. Y así se lo digo a doña Aurora.

—Pues bien, ya conoce usted mi hogar. Este es. Y ahora, ¿va a denunciarme?

—¿Denunciarte...? —pregunta mientras mira fijamente a papá y luego a su alrededor. Ella también parece confundida, como si no supiese dónde está—. Bueno, supongo que tendré que hablar de vuestra situación en la junta de gobierno del colegio.

Siento que el mundo se rompe y se cae en pedacitos a mi alrededor.

MENÚ DIARIO ESPECIAL PARA HUÉRFANAS

Primer plato: una bofetada, al pilpil.
Segundo plato: un puntapié, escalfado.
Postre: un empujón, al natural.

PRECIO TOTAL: completamente GRATIS.

Parece increíble, pero la primavera está a la vuelta de la esquina. Hay un tibio sol que anuncia que el tiempo está cambiando, que el invierno empieza a quedarse atrás.

En clase de Historia hemos estudiado el antiguo Egipto. Me doy cuenta de que los viejos faraones hacían bien en adorar al sol. El sol es algo en lo que resulta fácil creer. A mí también me gustaría erigirle una estatua. Pero solo se me ocurre freír unos huevos. Me recuerdan al astro rey. Con su yema amarilla dorada y un gran espacio blanco y esponjoso como el cielo alrededor.

Los tomamos para almorzar. Y tienen puntillas, he tardado mucho en aprender a freír unos huevos con puntillas, pero ahora soy prácticamente una experta. Les hago una foto y la subo a Instagram. Mis seguidores han aumentado mucho desde el vídeo aquel, protagonizado por Mirna más que por mí misma, que se ha convertido en viral.

Aunque parezca increíble, he logrado clasificarme como finalista para el concurso de cocina de la tele.

Siento un agradecimiento inmenso hacia Mirna.

Gracias a su libro he aprendido a cocinar, incluso a saber lo que significa tener una familia. Y a ella le debo ser finalista del concurso.

Mi gratitud no acaba en ella. Me gustaría que fuese también extensible a su sobrina, a doña Aurora.

Pero no.

Quisiera que las dos mujeres fuesen mis guardianas mágicas. Que cada una de ellas me concediera un don.

Doña Aurora aún no me ha delatado en la junta del colegio. Todavía no.

Desde aquella noche en que descubrió la farsa en la que vivo, ha redoblado la atención que me presta.

Pero no logro sacar de ella la promesa de que no me descubrirá. Dice que se lo está pensando. Ella todo lo tiene que pensar. No es como yo, que me lanzo como un kamikaze borracho a donde sea.

Eso me hace extremar la vigilancia.

Aunque, de alguna manera, la seño también me ayuda. Una clase de auxilio que no recibía desde que murió la madre del portero, doña Amparo; pobrecita mía, hasta su nombre definía perfectamente su carácter.

La forma principal en que Aurora me ayuda es ocupándose de mi padre.

Ha movido cielo y tierra, preguntando a sus conocidos y contactos y haciendo intensas búsquedas por internet, hasta que ha localizado al mejor neurólogo del país. Pasa consulta en uno de los barrios más pijos y elegantes de la ciudad. Por supuesto, no tenemos suficiente dinero para pagar la factura que supondría una visita al eminente doctor.

Pero doña Aurora ha encontrado la manera de que lo examine de manera desinteresada. El doctor se encarga de tratar a algunos pacientes que no tienen recursos, lo hace por puro interés científico, pero también porque creo que le reporta beneficios fiscales.

El caso es que está viendo a papá, y desde que acude a la consulta del doctor Martínez-Paje, mi padre ha empezado a dar pequeños pasos entre las nieblas de su cabeza.

Ruego al cielo que algún día encuentre la salida a su laberinto.

La luz que indica la puerta de salida de sí mismo. Si bien, después de cinco años perdido, supongo que la cosa no es tan sencilla.

Por eso mismo el hecho de que ahora sea capaz de dar los buenos días, en vez de responder a mi saludo mañanero con una cita de Shakespeare, resulta milagroso.

Ha pasado mucho tiempo perdido en su propio mundo, y estos últimos meses son muy poco tiempo para los grandes avances que veo en él.

Bueno, no sé si es el tratamiento médico que lo ayuda, o la compañía de Aurora que lo estimula.

La sigue a todas partes, como una mascota. Con la misma entrega y entusiasmo con que la perra me sigue a mí. Casi estoy celosa. Vale. No. Siento alivio. Y culpa por sentirlo. Que un adulto se haga cargo de la situación es para mí un consuelo.

#UnSecretoReveladoNoEsUnSecretoEsUnaFotoAntigua
#NadaPeorQueUnLitroDeVinoParaDesayunar

Max y Carmen han venido a casa.

Pasamos mucho tiempo juntos. Siempre lo hemos hecho, pero el buen tiempo tiene la virtud de acercarnos un poco más. Somos los trillizos de ultratumba, la pandilla fantástica, los hermanos de la sagrada merienda diaria.

—Te has pasado guisando. Tienes el frigorífico a rebosar. Estoy dispuesto a hacer lo que pueda por aliviar su carga, pero si me como todo eso, me saldré de la órbita terrestre.

—Yo creo que deberías guardarlo, es una lástima tirarlo. Hay mucha gente en el mundo que pasa hambre. Eso se comenta en Tuenti. También podríamos regalarlo, sé de un sitio donde se reúnen unos sintecho. Mi madre a veces les lleva un bol de plástico con comida, lo deja disimuladamente encima de un banco. Cuando volvemos a pasar por allí, ha desaparecido.

—Sí, pero porque a lo mejor se lo han llevado los barrenderos, teniendo en cuenta que lo ha guisado tu madre...

Así lo hacemos alguna vez.

Si bien hay demasiada comida incluso para regalar.

Se necesitaría un regimiento del ejército napoleónico para poder comerse todo esto.

—¿Por qué no lo congelas?

—Mi congelador está lleno, ¿no lo has visto?

—Me refiero al congelador que tienes en el restaurante de tu madre. Ah, vaya, disculpa, no quería mencionarla, pero es difícil referirse a tu madre sin hablar de tu madre. Jo, deja de ser tan quisquillosa al respecto. Mueve página, chata.

—Bueno, déjalo, por favor… —le respondo a Max.

—Es verdad, podrías conectar ese congelador y guardar algunas de estas delicias —asiente Carmen.

Pienso que estoy condenada de por vida a visitar la sección de congelados, incluso en mi propia casa.

—¿Sabes qué? Estoy pensando que deberíamos arreglar el restaurante. Cuando cumplas dieciocho años puedes ponerlo en marcha. O por lo menos dar allí una fiesta para celebrarlo. Tendrías tu propio negocio. Podrías ganarte la vida y ser independiente.

—Oye, no me parece mala idea.

—Pero yo había pensado ir, quizás, a la universidad.

—Podrías ponerlo a funcionar en verano, y una vez que el negocio empiece a atraer a la clientela, puedes dejarlo en manos de un encargado.

—Dicho así parece fácil.

—Siempre hay que intentarlo. También puedes traspasarlo y obtener por él una renta. Cualquier cosa menos dejarlo cerrado, acabará por deteriorarse. Los inmuebles que no se usan se acaban estropeando.

—Y los que se utilizan, también. Mira ese edificio lleno de okupas que hay cerca del polígono.

—No me gusta esa zona de la ciudad. Allí, las ratas ya van con corbata y maletín.

—Lo que no veo tan fácil es adecentar un poco el local. Hace años que nadie lo limpia. Si yo tuviese a dos buenos amigos dispuestos a fregar, rascar y quitar el polvo… —insinúo mirándolo con ojitos de Lolita de manga japonés.

#LimpiarCristalesEsLavarlesLaCaraALasVentanas
#TeEchoDe-y+

A todas horas pienso en Alberto. En los brazos de Lylla. No lo puedo soportar. Me torturan mis pensamientos mucho más que la realidad, dado que no he vuelto a verlos juntos. A ella me la encuentro en clase a diario, pero procuro no mirarla, y no tropezármela en los pasillos.

Qué injusto es el mundo.

Dios le da habas bien duras al que no tiene dientes, como dice la tía Mirna.

#EnSusBrazosNoSoñarás
#TengoGulaDeTi

Limpiar el local nos lleva más tiempo de lo que habíamos pensado. Durante quince días, todas las tardes después de clase dedicamos un rato a adecentar el lugar. Y los fines de semana, los aprovechamos también.

No somos expertos en esto de la limpieza, y aunque ya hemos superado la fase en la que acabamos colocados con el olor a amoníaco de los detergentes, nuestro trabajo todavía deja que desear en algunas tareas, por ejemplo en la limpieza de los cubiertos, que al parecer no eran tan inoxidables como el fabricante prometía cuando mi madre los compró.

Finalmente, aunque me da bastante pena, opto por deshacerme de la cubertería. Intentamos salvar las piezas que están todavía en buen estado, y el resto decidimos llevarlas a un contenedor de reciclaje.

—Oh, no, espérate al sábado, cuando pase el chatarrero. Todos los sábados me despierta cuando atraviesa el barrio con su furgoneta y su propio servicio de megafonía, y ese estribillo tan molón que dice: «El chatarreeeero, señora, ha llegado el chatarreeeero…». Y siempre pienso que no tengo nada que ofrecerle. Será un placer que se lleve toda esta morralla. Los chatarreros son como los antiguos trovadores: van de pueblo en pueblo, de plaza en plaza, pero llevando la buena nueva: señora, estoy dispuesto a aliviarla de toda esa basura inútil que guarda en su casa. Incluido su exmarido. Deme todo lo que ya no use. Ya lo venderé al peso, y de este modo: ¡un peso que se quita usted!…

Lavamos la porcelana, y los platos.

No hemos puesto en marcha el lavavajillas industrial, pero para eso tengo a Max, que es una máquina con el Mistol y los guantes de plástico.

Le digo que está muy atractivo vestido de señora hacendosa, y me echa un poco de agua a la cara. Se me quedan unas burbujas pegadas a la nariz. Nos reímos. A carcajada limpia.

—¿Crees que los zombies se duchan, que se asean? —pregunta Max, muy serio.

—Sí, claro —responde Carmen, igualmente circunspecta—, solo que no se lavan los dientes estrictamente hablando: en realidad, cuando están sucios se los quitan y los tiran al suelo. Luego les dan una patada.

—Deberías grabar aquí, en esta cocina industrial, tus próximos vídeos para el concurso. Solo te faltan dos, ¿verdad?

—Sí, solo dos. Aunque no tengo grandes posibilidades de repetir con ellos la hazaña que logré cuando Mirna me ayudó a cocinar mi fantástico plato para alcohólicos o menores de edad a punto de serlo. Nunca os lo conté, pero casi me expulsan del colegio. De no haber sido por doña Aurora...

—Bueno, nunca se sabe qué es lo que más adoran las masas, si el alcoholismo o las ejecuciones públicas.

—Yo también creo que grabar en esta cocina tus vídeos les dará un toque como... más profesional, a lo mejor eso te ayuda a clasificarte.

Pienso que la cocina del restaurante de mi madre es el sitio ideal para preparar una comida importante. A pesar del abandono a que ha estado sometida durante estos años, todo está en buenas condiciones, más o menos. No es ultramoderno, pero tiene algo auténtico. Es como mi madre. Todo lo que ella hacía era así, acogedor y seguro, algo que nunca defraudaba.

#ClubDeFumetasDePerejilEnSalsa
#BailandoSalsaChimichurriConMiChurri

Convencida por Max y Carmen, me decido a grabar un vídeo mientras preparo una gran comida en la cocina del restaurante.

Es verdad que ahora luce mucho más agradable que antes. Todo se ve mejor; aunque es vieja, la limpieza le ha dado una pátina de agradable confort.

CANCIÓN DE KAYLA OH!
Game of the year

En el campo de batalla de mi cama,
soy fácilmente vencida por tus manos.
La frialdad es un buen método del viento,
pero para un chico como tú resulta algo decepcionante.
Bastan para llenar mi vida
un traje de novia y *hardware* de red.
Deja de escucharte a ti mismo.
No, guapo, no.
Ahora déjame hablar a mí.

Grabo cómo guiso una receta que he inventado yo misma, con la banda sonora de una canción de Kayla Oh! Espero que no me demande por no pagarle derechos de autor, que para eso compro todos sus discos.

Cojo un poco de tomate frito. Unos garbanzos que he puesto en remojo desde el día anterior. También un cuarto de kilo de bacalao con sal que dejé desalándose ayer por la noche. En una cucharadita de aceite, tuesto un ajo fileteado, cuando se dora le añado un poquito de pimiento y el tomate, lo remuevo todo y le agrego el bacalao y los garbanzos. Lo condimento con un chorro de Tabasco, una pizca de especias morunas que compré en la tienda del indio de mirada de cordero a la parrilla —unas especias que pican como un jersey nuevo de fibras antinaturales—, y lo cubro todo de agua. Le añado una hojita de perejil y lo dejo cocer a fuego lento hasta que salen unas agradables burbujas y el caldo se reduce un poco. Huele a paraíso.

Guiso yo sola, muy concentrada en lo que estoy haciendo, apenas hablo porque se me olvida que estoy grabando el proceso, de modo que al final tendré que añadir un audio explicando la receta.

Mi guiso de garbanzos y bacalao es sabroso. Está tan en su punto que me parece increíble que me lo haya inventado yo.

Sin embargo, subo el vídeo a internet y espero y espero vanamente. Nadie se interesa por la receta. Es un fracaso tan enorme que me siento desgraciada igual que una ostra en la mesa de la cocina de un leñador francés hambriento.

Mi vídeo es visualizado por treinta personas. Esta manera tan brutal de contar las veces en que ha sido visto, esa forma descarnada de decirme sin ambages que lo que he hecho no le interesa a nadie, me hunde en la miseria.

Me pregunto cómo es posible que aquella receta que preparamos entre Mirna y yo haya tenido tanto éxito y esta que, obviamente, es un plato delicioso, no atraiga a nadie.

Acabo de explicar cómo hacer una comida sabrosa, nutritiva y tan sencilla que incluso un niño sería capaz de guisarla, y no tengo éxito.

No solo no tengo éxito, sino que he fracasado en toda la extensión de la palabra. Y la palabra fracaso es bastante extensa.

Mi desengaño culinario me toca una fibra interior. Y eso que no como suficientes alimentos ricos en fibra.

Es como si hubiese pulsado un interruptor. El que abre la compuerta de mis lagrimales. Cuando quiero darme cuenta, estoy llorando caudalosamente. Parezco una fuente de chocolate.

Me siento frustrada.

También tengo miedo de que se presente la señorita Aurora en casa acompañada de un regimiento de polis, a detenerme.

Creo que nadie me quiere. Pienso que, excepto mis amigos —y a lo mejor lo hacen porque tienen lástima de mí—, nadie en este mundo me quiere. Ni siquiera puedo contar con el amor de mi padre. Porque él no sabe lo que siente. Eso es algo que me parece trágico. Tener un padre cuyo amor no se puede sentir porque él no sabe que lo tiene…

Dedico al llanto varias horas, o eso me parece a mí, junto con algunos intervalos para beber agua, porque temo deshidratarme. He sentido incluso un ligero mareo después de llenar casi una toalla entera con mis lágrimas.

#MareoFiona
#PenasDeAmorYGuisotes
#ModernWarfareDelTomate
#CurryDeLágrimas

Fuet se empieza a deprimir y vuelve a orinarse. Hacía un par de semanas que se contenía, y ahora comienza de nuevo a regar la casa de pipí. Es su manera de llorar, me temo, por eso no le reprocho nada.

Siento tanta compasión hacia mí misma, que me olvido del delicioso guiso de garbanzos y bacalao que he hecho y corro a la cocina para darme un atracón de porquerías envasadas.

#VenAquíHidratoDeCarbonoQueTeVoyADarLoTuyo
#ComiendoQuiénSabeQué

Cuando acabo de saciarme (aunque no del todo), cuando mi deseo se apacigua, tengo la impresión de que he engordado cuatro o cinco kilos. Lo que me deprime todavía más.

Y que los kilos que he engordado son exactamente lo que pesa mi dolor. Que el peso de mi dolor se corresponde justo con el de la comida que he ingerido, y que no necesitaba, y que tan mal me está sentando.

#EstoyGordaLuegoExisto
#CroquetasDeHorror
#OlorANaranjasDeLaChina
#ElDíaQueTePerdíEsMiFechaDeCongelación

Cuando pienso que no puedo arrastrarme más, rebajarme más, empiezan a acudir a mi mente horribles imágenes en las que veo cómo Alberto y Lylla se dan abrazos, se besan con pasión, se ríen escandalosamente, viven en un mundo dichoso y feliz, rodeados de pajaritos que cantan y de flores que huelen de maravilla y que mantienen todo el tiempo la nariz de Lylla arrugada con gesto de superioridad, como si en vez de estar oliendo las florecillas que adornan su amor, acabase de tropezarse con una tubería rota.

Alberto, Alberto…

Jamás pensé que un nombre pudiese llenar todo un cerebro. Debe de ser que el mío no tiene mucho espacio. O que ha encogido para adaptarse a él.

Aunque, no, no…

El nombre de Alberto es tan grande que no cabe en el universo. Llena el cielo y llega hasta el espacio exterior. No hay cabeza que pueda contenerlo.

Encontrarme a Alberto y saber que no puedo conseguirlo ha sido una de las cosas más injustas y fastidiosas que me han ocurrido en la vida.

Estoy tan acostumbrada a oír a papá citando frases que tienen que ver con el amor que ni siquiera se me había ocurrido que el amor pudiera ser una verdad, un problema, una fantasía, un dolor, un fervor. Hasta que me crucé con Alberto sospechaba que el amor era algo que solamente ocurría en los libros que papá había leído antes de perder la memoria. O en el recuerdo de niñas enamoradas. Como yo.

#PonLaPastaAHervir
#PonTuCorazónASufrir
#¿CuálDeLosDosSeCueceAntes?

Igual que cada día de lunes a viernes, últimamente doña Aurora llega a las ocho en punto.

Le abro la puerta después de comprobar que no viene acompañada por la policía, y en cuanto me ve, sabe que algo va mal.

—¿Qué ha pasado?

—No, nada… Es solo que…

—Pues, para no ser nada, parece que vuelvas de la guerra. ¿No estarás jugando uno de esos juegos en línea en los cuales se pierden varios continentes en una partida, además de los nervios?…

—No, es que me ha salido mal la comida —miento yo, con la boca pequeña, el alma pequeña, con todo pequeño y mezquino y lleno de rencor por el mundo.

—Bueno, pues inténtalo otra vez. Ese es el consejo que he dado siempre a mis alumnos. Hay que intentarlo otra vez. No solo con la comida, sino con los ejercicios de los deberes y con la vida en general. Es el único secreto que he encontrado y que merece la pena compartir con el resto de la humanidad. En esta vida no hay otro secreto que intentarlo una y otra vez.

—Sí, parece fácil, dicho así.

—Nadie dice que sea fácil. Yo solo digo que hay que volver a intentarlo. Si no tiras de nuevo los dados, la partida se acaba.

Mientras me habla de esta manera se dirige a la habitación donde se encuentra papá. La miro mientras lo saluda con un gesto de amable complicidad, como si fuesen dos viejos amigos, o un matrimonio que, aunque lleva tiempo separado, no ha perdido la costumbre de relacionarse con familiaridad, con intimidad.

Las relaciones personales tienen raros secretos, se ensamblan de manera peculiar.

—Buenos días, Iñaki. Cada día amanece antes, no sé si te has dado cuenta…

Papá mira a mi profesora con una sonrisa embobada. Pero no dice nada. Desde hace algún tiempo, apenas saca a colación sus frases grandilocuentes. De alguna manera, echo de menos la rimbombancia de sus sentencias. Se ha vuelto silencioso. Ahora, se limita a mover la cabeza negando pero a la vez afirmando con su sonrisa dirigida a Aurora.

Los dejo juntos y me voy a mi cuarto seguida por la perra, preocupada por mis últimos quejidos y lamentos. Está nerviosa, supongo que yo soy algo así como una imagen materna para el pobre animal. No le debe gustar contemplar cómo me desmorono.

No sé de qué hablan papá y Aurora. Al principio intentaba escuchar detrás de la puerta, pero una tarde Aurora me sorprendió y de todas formas lo que había conseguido oír hasta entonces carecía de todo interés.

Así que paso y me voy a mi habitación.

A seguir llorando.

A pensar que soy la persona más desgraciada de este mundo y de buena parte del sistema solar.

#HazUnaRicaRecetaConLasSobrasDeAyer
#RecogeLasSobrasDeAmorDeTuCorazón
#YDámelasQueVivoEnLaMiseria

Al día siguiente, llego corriendo al parque porque he quedado con Max y Carmen, pero en una esquina no muy concurrida, a dos calles del parterre donde normalmente solemos vernos, me tropiezo con Lylla y sus amigas.

La mirada de Lylla tiene el brillo de una cacerola oxidada. Se ha puesto una especie de gorro que parece el casco de un secador eléctrico de los años cincuenta. Sin embargo, no sé cómo lo consigue, pero no aparenta estar ridícula. Si yo me hubiese atrevido con algo parecido, estaría para que me exhibieran en el Museo del Chamarilero.

La perfecta Lylla lo lleva todo con elegancia y estilo. Es una *it girl,* una chica que tiene *eso.* Mala uva y ningún problema con la comida. Justo las cosas de las que yo carezco.

No sé si el encuentro es fortuito o ellas me estaban esperando. El caso es que nada más girar la esquina me las topo de frente, hasta el punto de que casi chocamos nuestras narices Lylla y yo.

Las brujas de Salem que la acompañan cacarean por la emoción. El olor de la sangre es para estas cafres algo parecido al de un buen guiso especiado para mí.

—¿Dónde vas con tanta prisa? Alto ahí.

—¡Eso, ¿dónde vas?!

—¡¡Eso, ¿dónde vas?…!!

—¡¡¡Eso, ¿dónde vas?…!!!

Esta vez no respondo.

Por primera vez en largos años, en una parte importante de mi vida, me quedo callada. Y les sostengo la mirada.

Sostenerle a Lylla la mirada es mucho más duro y pesado que soportar un tanque en la solapa. Sin embar-

333

go, me digo que tengo que hacerlo. Aunque esté al límite de mis fuerzas, debo aguantar; aunque sea lo último que haga en la vida.

Me limito a quedarme quieta, con la mirada fija en un punto impreciso de la cara de mi archienemiga. Respiro suavemente intentando que el aire llegue hasta el fondo de mis pulmones y les devuelva la vida.

Tengo tanto miedo que podría venderlo en la bolsa. Reventaría el mercado de valores con mi miedo. Devaluaría el resto del miedo de la humanidad solo con que pusiera mi miedo en el mercado.

Pero no puedo dejar que se me note.

Me quedo quieta como una tarta. Y mi quietud y firmeza por un momento desconciertan a Lylla. Lo noto porque en sus ojos hay un brillo de duda que dura un instante. Como una pequeña estrella fugaz que atravesara su mirada antes de perderse, escondido en alguna parte de su interior.

—¿Estás muda? No solo eres gorda, sino que ahora has perdido la capacidad de hablar.

No digo nada.

Siento un enorme cansancio. El hartazgo que noto en mi interior supera incluso a mi miedo.

Llevo años sufriendo a Lylla y sus secuaces. Un par de estas tres han cambiado a lo largo de los años. No son las mismas porque han ido yendo y viniendo. No consigo recordarlas a todas. Lylla siempre ha tenido tres comparsas. La acompañan como un complemento más de su vestuario. Sé que no son las mismas de cuando éramos pequeñas porque sus nombres han cambiado en este tiempo. Lylla necesita a tres esbirras sin personalidad a su lado para sentirse alguien. Debe de haber hecho algún tipo de números y ha concluido que tres bordes es la cantidad justa que precisa.

Yo, para sentirme alguien, necesitaría que Lylla desapareciese de mi vista. Eso sí: deseo y espero que no se lleve con ella a Alberto.

—Solo quiero seguir mi camino —digo por fin—. Déjame, apártate.

—Que te lo has creído, mofletuda.

Hago ademán de echar a andar, pero Lylla se planta delante de mí impidiéndome el paso.

Se pega tanto a mí que puedo notar el calor y el olor que desprende su cuerpo.

Y en ese momento, ocurre.

Sucede lo extraordinario.

Me doy cuenta de algo en lo que no había caído hasta ahora. Me pregunto cómo no he sido capaz de verlo. Es algo tan obvio que me entran ganas de reír.

De repente, toda la flojera de miedo que sentía en mis piernas desaparece como por ensalmo.

¡Porque me doy cuenta de que soy mucho más alta que Lylla! No sé cuándo ha ocurrido. A lo mejor crecí anoche. Aunque me parece muy raro crecer tanto de un solo estirón y en tan pocas horas, al borde de la deshidratación por el llanto.

Lo más probable es que haga tiempo que soy más alta que ella, pero que el pánico que Lylla me produce haya conseguido que la vea como a una gigante amenazadora.

Resulta ridículo que una chica mucho más bajita que yo se atreva a impedirme el paso. Ahora lo veo. ¿No dice ella que soy una gorda? Pues debería usar mi corpulencia para apartarla de mi camino, sin más.

Respiro como un luchador de sumo y hago un esfuerzo de imaginación por ver la escena desde un lugar por encima de nuestras cabezas. Si alguien nos mirase desde ahí vería a dos chicas enfrentadas.

Una alta y fuerte, pero acobardada. #Yo.

La otra escuchimizada y de mirada calenturienta y retadora. #LaCafrePintadaComoUnaPuertaDeGaraje.

Las tres brujas nos contemplan como un coro griego, intentando no perderse ni un solo detalle del enfrentamiento.

Pero a mí no me gusta la sangre.

Ni siquiera en las morcillas.

(Bueno, en las morcillas un poco…).

—No me gusta la violencia —digo bajando la voz tanto que el coro de las tres brujas es incapaz de enterarse de lo que he dicho.

—¡¿Qué?!

—¡¡¿Qué?!!

—¡¡¡¿Quéééé?!!!

Noto que Lylla acaba de darse cuenta de que la supero en fuerza física. De que siempre la he superado, probablemente. Pero que hoy, al contrario de lo que venía sucediendo hasta ahora, soy consciente de ello.

Incluso aunque se ayudara de sus tres cotorras majaderas, es probable que yo sea una antimodelo rusa al lado de Lylla, una alfeñique articulada que parece recién escapada de un episodio sobre psicosis de *Beavis & Butthead* en la que ella hubiese sido la estrella invitada.

—He dicho que me dejes pasar —le susurro suavemente, tanto que me siento como un personaje mafioso de esos que están muy locos, pero locos de atar, sacado del mismo episodio anterior de *Beavis & Butthead.* O del siguiente. Pero de la misma temporada.

Cuando me acerco hasta su oído noto su olor de forma más intensa. Entonces pienso que ese es el mismo olor que respira Alberto cada vez que la besa en el cuello, y un ligero mareo me hace presentir que puedo perder los nervios de un momento a otro.

Por fortuna, Lylla detecta el peligro, y se retira con un movimiento rápido. Las tres urracas que la acompañan ponen un gesto de desconcierto. Pero acatan la decisión de su jefa de filas. Las cuatro abren paso y veo por fin franqueada la acera.

#AhíTeQuedasChipsDePatataPodrida
#TúUnaMonaDePascuaYYoUnaTorrija

Apenas he recorrido unos metros cuando distingo a mis amigos que en ese instante acuden hacia el lugar donde estamos. Les hago un gesto con la mano pidiéndoles que se detengan y ellos obedecen.

No quiero que vengan hasta aquí. Quiero alejarlos de la escena. No deseo que se contaminen del aire que respiran estas cuatro.

Y tampoco quiero preocuparlos.

Por primera vez en largos cursos escolares de ansiedad, he derrotado a Lylla con solo una mirada.

Me siento invencible, como Michael Jackson en su último LP. Me siento contenta. Me siento tan bien que si moviera un poco los brazos estoy segura de que podría salir volando.

#YoSoyYo
#YTúSoloEresLasCircunstancias

Dos días después, un sábado a la hora del almuerzo, me tropiezo por casualidad con Alberto. Es curioso, es algo parecido al primer encuentro que tuvimos, cuando él acababa de volver al barrio.

Vuelvo del colegio y he tomado un atajo cruzando por la zona de los chalets, la de los ricos que viven en casas rodeadas de jardines arbolados y altas vallas de seguridad con cámaras de vigilancia incorporadas. Y feroces perros transgénicos y guardianes galácticos que se quedaron en paro como soldados de asalto después de lo de la Estrella de la Muerte, hasta que los contrataron aquí.

Quiero hacer la compra antes de llegar a casa.

Esta vez no coincidimos en la sección de precocinados congelados. Esa sección pertenece a mi pasado, ya no la frecuento. Ahora voy más por la frutería y la verdulería. Soy una chica de hortalizas y de frutos secos más que de elementos desconocidos muy rebozados y listos para freír en abundante grasa negruzca.

Ha nacido una nueva Fiona, una persona que sabe lo que come. Que no mira el envoltorio de la comida como un extraterrestre recién bajado de su nave espacial miraría un ticket de aparcamiento.

Ahora cocino, soy distinta.

He crecido, soy consciente de ello.

Cuando lo veo llegar hacia mí a través de un pasillo interminable del supermercado, siento que toda la seguridad en mí misma que había logrado reunir desaparece.

Me tiemblan las piernas de nuevo —mis malditas piernas, que son de gelatina o de brillantina—, siento que soy indigna de que Alberto se fije en mí. Soy una piltrafilla. Soy una entelequia entre dos paredes llenas de estanterías bien provistas. Soy una poca cosa. Soy una nada entre dos platos. Soy una chica vulgar y corriente. Nadie como Alberto osaría reparar en mi existencia.

Si yo fuese la última chica de la tierra, y los dos estuviésemos en una isla desierta, él pasaría de largo en dirección al mar abierto. Preferiría ahogarse antes que salir conmigo. Preferiría extinguirse. Preferiría morir de aburrimiento pescando merluzas. O hacerse novio de una ballena, así tendría como suegro a un cetáceo misticeto que le daría más conversación que mi padre.

No contenta con estos bonitos pensamientos, me digo que si él fuese un zombie hambriento, yo correría hasta sus brazos. Y que incluso siendo un zombie hambriento, él se negaría a acogerme en sus brazos.

—Fiona, cuánto tiempo…

—Sí, ha pasado mucho desde la última vez que nos vimos. Hace varias glaciaciones de eso.

—Parece que estamos destinados a encontrarnos en el mismo sitio una y otra vez.

—Sí, es como si el universo nos lanzara una señal. Pero aquí, en la sección de frutas y verduras, en la frutería, no logro descifrarla. ¿Qué quiere decirnos, que la vida es una patata, que nuestra manera de tropezarnos el uno con el otro es un melón, o que al universo le importamos un rábano…?

—Eres muy graciosa, Fiona, me encanta hablar contigo. Siempre me río.

¡Eh, alto! Está diciendo que le encanta hablar conmigo, pero ¡si justo hace un minuto él era un altivo príncipe zombie hambriento dispuesto a despreciar mis sabrosas hechuras!…

—Veo que estás comprando —digo yo con la perspicacia que me caracteriza.

—Sí, estoy haciendo la compra —responde él, también muy avispado.

—Es que no se me escapa una.

—Bueno, no te entretengo más, Fiona…

—No, no me estás entreteniendo…, en realidad ya he terminado. Tengo todo lo que venía a buscar —digo yo con toda la desfachatez que soy capaz de sacar del interior de mi tembloroso y pequeño, bellaco, corazón.

—Ah, como tienes el carrito vacío, pensé que acababas de empezar.

Suelto el carrito como si lo tuviese en la mano porque se me hubiera quedado pegado sin yo darme cuenta.

—No, no…, en realidad no pensaba comprar nada. —Pienso en la moneda de cincuenta céntimos que he metido para desengancharlo en la entrada, y me embarga un enorme fastidio. Pero es que el amor lo puede todo.

—Es curioso, entonces te pasa un poco como a mí.

—Seguro, seguro que me pasa como a ti. ¿Qué es lo que te pasa?

—Que a veces simplemente entro en el supermercado y me doy una vuelta por la sección de frutas y verduras, perdido en mis propios pensamientos. La visión de todos estos colores y texturas y olores hace que me concentre. Que me olvide de los problemas cotidianos y me relaje.

—Sí —digo echando un vistazo a mi alrededor. Pongo los ojos en un par de enormes sandías y pienso que son dos elementos budistas en los que puedo abstraer mi atención para relajarme. Pero no funciona. Sin embargo, diría lo que fuese por halagar a Alberto—. Llevas razón, aquí una se concentra que da gusto.

Cuando se trata de este chico, conozco insectos rastreros con mucho más sentido de la dignidad que yo.

—Me gustó mucho tu vídeo.

—¿Cuál de ellos? Teniendo en cuenta que he subido un montón…

—Ese que tuvo tanto éxito.

—Ah, te refieres al que estaba protagonizado por otra persona —digo, pensando en la tía Mirna.

Tiene gracia que mi mayor éxito se deba a ella, a una señora de cierta edad que no le hace ascos a empinar el codo en la cocina. (Ni en el salón, ni en el dormitorio…).

Estoy segura de que todos esos adolescentes ansiosos de emociones fuertes disfrutaron mucho con la idea de una respetable abuelita enseñando a pim-

plar a una mentecata que no sabe freír un huevo. *(Sabía.* Porque desde entonces he aprendido a hacer
huevos fritos con puntillas).

—¿Te parece que demos un paseo, o tienes algo
que hacer?

Alberto me mira esperando una respuesta, y yo me
siento tan paralizada por el desasosiego que ni siquiera
sé qué responderle.

#PrincesaLeiaOrganaEntreFogones
#HanSoloQuiereTuAmor
#VidaDeUnaSandíaBudistaPorElEspacioExterior

Al fin y al cabo, este tío es el novio de mi archienemiga. Esos labios que ahora me miran con una sonrisa deliciosamente curvada hacia la mejilla, donde se
adivinan un par de hoyuelos encantadores, esos… son
los mismos labios que han besado antes a Lylla.

Daría lo que fuese por besar a Alberto. No les voy
a pedir explicaciones a sus labios por las cosas que han
hecho por ahí. Tampoco estoy segura de que los labios
de Alberto quieran besar los míos. Pero si Alberto fuese capaz de leerme los labios, se daría cuenta de que mis
labios adoran a sus labios.

Me pregunto a qué sabrán los labios de Alberto.

Dios mío. La presencia de este chico me acelera el
corazón. Los nervios. Las mollejas.

No me atrevo ni siquiera a confesarme a mí misma que jamás he dado un beso. Porque aquella vez, cuando tenía once años, en que besé de medio lado a un primo de Max que había venido a visitarlo por Pascua, y que me regaló una batería de móvil nuevecita, creo que no cuenta. Fui a darle un beso de agradecimiento, él se movió y creo que yo le chupé un diente.

Sí, es hora de confesármelo a mí misma.

Jamás he besado a un chico.

Quizás por eso no dejo de pensar en lo que se debe sentir cuando unos labios se pegan a los tuyos. Me pregunto si el contacto será frío o caliente. Supongo que hay gente que tiene los labios fríos. Qué horror. Quizás sea el caso de los no muertos. Pero Alberto no es de esos, pienso mientras miro detenidamente sus labios, maravillada. Sus labios son delicados, sonrosados, un poco gorditos por el centro. Una ligera pelusa de barba adorna la parte del labio superior. Un pelo suave y con tonos rojizos. Me pregunto si picará el contacto con ese bello facial. O si hará cosquillas. Soy más partidaria de las cosquillas que de la irritación, todo sea dicho.

Esos labios que besan a mi archienemiga ahora mismo se están moviendo mientras yo los observo con tanta concentración que, cuando me doy cuenta, no me he enterado de nada de lo que acaba de decir.

—Fiona, ¿me estás escuchando?

—No, claro que no. Quiero decir…, sí, claro que sí.

—Y ¿entonces?

—Entonces, ¿qué?

—Que si salimos.

—Sí, estoy empezando a tener frío, esta sección está muy refrigerada… No sé cómo pueden aguantarlo los aguacates. Yo, si fuese una cebolla o incluso un melocotón, estaría indignada con el gerente de este establecimiento.

—Tienes tanta gracia, Fiona…

—¿Ah, sí?

#FionaEsGordaPorqueNo
#MiVidaComoUnRábano

Damos un largo paseo por el barrio, yo intento conducirlo sutilmente hacia zonas en las que sé que no corremos peligro de tropezarnos con la cruel Lylla y sus secuaces.

Por una parte disfrutaría muchísimo si ella pudiese verme con Alberto. Paseando como un par de jóvenes más que empiezan a conocerse. O que se conocen desde hace años, pero acaban de reencontrarse y nada impide que se sientan atraídos el uno por el otro. Que se manden mensajitos de amor, que queden al salir de clase, que se cuenten el uno al otro lo que piensan, lo que sienten, sus temores e inquietudes, sus delirios e ilusiones. Que se sigan en Twitter. Que se añadan en Facebook. Que se gusten en Instagram. Que se espíen en amantes.com.

Nada me gustaría más que ver cómo abre la boca, sorprendida por la evidencia de que Fiona, la gorda Fiona, a la que ella ha estado fastidiando desde que ambas tenemos memoria, ha sido capaz de llamar la atención de su chico, aunque solo sea por un momento.

Me imagino a Lylla y a sus tres brujas de compañía abriendo los morritos de par en par, y dejando entrever un montón de *brackets* ensalivados y carísimos, a juego los unos con los otros.

«¿Esa que está paseando con Alberto Scanlon no es Fiona, la misma Fiona con la que tanto nos hemos divertido, atropellándola una y otra vez, acobardándola, amenazándola, intimidándola, empujándola, pellizcándola...?», dirían a coro las chicas de la brujipandi.

De pronto, me paro un momento en medio de la acera. Parece que me importe más Lylla que la compañía de Alberto. Como si disfrutase más pensando en la rabia que le podría dar verme en compañía de su chico, que estar con él.

—Te noto distraída, Fiona.

—Sí, discúlpame...

En ese momento cambio de actitud. Reúno toda mi atención en Alberto. Y se la merece, vaya que sí. No recuerdo haber visto a otro chico como él. Salvo en las películas. En mis sueños. En Marte. En sitios así.

Me parece milagroso que sea el mismo chaval aquel, pequeño y decidido, que me salvaba en el patio del colegio.

Mi héroe.

Es más alto que yo, lo que quiere decir que es bastante alto. Y más fuerte que Max. Me dice que juega al rugby. No es un deporte muy popular por aquí, pero él empezó a practicarlo cuando vivía en el extranjero y ahora hace kilómetros en metro, valga la redundancia, de una punta a otra de la ciudad, para jugar con un equipo.

—La verdad es que mi padre estaba empeñado en que hiciera deporte. Acabó por gustarme. Es cierto que lo disfruto mucho.

—Sí, a mí me pasa lo mismo con la cocina. Empecé un poco por obligación y ahora me entusiasma. Comienza a apasionarte una vez que le has cogido el tranquillo al sofrito.

Se me ocurre que sería bonito compartir con Alberto unos guisos. Ponernos ambos el delantal y sazonar un plato estupendo.

—¿Cuánta gente compite en ese concurso en el que quieres participar?

—Querrás decir cuánta *no* compite. Sería más fácil contar a los que no participan que a los que lo hacemos.

Sonrío mientras me doy cuenta de que tiene una pequeña cicatriz que le clarea entre el pelo.

Él sigue la dirección de mi mirada y se la toca, está un poco por encima de la oreja derecha.

—Es el recuerdo de una pedrada. Me la dieron justo cuando estudiaba aquí. Al poco de llegar y de conocerte a ti. Recibí este golpe, pero no dejé que me dieran otro.

—¿Te acuerdas...? —Mi voz se vuelve temblorosa, los recuerdos se agolpan en mi cabeza trasladándome a otro tiempo en el que me sentía aún más vulnerable de lo que me siento ahora. Que ya es decir.

Qué difícil es crecer. La infancia..., madre mía, no volvería a vivirla. No sé cómo he conseguido superarla. Menos mal que no vivo en una tribu africana, o de Samoa. Se me dan fatal los ritos de iniciación.

—Claro que me acuerdo. Por eso me parecía que no podía consentir que te pegaran, ni a ti ni a tu amiga, aquella pequeñita...

—Carmen. Sigue siendo mi amiga. Nunca hemos dejado de serlo desde entonces. La saludaste cuando nos encontramos en la puerta del restaurante, con Max, ¿recuerdas...?

—¿No me digas que era ella aquella mocosa...? Qué gracia. Me parece increíble que ahora sea tan alta y tan guapa.

#UnaEspinillaComoElCráterDeUnAsteroide
#YElRetornoDeMiCaballeroJediAlBarrio

Caminamos entre los árboles tiernos plantados en mitad de las aceras. La primavera es como una promesa. El aire huele bien a pesar de que estamos en la ciudad. Hay pájaros, y los niños corretean alrededor de sus jóvenes padres desquiciados.

Andar junto a Alberto me hace sentir bien. No imaginé que sería capaz de soportar la emoción de estar a su lado. Pensaba que no podría articular una frase coherente. Y, bueno, en realidad no soy capaz de hacerlo, pero estoy sobrellevando esta emoción mejor de lo que habría sospechado. De hecho, daría lo que fuese por sentir lo que estoy sintiendo ahora durante el resto de mi vida. Sin parar. Cada segundo, cada día, cada año, para siempre.

#LaPrimaveraHueleATi
#PasearJuntos
#BajoUnCieloQueEsUnJardínPrivado

Cuando llego a casa esa noche, alguien me ha enviado un mensaje a través de Facebook. Es una foto en la que se nos puede ver a Alberto y a mí paseando.

No tiene mucha calidad, está un poco borrosa, pero a él se le distingue perfectamente.

Al principio, no me reconozco a mí misma. Pienso que es otra persona la que va junto a él. Hasta que me doy cuenta de que soy yo. Pero estoy más delgada, es curioso: siempre había pensado en mí como en una especie de obús de la Segunda Guerra Mundial, y ahora parezco una persona relativamente normal.

Me da tanta alegría reconocerme en la figura de una muchacha común y corriente que se me olvida el objetivo con el que me han enviado la foto. Que no es otro que intimidarme.

En efecto, hay un mensaje que acompaña a la imagen. Dice sencillamente:

Conozco tu secreto…

Cuando leo esas tres palabras me echo a temblar, y mis miedos acuden de nuevo a mi cabeza, en tropel, corriendo apresurados, llenándolo todo, sin dejar ni un pequeño espacio para la esperanza.

#LaEstrellaDeLaMuerte
#ElSolDeLaVida
#TúEliges

Mis amigos y yo hemos decidido, después de muuuucho tiempo discutiéndolo, que sí, que es verdad: que tengo demasiada comida en casa. He guisado tanto en los últimos tiempos que el frigorífico está abarrotado.

He repartido comida a todo el mundo.

Le he dado al portero de la finca, al dueño del kiosco, al joven indio donde suelo comprar todas esas cosas que no necesito. Max y Carmen se han llevado a sus casas toneladas de comida, suficientes para abastecer a un regimiento de caballería a las órdenes del general Custer.

Pero aun así, sigue sobrando.

Supongo que estoy nerviosa y por eso me ha dado por cocinar. Menos mal que he preparado más de lo que he comido. Hasta hace poco, mi reacción habría sido la contraria: me habría atracado de comer y no habría guisado nada.

Pero ahora que estoy más delgada —sobre todo desde que me vi en aquella foto que me enviaron de manera anónima—, no me apetece estropear mi figura. (Nunca pensé que diría estas palabras. Las imaginaba en boca de personas como Lylla y sus amigas diabólicas, o de Bar Refaeli, de Kate Middleton…, pero nunca saliendo de entre mis dientes).

De modo que tenemos que hacer algo con tanta comida.

Llevamos refrigerios a los indigentes que suelen acampar en los límites del distrito. Es una tierra de nadie entre el barrio de los ricos y el de la clase media, que es el nuestro.

La señorita Laura, de Conocimiento del Medio, siempre dice que en nuestros tiempos las ciudades son espacios extraños en los que convive gente muy diferente. Desde luego, el sitio donde están esos desafortunados sí que es insólito. Casi resulta imposible creer que pertenece a la misma ciudad donde vivimos nosotros.

Pero, bueno, esa es otra historia.

El caso es que todavía sobra comida.

Mis amigos y yo hemos pensado que sería mejor llevarla al restaurante de mamá. Guardarla en el gran frigorífico industrial y tratar de aprovecharla, consumiéndola poco a poco.

#SoyUnWookieeEnamorado
#VivaLaRepúblicaGalácticaDeMiCasaAlquilada

Es sábado, a mediodía.

Normalmente, las calles del barrio están tranquilas a esas horas. La gente suele pasar el fin de semana fuera. Se van a la sierra, a la playa, a casa de sus padres, a sus pueblecitos siempre que no estén demasiado lejos… Aunque nada está demasiado lejos cuando quieres llegar, como dice la tía Mirna.

Ella también se ha ofrecido a ayudarnos a colocar la comida en el refrigerador. Desde hace un tiempo, me apoya, a su manera. Me enseña a cocinar. Quizás es una forma de compensar el hecho de que su sobrina va a delatarme pronto. No lo sé, pero agradezco lo que hace.

En el restaurante, mira alrededor con ojos complacidos.

—Este sitio, en esta zona, es un tesoro, chica. Estas cosas no abundan por aquí. Si yo fuese tú lo abriría y lo pondría en marcha. ¿Tienes licencia?

—No lo sé.

—Nunca respondas «no lo sé» cuando alguien te pregunte si tienes licencia. Aunque sea de armas. Tú di siempre que sí. La mayoría de las veces, tampoco te pedirán que la enseñes.

—Vale.

—Debes dar a entender que tienes, no una licencia, sino varias licencias. Cualquier tipo de licencia que puedas necesitar. Incluidas las licencias poéticas.

—Ah, bueno.

#DesdeLaTrincheraPolar
#BarbacoaConMiCañónHiperláser

Para celebrar que hemos terminado nuestras tareas, nos disponemos a tomar un pequeño refrigerio.

La tía Mirna y yo calentamos unos deliciosos papillotes de guisantes y bacalao. Damos cuenta enseguida del aperitivo y, como nos sabe a poco, saco un salteado de judías verdes con langostinos y lo coloco ante los ojos golosos de Max y de Carmen, que se relamen nada más verlos.

—La verdad, no sé si conseguirás llegar a clasificarte en el concurso, pero lo cierto es que cada día eres mejor cocinera —reconoce mi amiga.

Yo me lleno de satisfacción hasta el punto de que intento controlar mis emociones, no vaya a ser que engorde de orgullo.

—Acabo de abrir un refresco que tiene toda la pinta de haber sido envasado en el Paleolítico. Espero que no esté caducado —dice Max—. Es una lástima que a los refrescos no les ocurra como al vino, me gustaría que envejecieran con un poco más de dignidad.

—Tira eso —le riñe la tía Mirna—. Los jóvenes sois unos temerarios, especialmente para la planificación familiar. —Le quita la lata y la arroja a la basura.

—Pero ¿qué tendrá que ver la planificación familiar con la gaseosa…? —Max la mira meneando la cabeza, con su aire despistado y sus gafas con cristales reflectantes, cuyos destellos podrían, si él quisiera, destruir un planeta entero. Luego se encoge de hombros y bebe agua como si acabase de llegar del desierto.

Estamos acabando cuando una persona se asoma por la puerta del local, que está entreabierta.

—Muy buenas, ¿atiende alguien aquí?

La tía Mirna y mis amigos abren la boca sorprendidos. También yo. Dibujamos unas perfectas oes con ellas.

—¿Qué, nos darían algo de comer? Estamos hambrientos.

—Sale un olor muy apetitoso por la puerta.

Me doy cuenta de que el restaurante ciertamente huele bien. Huele a comida, huele a vida.

Supongo que algún día tendré que vender este sitio, pero hasta entonces me gusta pensar que mi madre se sentiría bien si, ahora mismo, entrara por la puerta como acaban de hacer ese par de desconocidos.

Me imagino una tenue nubecilla de olor apetitoso saliendo por la puerta y extendiéndose por la acera, cosquilleando en las narices de los viandantes, incitándoles a entrar aquí.

Es una pena que el negocio esté cerrado.

Así se lo digo al par de jóvenes que esperan ansiosos una respuesta.

—La verdad es que el restaurante no está abierto.

La mirada de decepción de la pareja es tan grande que la tía Mirna y nosotros tres soltamos una risa nerviosa.

—Qué pena, ¿no me diga que es el día de descanso del personal? Con este olor tan rico que desprende hemos creído que…

—No, no es eso, es que…

La tía Mirna examina con ojo crítico a la pareja de muchachos que están parados bajo el umbral de la entrada.

Tienen un aspecto muy moderno.

Ella parece haberse escapado de la imaginación de un estilista de Women'secret, y él, un extra de *Jurassic World*.

Son de esas personas a las que nada más verlas sientes que tienes que copiarlas en todo. Tanto en su manera de vestir como de hablar como, incluso, en su pensamiento, en el caso de que fuese transparente.

Quiero decir que son un par de chicos de esos que seguramente crean tendencias allá donde van.

No están gordos ni delgados, son quizás los únicos seres sobre la tierra que han conseguido alcanzar su peso ideal. Pero ahora que estoy abandonando mi estado de rumiante ni siquiera siento envidia de ellos, solo alegría por ver a dos personas que tienen ganas de probar mi comida experimental.

—Me encantaría que el restaurante estuviera abierto —digo un poco tontamente.

Lamento tener que decepcionarlos.

De repente, la tía Mirna se pone en marcha.

—Sí que está cerrado, pero tenemos comida de sobra. Tanta comida que no sabemos qué hacer con ella. A ver, chicos… Yo creo que podemos dar de comer a este par de hambrientos.

—Sí, la verdad…

—Yo…

—Deja ya de titubear y sirve esa mesa. Vamos a ponerles algunas de estas delicias que has cocinado con tus propias manos. No hace falta que les pasemos la cuenta al final. Sentaos, chicos. Invita la casa —les dice dirigiéndoles una espeluznante y falsa sonrisa de las suyas.

Los dos jóvenes no se hacen de rogar.

Se sientan a la mesa y esperan como si fuesen los invitados a palacio en uno de los cuentos de Disney. Como si acabasen de entrar en los dominios de la Bestia y se dispusieran a que la Bella les sirviera una opípara comilona.

—Pues claro, ¿no decías que no sabías qué hacer con todo esto…? Vamos a empezar dándoles una muestra a estos mozos obviamente deshidratados —rezonga Carmen mientras se coloca un delantal.

Max se encarga de las bebidas, que hemos de decir que no están en su mejor momento. Las más adecuadas —quiero decir, las que aún son bebibles— tienen una alta graduación alcohólica. Todas las demás hay que llevarlas al contenedor de reciclaje, a la sección de productos tóxicos.

—De bebida no andamos muy bien, pero de comida estamos que lo regalamos.

Comienzo sirviéndoles una *vichyssoise* de coco y puerro que preparé anoche, muy poco antes de enterarme de lo que significaba *vichyssoise*. Deduje que es una especie de «algo» entre la sopa y el puré. Deberían trasladar el concepto a la filosofía.

Les sirvo un plato a cada uno que adorno con unos trocitos de bogavante y pimienta blanca.

Mientras comen, y los tres nos ocupamos de servirlos, nos dicen que se sienten como en un palacio.

—Justo lo que imaginaba —susurro para mí.

—Esto es un sueño gastronómico hecho realidad —dice la chica mientras se relame, disfrutando de las últimas cucharadas de su plato.

Nos cuentan que se llaman Axel (él) y Byron (ella).

—Madre mía, pues no parecéis extranjeros… —suelta Mirna.

—Qué *cool* —asiente Carmen.

#QueLaFuerzaTeAcompañeParaHacerLaDigestión
#AmoTuRicaSopa

Les doy a probar unas pequeñas muestras de unos rigatoni con pesto de calabacines que aún no habíamos decidido si congelar o no.

Como tercer plato, muy pequeño, les sirvo unos ñoquis de parmesano con caldo de setas. Les preparo un poco de mantequilla de foie con sal de vainilla, para que puedan untar unos trozos de pan casero.

Y como postre sirvo un helado que hice yo misma con coco, yogur y limón. El coco está delicioso, en espuma. Ya me siento saciada con solo mirarlo. Mientras lo hacía, en casa, con la perra enredándose entre mis pies, sentía que el almíbar de limón y el yogur griego tenían un poco la misma textura de la piel de Alberto. Una crema que una se podría comer, o rebañar, a lametones.

Me ruborizo nada más pensarlo. Me doy la vuelta para que no me vean. Estoy como un tomate después de pasar por el horno. Después de llevar muy mala vida.

#ConstruirMiAmorConAceroDeGuadanio
#LaPotenciaDeCalorPorRadiaciónDeMiAlma

Les hemos servido la comida acompañada de un vino verdejo sacado de la pequeña bodega de mi madre. Aunque más que bodega es un simple almacén en el fondo del local, cerca de la puerta que da al patio interior de los vecinos.

Max les pregunta si accederían a grabar en vídeo unos comentarios sobre la comida que acaban de disfrutar gratis total. La tía Mirna le regaña porque le parece feo, según dice, recordarles que les hemos servido de forma generosa.

—La esplendidez no se restriega por la cara. Por la cara se restriega el jabón, y en tu caso esa crema que venden en las farmacias para el acné recalcitrante —le dice a Max, llevándoselo aparte y regañándole.

—De acuerdo, de acuerdo… —admite Max—, es usted muy mandona, ¿se lo han dicho alguna vez?

—Todos los maridos que no tuve. Sí, me lo han dicho.

—Ah, pues entonces, si ya lo sabe…

Los jóvenes no tienen inconveniente en grabar sus impresiones sobre la comida. Son de alguna manera mis primeros clientes satisfechos. Los primeros que no se sienten coaccionados por ser amigos y que pueden hablar sinceramente de lo que piensan sobre mis dotes culinarias.

—Solo te pediríamos que nos grabes a distancia, no queremos que nuestras caras se reconozcan con facilidad en la red.

—Sí, nos gusta la discreción —asiente Axel.

—Ni siquiera tenemos cuentas en redes sociales con nuestra verdadera cara, no ponemos retratos auténticos *online*, somos unas personas sencillas que quieren pasar inadvertidas —dice Byron, y sonríe mientras la contemplamos alucinados.

Nadie diría que con ese aspecto de megaestrella de Hollywood su ilusión en la vida fuese ir de incógnito. Pero, si ella lo dice…

—Nos encantan los potajes de Fiona. No sabemos cuál es su ingrediente secreto, pero estamos seguros de que lo tiene. Nadie podría guisar estos platos sin echarles un poquito de magia —asegura Byron mirando a la cámara desde un fondo envuelto en tinieblas, en uno de los rincones menos iluminados del local.

—Mueve un poco la cámara, que tiemble un poquito la imagen, que eso es moderno y así no se nos verá bien —le aconseja Axel a Max.

—Guay —comenta Max—, lo subiremos a tu canal de vídeos. No creo que te haga mal.

#YoComoAmor
#AlimentosConAmorEnLaCantinaMientrasElImperioContraataca

Esa noche, cuando por fin me meto en la cama, me tapo hasta la cabeza. Pienso que he tenido un día feliz, que he pasado uno de los días más hermosos de mi vida.

Entre amigos y comida.

Incluso con un par de desconocidos que me han mirado con adoración después de comer lo que yo había preparado.

Es verdad que no estaba papá, ni Alberto, pero el día ha sido perfecto.

Me encojo sobre mí misma bajo las sábanas y siento una mezcla de emoción y miedo. El sentimiento de felicidad es como una fruta interior rica en vitaminas, algo que garantiza que el oxígeno llega a todas las células de mi organismo.

Me da energía, me da marcha, me da fuego.

Tengo un sistema inmunitario contento, verde como un pomelo, lleno de hierro.

Es metalurgia vegetal.

Pero, por otro lado, me siento débil y asustada, una sensación que es una vieja conocida. Tengo miedo de que el día siguiente traiga cambios en mi vida que no sea capaz de controlar, como el cambio de las estaciones que escapan a la voluntad de cualquiera. Tengo miedo a no llegar libre a finales de año, cuando me convierta en una persona independiente: en mayor de edad. Tengo miedo a que la señorita Aurora se chive, a que la compasión que siente por mi padre y por mí no baste para detenerla a la hora de cumplir con su deber. Tengo miedo de no clasificarme en este concurso que ya es algo más que una apuesta para distraer la atención de mis grandes problemas.

Tengo miedo de que mi padre permanezca ausente el resto de su vida, sin asomarse al mundo, perdiéndose el gozo del mundo que pasa a su alrededor. Sin poder saborear de verdad mis comidas, ni reconocer el amor que le tengo.

Tengo miedo de que doña Aurora crea que mi padre es una carga también para ella. La veo venir casi todos los días, se ocupa tanto de él que empiezo a inquietarme.

Ella y su tía se han convertido en cómplices de mi secreto. ¿Me traicionarán?

Espero que papá se porte bien, que haga progresos con ese médico tan fino, y carísimo, que lo trata por caridad. Espero que papá no defraude a mi profesora, y que el tratamiento dé algún resultado. No podemos permitirnos la enfermedad de papá. No hasta finales de este año.

Oigo a Fuet respirar tranquila a los pies de mi cama. Perdida en sus sueños de perro, libre de preocupaciones. Para ella, el mundo somos papá y yo. Mientras le doy lo que necesita, está contenta. Incluso ronca.

Por último, pero no menos importante, hay otra cosa de la que tengo miedo: lo que siento por Alberto. Miedo de cómo tirita mi corazón cada vez que pronuncio su nombre en voz baja. Cada vez que repaso mentalmente las letras de su nombre.

Tengo miedo de sospechar que, cuando lo veo, venga de estar con Lylla. De abrazar la cinturita de avispa de Lylla. Y de besar su pico de avispa, también.

Porque Alberto y yo nos vemos, como amigos. Salimos juntos, hablamos, nos sentimos el uno al otro. Obviamos los temas incómodos, como que él pertenece a otra.

Y por eso tengo miedo.

#PaseandoMiAmor
#EnGuagua
#EnLaEstrellaDeLaMuerte
#DeAlcorcón
#ANuevaYork

Alberto y yo quedamos al día siguiente por la tarde. Hemos empezado a vernos cada tarde. No sé adónde nos llevan estos paseos juntos, este camino hacia ninguna parte que recorremos el uno al lado del otro. Ni lo sé ni me importa.

Él mira mis vídeos en YouTube, y yo lo miro a él cuando me mira. Pero a veces, en mitad de nuestras miradas se interpone algo. Yo sé lo que es. Es un recuerdo. Una imagen. Es la figura de Lylla. Su novia, la chica con la que está saliendo.

Por lo general, evitamos hablar de ello, pero una tarde me decido a tratar la cuestión en una conversación sobre comida. Sobre berzas, y no es una broma. Es una pura casualidad, o no, que la palabra «berzas» me recuerde a Lylla.

Ya está bien, me digo, tenemos que hablar de ella. Tenemos que hablar de Lylla. Pero no me atrevo ni siquiera a mencionarla. No reúno el valor necesario. No puedo.

Además, Alberto y yo no somos nada. No estamos saliendo. No nos estamos conociendo porque nos conocemos desde siempre. Somos amigos desde la infancia. ¿Lo somos? ¿Un amigo es nuestro amigo cuando sentimos que es nuestro amigo, sin haberle preguntado a él…?

Bueno. No sé. Sí tenemos un vínculo, algo que nos une para siempre. Así lo quiero creer. Somos amigos que fueron amigos y quieren seguir siendo amigos. O sea: que él y yo no somos nada porque lo somos todo.

—¿Qué tal está Lylla? —le pregunto.

Pero no lo hago porque me interese por su estado. «Por favor, respóndeme: "está de vacaciones en Siberia, en un campamento escolar"…», pienso mientras cierro los ojos, como si así pudiera hacer desaparecer su recuerdo. Lo hago con la esperanza de que me responda que ya no están juntos.

—Oh, bien. Gracias. Me ha dicho que sois amigas.

—¿Ah, sí?

«¿Y qué más te ha dicho, que si pones una cacerola con agua al fuego corres el riesgo de congelarla?».

—A veces me habla de ti. Me pregunta por ti.

—Qué encanto…

«Tía, tía… Y pensar que tú y yo hemos ido a nacer en el mismo hemisferio, y el mismo año…».

—Está muy ocupada estudiando. —Alberto asiente como si se estuviera refiriendo a una persona normal.

—Claro, tenemos mucho que estudiar.

Lylla, además de los deberes del colegio, debe estar superatareada con sus exámenes para obtener el título de Bruja Piruja. Seguro que saca sobresaliente en la asignatura Aquelarres y Maleficios.

¡¡Brrr…!!

Ella solita acabaría con los nervios de Harry Potter y de toda su pandilla en dos tardes.

Mientras oigo a Alberto hablar sobre ella, siento que me duele el estómago, como si acabase de darme un atracón de comida chatarra de los míos.

Me doy cuenta avergonzada de que estoy celosa; me dan ganas de tomarlo por la camisa y zarandearlo mientras le grito: «Pero ¿no te das cuenta de que estás saliendo con una arpía? ¿A dónde quieres llegar con esa relación…? ¿A la sección de Sucesos del telediario? ¿A convertirte en el hazmerreír de YouTube?… ¿A quién se le ocurre tener de novia a Lylla? ¡Se llevaría el premio a los peores comentarios sobre novias de TripAdvisor!».

Pero, por supuesto, me callo y no digo nada.

Me pregunto qué le ha dado Lylla para seducirlo.

Me pregunto si esa sandia con extensiones *Made in China* no me podría contar su secreto, a ver si a mí también me funciona.

#NoPuedoTraducirMiAmorEnGoogleTranslate
#DemasiadasBarrerasIdiomáticas
#ElBlogDeMiPasiónSiempreEsperaTuVisita

Por la noche, otra vez, en casa.

Cierro los ojos deseando que el sueño me venza. Como cada noche, como todos los días de mi vida, aprieto los párpados muy fuerte deseando que se lleve con él todos mis problemas y preocupaciones. Que me cubra con un manto dulce como una capa de crema de leche. Como un recubrimiento de chocolate negro.

Antes, leo un rato largo, me gusta leer. Escapar, irme lejos montada en el lomo de algún libro.

Luego escucho música.

Kayla Oh! me canta al oído.

Quiero dormir libre de ansiedades, como mi pequeña Fuet.

Receta perfecta:

Dos vidas ligadas con una salsa de mucho amor.

Y ya están listas para disfrutar. Para saborear. Para gustar. Para untar lo que sea.

El fin de curso se acerca, resulta increíble que ya esté aquí el verano. Cuando pienso que esta casa, donde vivimos papá y yo, es la misma que hace apenas unos meses estaba aterida, me resulta extraño tener que abrir las ventanas para que corra un poco de aire cuando cae la noche.

Sin embargo, por las ventanas entra cualquier cosa menos un poco de fresquito. Tenemos encima una ola de calor. Más que una ola, todo un mar que nos ha dejado unas temperaturas abrasadoras.

Paso la mañana aprendiendo a limpiar pescado.

En el libro de Mirna he leído que para sacar más fácilmente las escamas del pescado hay que rociarlo con un poco de vinagre. Lo intento, pero ahogo a mi pobre pescado en tanto vinagre que parece que incluso hace un rictus de amargura con su boquita de lubina alérgica a la sal.

Lo abandono a su suerte dentro del congelador porque me siento incapaz de seguir cocinándolo después de ver lo que me ha parecido un gesto de reproche por parte del pez.

Paso por uno de esos momentos en los que pienso seriamente en hacerme vegetariana. Por fortuna, se me pasa pronto. Digo «por fortuna» porque ser vegetariana limita mucho a la hora de guisar. Pues, la verdad, espiritualmente ya soy vegetariana, de alguna manera. Mi corazón de hortaliza me dice que así es.

Ensayo unas salsas ligeras en las que he probado a sustituir la mayonesa por yogur desnatado. Con lo cual, me han resultado mucho más livianas y fáciles de digerir, por no añadir que engordan mucho menos.

Llamo por Skype a Mirna para hacerle una pregunta sobre una tarta de manzana que he decidido preparar, y ella me aconseja que añada a la masa una copita de ron porque así resultará mucho más sabrosa.

—No sé por qué me extraño —rezongo—. Vaya consejo tan poco abstemio. Deberías protagonizar anuncios para la Dirección General de Tráfico.

—Si piensas que soy una vieja borrachina, estás muy equivocada. Yo no empino el codo. Ni el bíceps. No empino nada. A mi edad, ya no puedo ni subir la cuesta… de enero.

Estoy grabándola mientras me da instrucciones a través del ciberespacio, luego lo subiré todo a mi canal del concurso.

Está claro que mis mejores vídeos, los que tienen verdadero éxito, son aquellos en los que Mirna aparece como personaje secundario: una de esas secundarias molestas que le roban todo el protagonismo a la actriz principal.

Ya me he resignado, pero no estoy dispuesta a desaprovechar el tirón que tiene Mirna. Los celos y la envidia han limitado muchas carreras. La mía, no.

Cuando ella aparece en mis vídeos siento que estoy haciendo un poco de trampa, pero no mucho más que otro concursante que ha decidido hacer sus comidas en una cocina montada sobre un decorado que parece sacado de una escena desechada de la segunda temporada de *Juego de Tronos.* Ha vestido a toda su familia como si fuesen nobles pervertidos recién llegados de Invernalia, y los tiene ahí, de pinches. Hacen de todo menos guisar. Pero el caso es que el tío va ganando en el *ranking* de vídeos más vistos. Es el número uno.

Malditos roedores del espectáculo mediático-vergonzoso actual.

Mis vídeos son irregulares. No soy una chica convencional, podríamos decir. Y mucho menos previsible. Algunos de ellos baten récord de visitas, sobre todo los que he grabado con Mirna, y hay otros que solo ven mis amigos.

Y Alberto. Claro.

Que también es mi amigo.

Solo mi amigo, pero algo es algo.

#TienesCorazónDeCrustáceoEsDifícilAccederAÉl
#InclusoUsandoTenacillasParaComerMarisco
#ComeParaVivirNoParaBeber
#PimientosDePiquilloConMorcillaParaDesayunar

Alberto se ha convertido en mi fan número uno. Dicho así, suena ridículo. No puedo pensar en él como en una persona que me admira, pero eso es lo que él dice. Que siente admiración por mí, que nunca se había reído tanto con alguien como conmigo. Y sobre todo, que jamás nadie le había dado a probar bocados tan exquisitos como yo.

Mientras guiso, le digo a Mirna, a través de la pantalla del ordenador, que hay un chico especial al que le gustan mis platos. En cuanto menciono el tema, me siento agobiada y me da un ataque virulento de timidez; estornudo a la vez que doy un bandazo con la cuchara, una cantidad de masa de repostería sale volando en dirección al suelo y aterriza justo delante de Fuet, que se lanza a comérsela encantada de las sorpresas que da la vida.

Me siento mezquina, pero espero que la cámara lo haya grabado todo. Rezo por ello.

A mis seguidores les encantan estas escenas caóticas, en las que mi cocina parece el camarote de los hermanos Marx (si estos hubiesen viajado en la cocina del *Titanic*).

Ya he aprendido a situar la cámara en un mueble que ofrece una panorámica completa de todo lo que está ocurriendo en la estancia. He colocado el ordenador en primer plano para que pueda verse la cara de Mirna, siempre mosqueada y con aspecto de poder ordenarle a un palo que se ponga firme.

—¿Me estás diciendo que tienes un novio? —pregunta Mirna con su voz de capitán de artilleros retirado.

—No, por favor… Un novio, no…

—¿Y por qué no? Ya vas teniendo una edad.

—Por favor, Mirna, si tengo… —Entonces me callo: no quiero pregonar a los cuatro vientos que soy menor de edad todavía.

—Ajá.

—Llevas razón, ya voy teniendo una edad —digo asintiendo mientras bato muy fuerte la masa que de momento se resiste a convertirse en compacta, más bien parece una sopa aguada de caramelo dorado con trocitos de… algo que semeja ajo echado a perder.

—Créeme, te aseguro que el único camino que llega hasta el corazón de un hombre pasa por su estómago. El estómago es como la gasolinera donde puedes cargar el combustible que te lleva hasta su corazón. Si no repostas ahí, no llegas a ningún sitio. Su corazón está demasiado lejos para llegar a él de otra manera.

—Claro, eso pasa con el corazón de los hombres, y con el de las mujeres…

—Sí, pero de momento no tengo intenciones de conquistar a ninguna mujer. Aunque… nunca se sabe, pequeña. Ahora, salir del armario en la tercera edad es tendencia. En todas las series de televisión hay un caso. Lo he comprobado en Netflix.

—Si lo tienes tan claro, ¿por qué no te has casado? ¿Por qué no tienes pareja?

—Porque no me da la gana, niña, ¿o acaso crees que todas las mujeres soñamos con un príncipe azul hambriento para el que guisar el resto de nuestros días?

—Muchas mujeres no saben guisar.

—Allá ellas. Por eso no han encontrado a su hambriento príncipe todavía.

—Y muchos hombres tampoco.

—Lo mismo digo.

—Pero, Mirna, si la comida fuese lo importante, bastaría con seguir un recetario. Sería fácil. Sin embargo, me he dado cuenta de que unas personas guisan mejor que otras.

—Tú eres de las otras —gruñe Mirna señalando desde la pantalla la olla donde empieza a quemarse el caramelo líquido.

La perra ladra y yo consigo retirar el recipiente del fogón eléctrico antes de que salga una humareda.

Bueno, después de que salga.

En fin…

—Para guisar, como para el resto de las cosas de la vida, no basta con seguir una receta. Aunque ayuda bastante.

—Entonces, ¿qué es necesario?

—Para que una comida salga bien necesitas ese ingrediente secreto, el toque que la hace especial y consigue que los demás deseen comerla, saborearla, digerirla y…

—Ya vale, *ya vale*… ¿Y cuál es ese ingrediente secreto? ¿El amor? ¡Siempre dices lo mismo! No puede ser un ingrediente secreto si tú lo vas pregonando por ahí. Le quitas al asunto todo el misterio. ¿No es verdad?

—No sé. Pregúntale a tu padre.

Y se corta la conexión en ese momento.

Me temo que tengo que seguir sola.

Porque Mirna se niega a conectarse de nuevo. O no puede hacerlo.

La tarta es un churro. Pero, en cuanto subo la grabación a mi canal, las visitas para ver el vídeo se van multiplicando a una velocidad bastante respetable en las siguientes horas. Basta con añadir «Mirna» como etiqueta, como *tag*.

Mirna es mi estrella invitada favorita. Mi *tag* favorito. Es un crack. Nunca falla. Un clásico, como el tomate para los espaguetis.

#MeGustaLaComidaDePastores
#MigasManchegasYMojeteParaMerendar
#HoyNoVoyAAdelgazar

Después de consultarlo con Max y Carmen, decido que tengo que ir a por todas. El concurso ha entrado en una fase crítica.

—Esto es como la carrera de los autos locos, debes que usar todas las argucias que tengas a tu alcance. No digo que valga todo, pero… Yo haría un poco de trampa. Podemos sacar a Mirna y decir que eres tú, que no soportas el estrés del concurso y empiezas a notarlo en tu aspecto físico. Que te estás viniendo un poco abajo. Que comienzan a caerte los años encima, como facturas sin pagar…

—Claro, Max, como si mis seguidores no conociesen a Mirna mejor que yo misma.

—No pierdas el sentido del humor. Ni el sentido del amor. Los dos son imprescindibles para una joven desvalida como tú.

Como siempre, es Carmen la que pone un poco de cordura.

—Está claro que Mirna tiene mucho éxito. Deberías utilizarla en todos los vídeos que subas a partir de ahora. Creo que no estás mal clasificada, aunque necesitas un poquito de ímpetu final. Falta poco para que se decidan los finalistas. Tienes que darlo todo a partir de ahora —dice mi amiga consultando unos gráficos que se ha bajado de internet y en los que puede verse la evolución del concurso según las cifras de visionado y los participantes que han ido desapareciendo, o incorporándose, a la carrera. *Big data* doméstico y churrero, pero no está mal.

—Fíjate, Fiona, tú eres de las pocas aspirantes que se mantienen ahí desde el principio. Eso es buena señal.

—Este es un concurso raro —apunta Max, calándose las gafas—. ¿No podrían haber elegido a los participantes por enchufe, como en el resto de las cosas de la vida...?

—En internet no valen las recomendaciones. Es lo bueno y lo malo que tiene esto. Una IP, un voto. ¡Democracia participativa, chaval! Números que cantan y bailan. En cualquier caso, si yo hubiese necesitado la influencia de alguien importante, me temo que nunca habría conseguido ni siquiera ser aspirante.

—Propongo que secuestremos a Mirna y la llevemos al restaurante. Allí le haremos guisar hasta que tengamos grabados suficientes vídeos como para lanzar una ofensiva en esta última etapa.

—¿Y no nos detendrá la policía por abuso de… mayores?

—Tranquila, Mirna está cascada, pero puede aguantar unos cuantos guisos más.

—Sí, pero también nos pueden enchironar a todos por hacer apología del alcoholismo.

—Hombre, tanto como eso… Viéndola a ella, cualquiera que observe fijamente a Mirna se dará cuenta de los estragos que produce el alcohol. Y dejará de beber en ese mismo momento. Aterrorizado.

—Muy bien, la convenceré para que venga este fin de semana.

—Estupendo, somos un clan, un equipo que juega en red. En la cocina, quiero decir… ¿Preparadas? Hay que bajar el nivel de vida del resto de nuestros enemigos. Todos esos pringados que aspiran a clasificarse tienen que quedarse atrás, destronados por tu maestría entre pucheros de teflón. Y si no por tu gran talento culinario, por lo menos por el de Mirna —dice Max, que siempre habla con las palabras que utiliza para referirse a los videojuegos y a ese mundo de frikis encantadores en el cual parece pasar la mayor parte de su tiempo libre. Y de su tiempo esclavo.

—Cuando te hagas famosa tendrás que invitarnos a un refresco que no esté caducado. Digo yo —propone Carmen.

#EstoyAmarillaComoUnaVerduraALaParrilla
#TortitasDeCamarónEnergíaParaElTiarrón

Últimamente, pasamos mucho tiempo en el restaurante. Allí comemos juntos alguna vez. En ocasiones nos llevamos a papá y a Fuet.

Mi padre y doña Aurora pasan fuera largas horas. Me siento como una madre joven, agotada y desesperada, que consigue encontrar una canguro gratis y entusiasta para su niño y se olvida de él cuando lo deja a su cuidado. La culpa que siento no es superior al alivio que disfruto.

Doña Aurora lo lleva arriba y abajo, a la consulta de ese médico tan caro e incluso a su propia casa, donde mi padre se desenvuelve entre ella y la tía Mirna con la gracia arrolladora de un mueble viejo más.

Pero, de alguna manera, saber que está con ella me hace sentir más tranquila. También me permite disfrutar de un tiempo extra para mí sola. Tiempo libre para guisar, para hacer los deberes, porque ahora que se acerca el fin de curso tengo que estudiar mucho más…

Y para pensar en Alberto.

#EstudioParaLosExámenesFinales
#MeAprendoLaCurvaDeTusLabios
#EstudioAConcienciaParaAmarte

Esta tarde Alberto nos acompaña.

Max y Carmen lo miran con suspicacia.

Ellos no tienen la relación especial que mantengo con él. Creo que están un poco celosos. Bueno, más bien recelosos.

En el restaurante, al principio, estamos tensos. Nos miramos los unos a los otros como si estuviésemos a punto de detener una embestida por sorpresa.

Al final decidimos repartirnos algunas tareas. Estamos convirtiendo este espacio en un sitio «con encanto», como dicen los modernos. Cuando algo no es lo bastante bonito, ni lo bastante nuevo, ni lo bastante limpio, se dice que tiene encanto. La decoración es como una deconstrucción de nitrógeno líquido. Nadie sabe en el fondo qué pensar de ella. Pero a todos nos gusta.

—Eres una chica con encanto —me suelta Alberto. Y estoy a punto de desmayarme. De puro mosqueo.

Voy a replicar alguna gansada cuando Max suelta un grito.

Con una bolsita de plástico transparente en la mano, se dirige hacia donde estamos Alberto y yo. La bolsa está helada. Pienso que a mi amigo jamás lo querrían para grabar un vídeo musical de Iron Maiden. No sé por qué.

Pero me abstengo de hacer el comentario.

—Hey, tíos, mirad lo que he encontrado.

—¿Un preservativo congelado dispuesto para inseminar a una princesa alienígena…? —pregunta Alberto.

Se ha dado cuenta de que Max es muy ingenioso e imagino que, a su manera, también quiere competir con él.

Miro para otro lado, muerta de vergüenza.

Vale: medio muerta nada más.

—¡Ja!, muy gracioso, no estaría mal, pero me temo que es una especie de joya pequeña. Estaba en una esquina del congelador, rodeada de escarcha. La he envuelto para que no se pierda. Toma, mira.

Se lo arrebato de las manos, nerviosa. Se trata de una pequeña medalla que pertenecía a mi madre.

Le retiro el hielo con manos inquietas. La cadena quema de frío entre mis manos, brilla con suavidad. Es de oro, tiene tallada la cara de una niña. Seguramente una virgen adolescente. Al darle la vuelta veo grabadas unas palabras. Es un recuerdo del día en que mamá nació. Lleva sus iniciales y la fecha de su nacimiento.

Siento un escalofrío que, desde luego, no es producto de la sensación helada que produce la cadenilla entre mis manos.

No. No es por eso.

Sino porque me doy cuenta de que justamente mañana mi madre habría cumplido cuarenta años.

Si estuviera viva.

Lo había olvidado por completo.

Supongo que mi mente se defiende de los recuerdos dolorosos olvidando estas pequeñas cosas que me hacen daño.

Se me corta la respiración.

Siento que el aire es incapaz de salir de mis pulmones.

Luego, sin poder evitarlo, noto cómo se me inundan los ojos de lágrimas.

Mis amigos se dan cuenta de que algo me pasa cuando uno de esos grandes lagrimones que suelo generar cae como una gota de lluvia caliente encima de la medalla.

—Fiona —dice Carmen mansamente, y me coge el brazo como si tratase de impedir que me fuese a ninguna parte.

Aunque de todas formas, no voy a ir a ningún lugar. Me he quedado clavada en el sitio sin poder moverme.

Paralizada por los recuerdos. Dominada por unas sensaciones tan fuertes que consiguen que me maree un poco. Como siempre. Como siga así, me convertiré en una damita del siglo XIX adicta a los desmayos y a las copitas de Jerez.

—Perdonadme —les digo, y los tres me miran en silencio—, tengo que ir al baño.

—Sí, claro, ¿quieres que te acompañe? —se ofrece Carmen, pero niego con la mirada baja.

No soy capaz de mirar alrededor.

Siento la presencia de mi madre a mi lado casi como algo físico, estoy segura de que si hiciese un esfuerzo incluso podría tocarla. La noto en la palma de mi mano a través de esta medalla que me la recuerda y la hace revivir. Tal y como era antes de que desapareciese.

Una mujer joven, con la sonrisa más hermosa del mundo. Una mujer fuerte que tenía un negocio que puso en marcha ella sola, y que sabía guisar como el cocinero del paraíso, que habría preparado platos maravillosos para mí, para enseñarme a ganar este concurso, si no fuese porque hace tanto que se convirtió en polvo. Porque está muerta y enterrada y no va a volver jamás del sitio a donde ha ido a parar.

Llego al cuarto de baño y abro la puerta con prisas, como si estuviese huyendo de algo. La cierro detrás de mí y echo el pestillo. Aunque sé que ninguno de los tres amigos que me esperan fuera va a molestarme.

Necesito estar a solas con esta medalla, con este trozo helado de un recuerdo, de una parte de lo que fue mi madre.

#AlubiasConBacalaoLlegadasDelPasado
#UnYogurDelSigloXIVQueYaDebeHaberCaducado
#EscalibadaDeRecuerdosQueDuelenMucho

Quizás se le cayera cuando estaba colocando alimentos dentro del congelador. Ahora veo que el broche está roto. Seguramente se inclinó hacia delante y la cadena se deslizó por su cuello sudoroso sin que se diera cuenta.

A mi madre no le gustaban las joyas. Apenas dejó un par de pulseras y de pendientes de oro en casa. En sus fotografías, que conservo como un tesoro, ella nunca aparece ataviada con bisutería u ostentosas alhajas carísimas. Pero en su cuello siempre se ve el brillo delicado de esta pequeña medalla que Max acaba de encontrar. No se la quitaba ni de día ni de noche. Es posible que la llevase puesta desde que era niña.

Me alegra haberla recobrado, haberme tropezado con algo de mamá. Siento que esto es una especie de señal y me pongo contenta después de la tristeza.

Llevaré la cadenita al joyero del barrio para que le arregle el broche. Me la pondré al cuello y nunca me la quitaré, igual que hizo ella.

Respiro hondo y salgo de nuevo afuera.

Al día siguiente, antes de ir al colegio, me paso por la joyería y le dejo al dependiente el collar para que lo arregle. Me dice que es bonito y antiguo, que hago bien en querer restaurarlo.

Asiento sin decir nada.

#MisOjosSonDosPapasAliñás
#DespuésDeLlorarPorEcharteDeMenos

Ha llegado el verano.

Solo he visto de lejos al director desde que ocurrió el incidente con la señorita Aurora.

He conseguido superar los exámenes finales a pesar de que he pasado más tiempo entre pucheros que entre los libros de texto.

Mis notas no son excelentes, pero sí lo bastante decorosas como para no avergonzarme de ellas y superar con holgura el curso. Me alegra que no me queden asignaturas pendientes para septiembre.

Esto me permitirá eclipsarme todo el verano y estar oculta hasta que comience el nuevo curso. ¡Cerca ya de la universidad!

El sol lo llena todo.

No hay ni un pequeño rincón de frescor entre los jardines, la luz invade hasta la sombra. Los parques, con esta temperatura, empiezan a verse desiertos. Los jóvenes padres del barrio han emigrado con sus hijos en busca de un poco de humedad. El verano es un extremista. Y más en esta ciudad en la que el calor no tiene término medio. Cuando luce el sol, lo hace con todas sus ganas. Las temperaturas suben y el tiempo regala un montón de rayos perniciosos.

Pero es también una época de fiesta para quienes acabamos el colegio. Se acercan las vacaciones. Apenas falta una semana para el fin de curso.

He entrado en la recta final, en el último obstáculo. Dentro de poco, apenas puedo creerlo, terminaré aquí. Cumpliré la mayoría de edad. Me convertiré en una mujer adulta, legalmente dueña de su vida.

El cielo brilla con un intenso azul, no hay ni rastro de nubes, toda la inmensidad del cielo se deja sentir como un enorme *cup cake* pintado por un pintor surrealista.

Por mi parte, hace años que no tengo vacaciones. Las vacaciones escolares transcurren para mí como el resto del tiempo. Papá y yo seguimos viviendo en nuestro piso. No hacemos viajes al campo para respirar a pleno pulmón a la sombra de los árboles, tampoco corremos hasta el mar para disfrutar de la playa tendidos en una hamaca viendo la arena quemar los cuerpos de los bañistas semidesnudos. No practicamos deportes estivales, ni damos largas caminatas por el monte y, desde luego, yo no sé lo que significan los deportes acuáticos: apenas si sé nadar, nunca podría hacer esquí acuático, o remo, vela, surf... Nada. Solo sabría ahogarme con estilo, llegado el caso.

Carmen intentó llevarme al polideportivo del barrio para hacer unos cursillos de natación. Pero entonces yo era demasiado pequeña para atreverme a abandonar a papá solo en casa. Ya tenía bastante con dejarlo mientras iba al colegio.

Creo que sé nadar, me parece recordar que sabía nadar cuando era niña, pero a estas alturas no estoy muy segura. Después de tanto tiempo...

Este año me he propuesto que, en nuestras vacaciones, al menos podremos disfrutar de la terraza. La convertiré en un pequeño jardín urbano, así que he decidido quitar los trastos que se han ido amontonando ahí durante el invierno y he colocado una mesita junto a un par de sillas plegables desparejadas que estaban amontonadas, y arrinconadas, en el trastero.

Dedico el último fin de semana del curso a ordenar, dentro de lo que cabe y está en mi mano, el armario de mi padre y también el mío.

Guardo su ropa de invierno en la parte de arriba mientras él me observa con un remoto atisbo de curiosidad en el fondo de su mirada. O por lo menos eso es lo que yo imagino.

Fuet, enloquecida, me sigue por toda la casa, contenta con la novedad. Es una perrita faldera. Pantalonera. Calcetinera. Zapatera.

Durante el tiempo que dura mi operación de limpieza veraniega, mi padre me acompaña dócilmente. Me enternece que esté tan desarmado. Que sea tan vulnerable. A veces le pongo un montón de ropa en los brazos y él se mantiene quieto y expectante. Hasta que yo la vuelvo a coger y la ordeno en los estantes.

Le hablo sin parar, pero él ya no contesta como hacía antes. Echo de menos sus frases grandilocuentes sobre el amor, pero hace tiempo que no las dice. Ahora, desde que Aurora y el nuevo doctor le prestan atención, la mayor parte del tiempo se muestra silencioso. Me pregunto si eso es un síntoma de que está avanzando o de que, por el contrario, empeora.

Pasa mucho tiempo con doña Aurora, y lo noto cambiado. Eso me preocupa, aunque también pienso que quizás no sea mala idea que algo esté cambiando en él, sea lo que sea. Lo peor sería que siguiese siempre en el mismo sitio. Mi padre no puede ser como una mata de perejil, plantada en el suelo sin poder ir hacia adelante ni hacia atrás.

Ahora, al menos, se ha operado un cambio en él. No parece el mismo. Lo noto pensativo. Aunque imagino que eso es imposible.

—De todas formas, quién sabe… —le digo y él me mira como si me reconociera; por un instante parece que va a hablar, y yo espero sus palabras con ansiedad.

La perra y yo lo miramos, aguardando. Pero es una falsa alarma. Él sigue reconcentrado. No tiene nada que decir.

#RefrescanteYSabrosa
#AlubiaDeVerano
#RubiaDeVerano
#CervezaFresca

Tal y como he hecho durante todos estos años en que vivimos solos, mientras realizo las tareas de casa, hablo y hablo. Soy una cotorra. Soy peor que la maldita radio, y ni siquiera necesito pilas.

Digo en voz alta que, vale, lo que no encuentro en los libros, en Google, o en Yahoo Respuestas, no existe para mí. Es un misterio. Por ejemplo, esas cosas que tienen que ver con la sexualidad y el amor. Echo de menos haber tenido unos padres que diesen respuesta a mis dudas; unos padres a los cuales poder hacer preguntas aunque me las respondieran con más reticencias que Google, que es mi padrastro. Me malcría.

He tenido que ser autodidacta en eso como en todo lo demás.

Cuando empecé a experimentar sensaciones nuevas en mi propio cuerpo, busqué información, pero habría necesitado también un poco de orientación.

Como no la tenía, y ni siquiera podía encontrarla en los libros ni en Yahoo Respuestas, a veces utilizaba a Max y a Carmen como intermediarios.

—Pregúntale a tu madre esto o lo otro —les decía yo, sintiendo una sensación de urgencia y de estar pisando terreno prohibido.

Una vez, a los trece años, le dije a Max que le preguntase a su madre cómo se hacían los niños.

Yo abrigaba una vaga idea sobre que los niños salían del cuerpo de las madres y a veces tenía pesadillas porque no imaginaba por dónde podrían emerger. Además, llevaba días inquieta pensando que las madres se los comían enteros previamente, de alguna forma extraña. Y quería salir de dudas.

Pero evidentemente, entre la madre de Max y Max, (el intermediario), se perdió la respuesta. Cuando llegó a mí la información, me dejó más preocupada todavía.

Max me aseguró que los padres introducían algo dentro del cuerpo de las madres, no sabía decir si por la fuerza, ni por dónde, y a partir de entonces mis pesadillas aumentaron.

#LargoVeranoDelAmor
#LargoVeranoDeAireAcondicionado
#LargoVeranoDeAmorIncondicionalPeroAcondicionado

Los libros que encontré en la biblioteca del colegio decían que los padres tenían que hablar con naturalidad a sus hijos sobre la sexualidad y el amor. Que la primera vez que un niño plantea un problema de ese tipo no hay que reñirle, sino contestarle y dialogar tranquilamente con él, utilizando palabras que comprenda sobre uno de los más extraordinarios misterios de la naturaleza humana. O sea, que los autores remitían el problema a los padres, lavándose graciosamente las manos.

—Pero tú no has podido darme nunca una respuesta. Como diría Max, tienes el servidor de ADSL bloqueado, ¿verdad, papá? O a lo mejor es que has olvidado la contraseña, pero yo te quiero igual… —le digo mientras prácticamente le obligo a sujetar entre los brazos unas chaquetas pesadas que luego voy cogiendo una a una hasta colocarlas todas bien dobladas, y con sus bolitas de alcanfor, en el altillo del armario. He aprendido a guardar así la ropa leyendo el libro de Mirna. Antes las metía todas arrugadas, tal y como caían.

Suelo vigilar el tono muscular de mi padre. Si no lo obligase a levantar pesos, probablemente a estas alturas no podría ni andar. Sin embargo, gracias a que lo trato como a un esclavo sin voluntad, ni voz ni voto, he conseguido que sus músculos no se atrofien. Menos mal.

#ComoBaconConChocolate
#MeGustaVivirAlLímite

El día en que entregan las notas del colegio, estoy más nerviosa que de costumbre. Tengo una extraña sensación. Una fila de hormigas imaginarias me recorre arriba y abajo el estómago.

No sé por qué.

Es verdad que anoche leí otro de esos anónimos amenazadores e intrigantes que llevo recibiendo todo el curso. Apenas les hago caso ya.

Es evidente que, de alguna forma, son una amenaza que nunca se concreta en nada, salvo en la propia amenaza. Como si solamente se limitaran a atemorizarme. Como si a los autores (¡autoras más bien!) les bastara con la mera intimidación.

Empiezo a sospechar que al decirme que saben mi secreto solo pretenden que tenga miedo y que yo misma desvele ese secreto. Porque, si después de tanto tiempo aún no lo han hecho público, quizás sea porque no lo conocen.

La amenaza funciona por la fuerza de las palabras. Lo dice HartoDePagarImpuestos65 en Yahoo Respuestas, que a su vez lo ha copiado de la novela de una autora muy poco conocida de la que la Wikipedia dice que siempre se está quejando de que todo el mundo la plagia y nadie la cita, una tal Ángela Vallvey Arévalo, muy conocida en su casa a la hora de almorzar.

Creo que, tras las amenazas que recibo, está Lylla o alguna de sus tres muñecas articuladas de feria frikipija. O todas ellas juntas. Me lanzan de vez en cuando un ultimátum igual que me tiraban piedras cuando era pequeña, o como ahora también me arrojan insultos. Porque saben que duelen lo mismo que un buen golpe y su consiguiente herida.

Si bien, desde la última vez que tuvimos un encontronazo, no han vuelto a molestarme. Fue el día que supe que soy más alta que Lylla. Más fuerte, y también más popular. Por lo menos en YouTube.

Es posible que mi nombre no se encuentre entre los YouTubers más famosos, pero en el instituto me he convertido en una especie de pequeña celebridad. ¡Quién me lo iba a decir a mí!

Dicho así, resulta patético y poco modesto por mi parte, pero… ¡es verdad! Hay mucha gente en el colegio que me sigue. La misma que hace pocos meses ni siquiera había reparado en mi existencia, ahora dedica algunos minutos de su vida cada día a ver mis vídeos de cocina.

Lylla y sus amigas también me siguen. Pero por los pasillos.

He tardado en descubrir que soy más popular que Lylla, aunque sea gracias a mis experimentos culinarios. Si no fuese porque Max y Carmen me mantienen informada, ni siquiera me habría dado cuenta. Notaba que las miradas y los murmullos a mi alrededor iban creciendo en las últimas semanas, pero no se me había ocurrido pensar que era porque me conocían y visitaban mis vídeos. Pensaba que me odiaban y que se reían de mí.

Las vueltas que da la vida…

No sé qué pensar.

¡Salvo que me encanta!

Entro en Yahoo Respuestas y busco qué hacer cuando los mismos que antes se burlaban de mí ahora me miran con admiración e incluso me piden un autógrafo, como me ocurrió con algunas alumnas de la clase de Literatura.

Pero no he encontrado ni siquiera la pregunta.

Mucho menos la respuesta.

#PaellaDeVerdurasDeLaHuertaLevantina
#ArrozBrutDeMallorca
#SoyTuSarténCazoMíoDéjateTiznarPorMí

Hoy ocurre lo inevitable.

Como si no hubiese transcurrido todo este tiempo. Como si fuésemos los mismos de antaño.

El patio es igual que entonces. Lylla tiene el mismo brillo duro en la mirada que cuando me perseguía siendo niñas.

Y la escena se repite. Fatalmente.

He quedado con Alberto a la salida del colegio, como siempre en un rincón poco transitado por los alumnos, e incluso por la gente del barrio. Me dirijo hacia allí con paso tranquilo porque llego antes de tiempo.

Entonces, Lylla y yo nos encontramos cerca de la cancha de baloncesto. Hago lo posible por esquivarla, pero me alcanza en un pequeño y estrecho pasillo de paredes de hormigón por el que hay que pasar obligatoriamente para cruzar al otro lado del campo y salir a la calle.

Me parece raro que no vaya acompañada de las tres hermanastras de Cenicienta.

Miro alrededor, pero no encuentro a nadie a la vista. Estamos las dos solas. Frente a frente como en los viejos tiempos.

Vuelvo a sentir el sabor metálico del miedo en la punta de la lengua, y un frío helado que me anega la garganta. De nada sirve que me recuerde a mí misma que soy más fuerte que ella.

—¿Adónde vas, gorda?

—No te importa, déjame pasar.

—No quiero.

—Te digo que te apartes.

Esta vez Lylla no parece sentirse intimidada por la diferencia de estatura. Me mira con una ferocidad inusitada. Hacía tiempo —¿semanas, meses?— que me había dejado más o menos en paz, pero ahora es como si la pesadilla comenzara de nuevo.

—Mis ayudantes —así llama Lylla a las brujas replicantes— me han dicho que te han visto paseando con Alberto. Dime que es mentira. Dime que no eres amiga de mi novio.

—Venga ya…

—Como te vea al lado de mi novio, voy a acabar contigo.

—¿Ah, sí?, ¿y qué vas a hacer para acabar conmigo? —Pienso «no puedes hacer nada más de lo que ya has hecho. Durante años me has convertido en una piltrafa».

Según un tutorial de terapias holísticas que encontré en internet, probablemente mi necesidad de comer de forma compulsiva es, en buena parte, producto del miedo que, entre otros motivos, esta chica que tengo ahora delante me produce. Carmen también apoya la tesis.

La observo con detenimiento.

Desde que he descubierto que soy más alta que ella, me permito gozar de la perspectiva que me da mi altura.

Vista desde aquí, a casi un palmo de su cabeza, no puede decirse que Lylla sea tan imponente como siempre me ha parecido.

Además, estoy tan cerca de su coronilla que me estoy dando cuenta de que esa soberbia mata de pelo (en ella todo es soberbio, incluso su carácter) que tanta admiración me producía hasta ahora, no es del todo natural. Puedo ver las conexiones de sus extensiones apareciendo por debajo de la primera capa del pelo que actúa como una especie de tapadera del pelo postizo que va debajo.

Ajá. Vaya, vaya...

Su color tampoco parece ser auténtico, porque ahora veo que tiene unas raíces de un centímetro, mucho más oscuras que el resto de su cabellera.

¡Que me reboquen si estoy equivocada, pero creo que incluso sus pestañas tienen algo de artificial!

Tomo aire y un vértigo terrible me ataca pellizcándome el estómago cuando me decido a hablarle:

—Creo que tienes que teñirte. Ve a la peluquería. No lo aplaces mucho más.

Es justo entonces cuando Lylla entra en modo «locosimio», como dice Max. Locura simiesca total.

Da un grito tan espantoso que consigue que se me hiele, no solo la sangre, sino seguramente también una jarra de horchata que me he dejado encima de la mesa de la cocina.

Antes de que pueda darme cuenta de lo que ocurre, se lanza hacia mí atacándome con sus garras. Tiene unas uñas larguísimas, pero afortunadamente tienen la ventaja de que, como casi todo en ella, también son postizas.

Lo compruebo porque oigo unos chasquidos sucesivos. Es el ruido que hacen sus zarpas al partirse contra mi piel.

Sin embargo, esta vez no estoy dispuesta a dejar que me acobarde. Tengo que defenderme. No es algo que yo piense conscientemente, sino que mi cuerpo pide. Lo sé porque veo cómo mis manos la alejan de mí. Sin saber lo que hago, de una forma instintiva, la agarró por el cabello y me horroriza ver que tengo en la mano un mechón enorme de pelos procedentes de la melena mítica, intergaláctica, kriptoniana y fluorescente de Lylla.

Por una décima de segundo la miro horripilada, pensando que acabo de arrancarle la cabellera. Y, la verdad, me siento enormemente culpable.

Estoy a punto de pedirle perdón cuando me doy cuenta de que lo que le he arrancado solo es una parte de sus extensiones. Todavía le quedan muchas más. Bueno, menos mal…

—Menudo pelucón, chata… —le digo, sonriendo alucinada.

En cualquier caso, ella aprovecha mi desconcierto para atacar de nuevo. Y lo hace con tanta violencia que me tira al suelo. Está a punto de echarse encima de mí, como una luchadora, muy dopada y maltratada por la vida, de Pressing Catch. Pero al final se queda de pie, satisfecha con verme por tierra.

—¡Sé lo que haces! Sé lo que has estado haciendo. Tu padre es un zombie, está loco de atar, eres menor de edad y te denunciaré a la policía. Te meterán en un reformatorio y no volverás a salir hasta que cumplas treinta años —me dice.

Oírla hablar así de mi padre me debilita. Me duele en el corazón, me despelleja el alma. ¿Un zombie? ¿Mi padre? Suena terrible. ¿Eso es mi pobre padre? ¿Y si es verdad? ¿Y si no tiene cura, y si solo puede contagiar su enfermedad, pero nunca curarse, como los zombies…?

Me siento embotellada, igual que un zumo de frutas. Incapaz de reaccionar. Solo puedo taparme la cabeza. No soporto esta situación. Me parece tan increíble… que la gente pueda golpearse tirándose palabras tan duras como piedras a la cara, y hacerlo como si no pasara nada. Como si no existiesen la educación, las palabras buenas, como si no pudiesen solventarse los problemas hablando y tratando de limar diferencias acariciándose con palabras, en vez de despellejarse con ellas. Como si no sirviera de nada el maldito ejemplo de la ONU, Mahatma Gandhi, Luther King, etcétera.

Ni siquiera sé por qué Lylla y yo somos enemigas. Parece que me odia, pero no recuerdo haberle hecho nada, no me consta haberle dado un motivo. No me habría fijado en ella si no se hubiese dedicado a molestarme desde el primer día en que puso sus ojos sobre mí. Y, por entonces, yo ni siquiera era una niña gorda. Más bien normalucha. E incluso de las primeras de la clase, en cuestión de notas. Es probable que haya ido bajando mi rendimiento escolar durante estos años. En Yahoo Respuestas dicen que el acoso no ayuda a mejorar los resultados académicos.

Siempre he intentado no llamar su atención, evitar que se fijara en mí, algo que evidentemente no he conseguido. Nunca he querido darle motivos para odiarme.

Rezo una oración que me enseñó mi madre antes de irse. Pero no logro centrar mi atención en esas palabras de consuelo y evadirme de su presencia.

Me concentro otra vez. Lo veo todo desde arriba, como si hubiese colocado mi cámara en las nubes y a través de ella pudiese contemplar lo que me sucede, desde la distancia. La pequeñez de lo que somos. La rudeza baldía. La estupidez que nos embarga.

Tal vez por eso tardo en darme cuenta de que Lylla ya se ha ido.

No soy capaz de oír nada.

No sé lo que está pasando.

Mi único objetivo es ignorar al mundo, desmayarme si viene al caso, ponerme a salvo dentro de mí misma, quizás como mi padre. A lo mejor papá ha hecho algo que en este momento a mí también me gustaría hacer.

Aislarse del universo para ignorar su violencia. Su brutalidad gratuita. Todo eso que no podemos comprender y que nos hiere y lastima cada día.

A lo mejor, papá me puede contagiar su virus zombie.

#TortitasDeCamarónDeLaIsla
#JarabeDePaloParaLaTos

No sé cuánto tiempo pasa hasta que soy consciente de que la cara y el aliento que se acercan hasta mí no lo hacen con intención de agredirme, sino de consolarme.

Entonces entreabro los ojos un instante.

Y puedo ver detrás de ellos a Alberto.

Está pálido y desencajado. En sus ojos profundos, de un azul fuerte, como esos rincones del cielo que parece que se espesan al atardecer, hay preocupación.

—¡Fiona, Fiona!… ¿Me escuchas?

—Sí, hummm…

Estoy tan trastornada que no sé si seré capaz de articular palabra.

—Tranquila, tranquila… Ya pasó, ya pasó…

Me estrecha entre sus brazos y por primera vez siento el bienestar de un contacto pleno con su pecho.

Ya no es un niño. Pero de alguna manera también sigue siendo aquel niño que me salvaba en el patio del colegio.

A través de mis brazos puedo palpar el contorno de su espalda. Su cuerpo es el de un hombre. Sentirlo así, tan fuerte, tan joven y tan seguro, hace que rompa a llorar.

Hasta ahora había logrado contener las lágrimas. Mis lágrimas eran parte de mi rendición y no estaba dispuesta a doblegarme fácilmente. Las lágrimas eran la señal de mi debilidad, mi bandera blanca, la carta de sometimiento.

—Tengo miedo, mucho miedo… —confieso con la voz temblorosa.

Ni siquiera a mis amigos suelo decirles todo lo que de verdad siento. Trato de no preocuparlos. Ellos tampoco pueden hacer nada. No son fuertes. También están desarmados.

Pero en los brazos de Alberto siento que las cosas pueden ir mejor, que el mundo tiene rincones seguros, como estos brazos cálidos que ahora me rodean.

—Calma, Fiona. Nadie va a hacerte daño. Tranquilízate. ¿Qué te ha pasado? ¿Te has caído, te has hecho daño…?

Entonces pienso en Lylla.

Me pregunto dónde estará, mirando alrededor intranquila, tratando de localizarla, de huir de su amenaza en el abrazo cálido de Alberto.

—Sí, creo que me he caído. Soy muy torpe.

—No tengas miedo. Estás bien. Todo está bien. Deja que te vea. No tienes heridas. No pasa nada, no va a pasar nada malo. Te lo prometo.

Mientras me dice esto, me mira fijamente, y sus ojos bondadosos no titubean. No hay ninguna duda en ellos. Está seguro de que, lo que dice, ocurrirá.

—Gracias —le digo, porque no sé qué decir—. Muchas gracias. Otra vez. Gracias...

#VoyADesmayarme
#QueEsperenLosDelCatering

Pasamos un rato largo abrazados, sentados en el suelo. Mil horas. Mil años. Mil eternidades fundidos en un abrazo.

Puedo oler a Alberto. Me gusta mucho más su olor que el de un puchero recién hecho.

—¿Estás mejor? —me pregunta, y su tono bajo, con un susurro ronco, me despierta una sonrisa sincera y ganas de gritar de felicidad.

—Ya lo creo.

—¿En qué piensas? —pregunta. En sus mejillas se dibujan los dos hoyuelos que ya tenía de niño y que tanto me gustaban. Me siguen gustando (por si había alguna duda).

—En que he tenido suerte —digo intentando colocarme el pelo, que sé que tengo enmarañado y sucio, y hacerlo con un mínimo de dignidad.

Sí, he tenido suerte de que las brujas androides que habitualmente acompañan a Lylla no estuvieran presentes: seguramente lo habrían grabado todo con el móvil y ahora el vídeo se habría convertido en el más visto de todos los que he protagonizado. No sería justo que mi mayor éxito fuese la superproducción de esas tres. Tampoco es que sean alumnas de Francis Ford Coppola, ni siquiera de Sofia Coppola.

Sí, soy una chica con suerte, porque en ese momento, además, antes de que acabe de pensar en fresas y chantillí, en polvorones y leche merengada, en crema catalana y leche frita, o sea: en lo que imagino que es sabor de los labios de Alberto, me estremezco de placer con la sola idea de lo mucho que me gustaría que él me besara.

«Dame un beso. Por favor», pienso.

Pero él no lo hace.

Lástima.

#TeCuroConUnBeso
#CuraSanaCulitoDeRana

Al día siguiente por la tarde, guisando, Mirna me dice que la vida es como la comida china. Que tiene alimentos ricos en agua como las frutas y las verduras, y platos fritos llenos de carne que hay que recalentar. Dice que la vida es agridulce. No, mejor: que la vida es dulce, salada, ácida, amarga y picante. Como la comida asiática.

—Pero no puedes olvidar… —me cuenta Mirna mientras cocinamos unos platos en wok y grabamos toda la escena. En los vídeos, son tan importantes las palabras de Mirna como las comidas que prepara—, no debes olvidar nunca que, en cualquier caso, la vida es un festín.

Siempre que a uno no le toque pasar hambre, el festín de la vida no está mal —digo yo.

—Debes tener en cuenta que es importante cómo presentar los platos. Algunos tienen fines terapéuticos. Entonces puedes hacer un nido de golondrinas o cocinar aletas de tiburón. Tienes que ser capaz de combinar lo frío y lo caliente. Igual que en la vida misma. El trigo, el arroz, la pasta y los panecillos son fundamentales. El arroz es algo básico, es el impulso de vivir.

—Qué bien.

—Y no te olvides de beber como un chino. Quiero decir que, con la comida, los chinos solo toman sopas y caldos, y como mucho té caliente, nunca alcohol. El alcohol y la cerveza déjalos para los días de fiesta, para cuando tengas algo que celebrar, como sabiamente se hace en China. —En ese momento Mirna baja la voz y me susurra, aunque queda perfectamente grabado—: para que veas que no hago propaganda del botellón. Para que luego digan… Soy más sobria que el gorro de un guardia urbano.

—Gracias, Mirna. Eres un ejemplo para la sociedad.

—Pero pásame esa taza. —Baja la voz y confiesa—: Le he echado un chorrito de algo más espeso que el agua al café. Bien, bien. Piensa que tus mañanas tienen que ser ligeras como un panecillo al vapor. Y lo mismo digo de tus cenas, que sean como tofu con una guarnición de fécula. Entre una y otra te digo que hagas lo que quieras, pero sin pasarte. Porque el secreto, como en todo en esta vida, está en la proporción. La proporción es importante en el arte, en la cocina y en la vida. Y la cocina es un arte vital. Quiero decir que necesitamos comer para vivir. No creas que me estoy poniendo filosófica.

—Claro, nunca pensaría mal de ti.

—Aliméntate en pequeñas porciones. Los vegetales, la carne y el *mapo doufu* se comen en China en pequeños bocados. Por eso se pueden coger fácilmente con los palillos, que ellos utilizan como cubiertos. Fíjate en lo importante que es la cubertería en China. Mientras nosotros aquí tenemos un montón de instrumentos que nos sirven para coger los alimentos y llevarlos a la boca, en China utilizan solamente dos palillos. Eso lo pueden hacer porque comen en pequeñas porciones, tal y como te digo, pero también porque los palillos desarrollan el sentido del equilibrio, la habilidad para manejar los dedos, la capacidad para calcular la fuerza y la medida.

—Es difícil comer con palillos... —murmuro yo mientras le ayudo aplicadamente.

—¿Tienes abuela?

—No... —respondo con un titubeo.

—Pero... ¿sabes lo que es una abuela?

—Claro, sí.

—¿Y una bisabuela?

—¿La... madre de tu abuela?

—¡Correcto! —exclama Mirna, mientras da vueltas al guiso—. Pues no olvides esta regla: nunca te comas nada que tu bisabuela no hubiese considerado comida. Vale... —Me echa un apreciativo vistazo de arriba abajo—. Eres muy joven. En vez de bisabuela, pongamos una tatarabuela: no comas nada que para tu tatarabuela fuese sospechoso de no ser comida. Eso deja fuera del alcance de tu estómago millones de porquerías atractivamente envueltas.

—Pero, pero, pero...

—Come comida. No basura. No eres una rata, ¿o sí...? —Me atraviesa con su mirada acusadora.

—Creo que no. No soy una rata.

—Come con moderación. Más vegetales que animales. Y hazte flexitariana.

—¿Eso qué es? ¿Una secta satánica?

—Los flexitarianos comen poca carne. No son vegetarianos del todo, pero comen carne una o dos veces por semana, nada más. Los humanos no necesitamos comer carne, en realidad. Pero admito que está rica, así que puedes tomarla de vez en cuando, como si fuese una chuchería que te permites en ocasiones especiales. Hazte flexitariana. Me lo agradecerás. Y el mundo te lo agradecerá a ti.

—Sobre todo la fauna, imagino.

—Come únicamente lo que seas capaz de guisar tú. Eso reducirá notablemente la cantidad de comida que metas para adentro. Y digo comida por llamarla de alguna manera.

—Menos mal que estoy aprendiendo a cocinar —respondo mientras arrugo la nariz y disfruto del agradable olorcillo—, porque si no, seguir tu consejo me llevaría a morir de hambre en pocos días.

—Cuando seas adulta, te podrás permitir tomar una copita de vino al día. Siempre acompañando a las comidas. No vale que dejes de beber durante la semana y el sábado le regales a tu hígado una borrachera. Eso es fatal. Beber mucho un solo día no equivale a beber poco todos los días. Equivale a ser un borracho.

—Aprecio el consejo, viniendo de quien viene —le respondo con una sonrisa irónica.

—Sarcasmo pillado. Sarcasmo rechazado —dice Mirna, mientras se ajusta el delantal—. Lee libros de Michael Pollan. Y no comas nada que contenga ingredientes cuyos nombres no seas capaz de pronunciar a la primera. Azodicarbonamida, dióxido de titanio, cisteína, castóreo, sulfato de amonio, tartracina, acesulfamo-K, polisorbato 80, hidroxianisol butilado... Dime, pequeña, ¿acaso estas son palabras que usarías para ponerles nombre a tus hijos...? Pues entonces, no te los comas. Te envenenarás.

—Caray.

—Come únicamente cosas que se pudran. Tira todas esas que tienes almacenadas por si hay un apocalipsis zombie y que caducan dentro de doscientos años, según dice en la lata. ¿Es que no te has dado cuenta de que la guerra zombie ya ha tenido lugar?

—¿Ah, sí? ¿Y quién ganó?

—Ganaron los zombies malos. Los zombies buenos perdieron. Se veía venir.

—Oh, cielos...

—No abuses de los productos «light», desnatados o bajos en grasas. Ni hacen milagros ni son tan buenos como parecen. Cuidado con la sal y el azúcar. O sea: con todos esos géneros procesados que aumentan de precio conforme lo hacen las cantidades de sal y de azúcar que les añaden...

—Como sigas así, no vas a dejar nada que pueda comer.

—Tonterías. Con la comida tampoco hay que obsesionarse. Solo debes procurar que lo que comas sea comida de verdad, y comerla sentada a una mesa, como la gente de verdad.

#ComeMenos
#PiensaMás
#AprendeACocinar

En realidad, soy la pinche de Mirna, aunque se supone que la cocinera principal soy yo. Se puede decir que Mirna no solo es una buena manipuladora de alimentos, sino también de todo lo demás.

—No me extraña que los niños asiáticos sean mucho más listos. Cuando tienen un año de edad les dan dos palillos y les ponen un plato delante con comida. O sea, que o espabilan, o se mueren de hambre. A eso le llamo yo buena educación a la mesa...

#SalsaPicanteDeGuindillaDulce
#AlubiasDeSoja
#YMuchaEmoción

Mientras guisamos cierro los ojos y rememoro el beso que me gustaría que me diese Alberto. Un beso que no existe, un beso soñado. El mejor del mundo. El que aún no nos hemos dado.

Mientras estoy así, con los ojos cerrados, dejo que mi nariz se llene con los aromas de la cocina. Con las semillas de hinojo, el cebollino, el clavo de olor, el jengibre, la canela y la pimienta, el anís estrellado...

Estamos cociendo comida china, lejos de China.

Brotes de soja y dientes de dragón. Ternera con salsa de tamarindo. Fideos de arroz con pimienta de Sichuan.

Estamos viajando a China con el sabor.

Mirna dice que no puede enseñarme a hacer pato laqueado a la pekinesa, y que tendré que conformarme con un pato laqueado a la toledana, porque Toledo es el lugar donde ella nació. Pero me promete que su arroz frito quizás pueda competir con el del chino de la esquina.

Cada vez que meto el dedo en una de las cacerolas de Mirna y luego me lo llevo a la boca, los sabores me traen sensaciones que ni siquiera he vivido. De países lejanos, de otros mundos en los que jamás he estado.

Algún día quiero viajar allí. Con Alberto.

Y quizás me lleve también a papá.

Imagino que en China los besos de Alberto sabrán a aceite de ajonjolí. A vino de arroz. O a salsa de ostras. Y el viento tendrá un delicioso olor a bambú.

#PuedesComerteEnBolitasMiAmor
#ComoSiFueraTofu

Max me envía un chiste por WhatsApp:

—*Hija, corre a la cocina que creo que las lentejas se están pegando.*

—*Mamá, yo paso de movidas, por mí como si se quieren matar entre ellas.*

Pero ya lo conocía. Y, además, no tiene gracia.

Contraataco a su mensaje con un buen chorro de emoticonos de distintas frutas y verduras, con caras sonrientes, y también aterradas. Seguramente he convertido su pantalla del teléfono móvil en una máquina tragaperras del siglo xx, pero me gusta el efecto de comunicar afecto hablando sin palabras.

#LasLentejasSePegan
#PeroSusHijasLasLentejuelasNo

El último día de colegio estoy excitada y nerviosa.

He decidido vestirme con mis mejores galas. Lo que no es decir mucho, ya que mi armario ropero es una especie de catástrofe textil rebosante de camisetas y vaqueros que, además, ahora casi todos me están grandes.

Nunca he dedicado buenas cantidades de dinero a mi vestuario. Puede decirse que me visto igual que un obrero de la construcción. Aunque quizás con algunos descosidos más en los pantalones. Tengo la ligera sospecha de que he invertido más dinero en perchas que en ropa propiamente dicha.

Soy una calamidad.

Me gustaría que Alberto me viese con el aspecto de una princesa y que se cayera para atrás de la impresión. Desde que Lylla y yo tuvimos aquel encontronazo tras el cual fui yo quien se cayó redonda —¿seré una señorita desmayable, al fin y al cabo?— no nos hemos vuelto a ver y mi temor es que, cuando lo hagamos, se caiga para atrás de la impresión, sí: porque le horrorice verme vestida como el pitufo maquinero, en vez de con el aspecto de una princesa Disney *photoshopeada* por un grafitero pastillero, al estilo de Lylla.

El día anterior me doy cuenta, desolada, de que no tengo nada que ponerme. Llamo a Mirna, que se ha convertido en mi asesora para todo, y le comento tímidamente mi inseguridad.

—Verás —le digo—, he estado consultando el libro que me regalaste y para un día como este aconseja vestirse con un poco de gracia y…

—Querida niña, desde que te conozco es la primera vez que te oigo hablar de trapitos. Algo extraño parece estar ocurriendo. ¿Estas segura de que no pretendes impresionar a alguien, a algún guapo efebo?

—Según tu libro, debería ponerme «un vestido de seda, el cual, si se le ha dado un uso anterior, debe ser lavado previamente en una cocción de hojas de hiedra». Sinceramente, Mirna, después de leer esto, me siento muy confundida.

—Tranquila, una mujer sabe siempre cómo vestirse. Tú no puedes ser menos que todas las demás. Incluso las que están en la selva saben cómo arreglárselas.

—Pero es que yo no tengo nada que ponerme, al contrario que las que están en la selva.

—Podemos ir a comprarte algo apropiado. Te puedo acompañar.

—Son las diez y media de la noche. Me temo que no hay tiendas de ropa de guardia. Además, en este barrio creo que ni siquiera tenemos farmacias de guardia.

Se hace un silencio al otro lado de la línea. Sentir a Mirna silenciosa resulta inquietante. Una experiencia casi paranormal.

Cuando vuelve a hablar lo hace en un tono tan meloso que inmediatamente me pongo en guardia.

—Querida pequeña, querida niña…

—¿Qué quieres decir, que insinúas?

—Esto…, ¿aún conservas la ropa de tu madre?

Me quedo paralizada con el teléfono en la mano, en medio del pasillo, mientras observo como si se tratara de una escena que transcurre detrás de una pantalla gigante, a mi padre sentado en el sofá del salón. Tiene a la perra en su regazo y la acaricia con una mano mientras parece que observa la televisión. Pero, en realidad, la televisión está apagada. Tengo puesta la música. Siguiendo los consejos de Aurora, pongo música clásica a todas horas en casa. He comprado varios CD en un sitio barato de internet. Y tengo Spotify. Pongo a Chopin a menudo, a papá parece que le gusta especialmente.

Me distraigo mirándolo. Una escena doméstica que podría pasar por habitual.

—Fiona, querida, ¿estás ahí?

—Sí, sí, disculpa.

—¿Me has oído?

—Sí, te he oído.

—No quiero incomodarte, cariño. —«¿Cariño?», ¿estará Mirna empinando el codo? No suele ser tan zalamera—. Simplemente te sugería que si guardas la ropa de tu madre, es muy posible que ella tuviese algo que te pueda servir para mañana.

Mirna vuelve a hacer otra pausa, pero esta vez la que se ha convertido en un prodigio silencioso soy yo.

—No sé qué decir —respondo cuando por fin reúno fuerzas para hacerlo.

—Fiona, ya eres una mujer. Es muy probable que cualquier vestido de tu madre te quede bien. Por algo era tu madre; según las fotos que he podido ver en tu casa, sois muy parecidas. Con un poco de suerte incluso tendréis la misma talla, sobre todo ahora que has adelgazado. Deberías intentarlo. Estoy segura de que a ella le alegraría verte con uno de sus vestidos.

¿Parecidas mi madre y yo? Pero ¡si ella era una diosa olímpica, y yo un olímpico fracaso evolutivo!

Pienso en el armario de mi madre. A veces lo abro y lo huelo. Todavía quedan rastros de su olor. Es verdad que ha pasado mucho tiempo. Pero los años no se han llevado su perfume. Yo tampoco he lavado las prendas que contiene el guardarropa. Nunca he sabido por qué las conservo.

En cierto sentido es posible que, cuando era pequeña, tuviese la descabellada esperanza de que un día volviera a casa. Y yo quería que, a su vuelta, las cosas estuvieran como ella las había dejado.

Mirna lleva razón. Hay muchos vestidos de mamá que seguramente me estarán bien. Vestía con buen gusto, apenas hay colorines y estridencias entre sus prendas. Le gustaban los colores lisos y las formas sencillas. Ese tipo de vestuario que nunca pasa de moda.

Se me hace un nudo en la garganta. O en el corazón, no sé muy bien. Pasa casi un minuto hasta que consigo reaccionar. Respiro profundamente.

—Gracias, Mirna, seguiré tu consejo y echaré un vistazo. Tal vez encuentre algo. Buenas noches.

#VestidoDeBajaCostura
#UnRamitoDeHortalizasEnLaMano
#DiHolaMiAmorBienvenidaAlCamping

Así pues, el último día del curso, salgo de casa ataviada con un vestido de encaje de guipur, en un tono verde pálido. Los encajes son un clásico. Y los clásicos, como dice un pirado de las puntillas en Yahoo Respuestas, siempre están ahí para echarnos una mano cuando no podemos escuchar la llamada del último grito.

Soy consciente de que están ocurriendo muchas cosas en mi vida. Tengo grandes novedades. Me estoy convirtiendo en una cocinera. He adelgazado mucho (aún me sobran kilos, pero es que estaba muy gorda). Y hoy voy andando por la calle con mi primer vestido.

Me hago un par de *selfies* y se los mando por GulpAX, programa de mensajería instantánea, a Max y Carmen, que inmediatamente me responden con varias exclamaciones, interjecciones y todo tipo de muñequitos tan expresivos que quieren competir con las palabras, y a ser posible derrotarlas.

Doña Aurora ha pasado por casa hace poco más de media hora. Ha venido a recoger a papá y se lo ha llevado con ella. Dice que él tiene derecho a ver mi ceremonia de graduación de bachillerato. Ya sé que, probablemente, el pobre no se entere de nada, pero me hace ilusión pensar que estará sentado entre el resto de los padres, como si fuera uno más.

Mi tutora se ocupará de que nadie lo incordie demasiado, para que no se den cuenta de que no puede seguir una conversación. El nuevo médico de papá ha aconsejado que haga este tipo de cosas. Que no permanezca encerrado en casa. Que salga por ahí y actúe como si nada ocurriera.

Cuando llego al colegio, me encuentro con Max y Carmen. Están arrebatadores. Mi amiga parece una joven punky arrepentida que se ha pasado al bando del canal Disney. Y Max, mi querido fanboy, a pesar de que tiene cara de estar pensando en algún algoritmo, hoy luce como un personaje de *Star Wars,* no como uno de *Los Simpson* como suele ser habitual.

—No me digáis que tenemos aspecto de ser parte de una pandilla juvenil en la que la mitad de sus componentes ya se han suicidado, por favor… —ruega Max.

Carmen lo observa prendada. Nunca había visto a mi amiga mirar a Max así. Me temo lo peor, mejor dicho: lo mejor. Quizás sea porque Max se ha peinado. No recuerdo haberlo visto antes con el pelo en su sitio. Ahora tiene un aspecto más moderno, casi *cool.* Incluso se ha cambiado de gafas y no parece un gafapasta de esos que entierran sus días en las tiendas de cómics de segunda mano o tratando de descubrir *top models* de incógnito, disfrazadas de elfas cachondas, en foros de aficionados al *Señor de los Anillos.*

Por otra parte, sus padres le han comprado un traje que no le queda nada mal. Al mirarlo me doy cuenta de cómo las cosas que forman la apariencia exterior pueden cambiar a las personas. Así, no es raro que los que viven en un mundo superficial solo se fijen en el aspecto que tienen los demás.

#HabíaUnaVezUnBarquitoChiquitito
#QueNoSabíaNavegarEnLaPiscinaMunicipal

Max está —¡es!— tan imponente que muchas de las chicas que pasan a nuestro alrededor se quedan mirándolo y le ponen ojitos. Pero él está tan acostumbrado a ser despreciado o a recibir burlas, igual que yo, que ni siquiera se da cuenta. Estoy tentada de contarle lo guapo que está. Pero luego me digo que quizás entonces rompería su encanto.

Mirna sostiene que un hombre que no sabe lo atractivo que es, es el doble de atractivo. Yo quiero que Max sea el doble de atractivo. Por eso no le digo nada.

Pero lo pienso mejor y… ¡No me puedo resistir!

—Hoy estás que traqueteas. No sé si te has dado cuenta de que pareces un modelo de alta costura.

—Yo diría que de costura descosida, pero bueno… —rezonga Carmen con lo que me parece un punto de celos en el tono de su voz.

—Quita, quita, ¿qué dices? —Max sacude la mano hacia mí, luego mira a Carmen y le pregunta—: ¿No estarás celosa?

—No, pero estoy soltera. Hoy no pareces el mismo de siempre. Y eso que, antes, siempre parecías el mismo de siempre.

—Buena noticia entonces, ¿no?

A nuestro alrededor, una alegre muchedumbre de alumnos entra y sale por las distintas puertas del recinto, forma corrillos y grupos animados o desesperados, se mueve de un lado para otro, grita en distintos tonos y estridencias.

Falta poco para la entrega de los diplomas. Para mí, este es un paso más en mi carrera hacia la libertad.

Cuando deje el colegio, el año que viene, me matricularé en la universidad. Para entonces, estaré lejos de la influencia de los profesores y tutores de aquí. El primer día del próximo año cumpliré la mayoría de edad.

Seré libre.

#Yupi

De hecho, ya puedo incluso saborear esa libertad, como si fuese un guiso más. La tengo en la punta de la lengua como uno de esos gustos azafranados que provienen de Oriente y que encuentro en las especias de la tía Mirna.

La libertad, como el amor, dice ella, es uno de los ingredientes imprescindibles para vivir.

Miro a mi alrededor, nerviosa y agitada, pensando que en cualquier momento puede aparecer Alberto.

No sé si estoy guapa con mi vestido. Me he recogido el pelo e incluso me he pintado los labios. Le tuve que comprar un pintalabios barato al joven indio de la tienda del barrio, el otro día, porque ninguno de los que tengo me gustaba de verdad. Está acostumbrado a verme comprar otras cosas. Por ejemplo, tornillos o bombillas de bajo consumo. Se quedó extasiado cuando llegué a la caja para pagar y le enseñé la barra de carmín. Me dijo que el color se llama Rosa Nube. O quizás fuese «nude». No estoy segura, pero me gusta. Me hace sentir mayor. Toda una mujer. Y pienso si mi madre me estará viendo desde algún lado. Si podrá verme con su vestido verde pálido y todo este rubor, medio de vergüenza medio de orgullo, que se me ha subido a los mofletes.

#RosaNube
#MaríaArbustaEspinosaFlorida

Mis amigos y yo también formamos nuestro propio corrillo. Estamos charlando animadamente cuando distingo detrás de otras personas a doña Aurora acompañada de mi padre. Papá va vestido con su mejor traje. Hacía años que no se lo ponía y le está estrecho por la parte de la cintura. Pero lo he solucionado moviéndole un poco el botón. Está tan elegante que impresiona, y me alegro de que nadie pueda darse cuenta de la chapuza que le he cosido y que lleva oculta por el cinturón.

Sigue dócilmente a doña Aurora, como haría nuestra perra en el parque. Bueno, a decir verdad, Fuet tiene más independencia de criterio que él. Más opiniones propias. La pobre, por cierto, se ha quedado sola en casa, sin nadie a quien orinar.

#MirarTuFotoblog
#PasearJuntosPorCarrefour
#NuestroAmorEsUnPuntoVirtualDeReunión
#DeEmocionesFuertes

Los padres de Max y de Carmen están ya sentados en la zona reservada para las familias.

Dentro de un rato, mi padre también se acomodará en uno de esos asientos. Y me mirará sin verme. Pero yo seré feliz solo con saber que ha salido de casa para acompañarme en este día.

«Todos somos en cierto modo raros, y todos queremos en cierto modo ser normales», es lo que suele decir la tía Mirna para consolarme.

Supongo que esa es la clase de cosas que se le dicen a una persona que no es del todo normal, como yo. Pero sí, lo reconozco, ansío sobre todo parecer vulgar. Normal y corriente, como el resto de mis compañeros. No distinguirme en nada de todos los demás.

Estoy a punto de completar uno de esos pasos cruciales que me llevarán hacia la libertad. Me habría gustado tener hoy un talismán para que me diera buena suerte. Pero la cadena de mamá todavía no está arreglada. Cuando el joyero le repare el cierre, me la pondré y sentiré que esa pequeña joya es mi armadura. Que me protege de todo mal. Una vez que la tenga en mi cuello, Lylla no podrá volver a molestarme. Seré invulnerable con ella.

Pero todavía no tengo mi talismán.

Estoy tan nerviosa que necesito hacer algo que me tranquilice.

Un abrazo.

Un beso de mi padre.

Necesito darle un beso a papá y sentir con ese gesto que todo irá bien.

—Tengo que ver a mi padre un momento —les digo a mis amigos.

—Acaba de entrar con Aurora en el ala donde están los despachos de los profesores —me indica Carmen, señalando con una mano enguantada de rosa.

Me parece irresistible que se haya puesto guantes. Solo alguien como ella podría lucirlos con naturalidad y no caerse muerta de la vergüenza.

—Necesito verlo. —Los miro con ojos suplicantes.

—Está bien —claudica Max—, iremos contigo. Pero date prisa. Dentro de unos minutos tenemos que estar todos sentados en nuestros puestos.

#TengoMásDecimalesQuePi
#EnLaCuentaCorriente
#PrecedidosDeCero

Nos abrimos paso a duras penas entre la aglomeración de gente. Cuando por fin conseguimos llegar a la entrada desde la que se accede a los pasillos del reino del profesorado, hay un silencio extraño que nos recibe detrás de la puerta.

Max y Carmen van cuchicheando. Apenas consigo distinguir lo que se dicen. Tampoco estoy demasiado interesada en sus secretos. Es evidente que se gustan, pero tardarán mucho tiempo en reconocérselo a sí mismos. Mejor porque, cuanto más tarden, más tiempo seguirán siendo mis amigos a tiempo completo. Sin que el amor los distraiga de nuestra amistad.

Al doblar una esquina oímos unas voces. Max y Carmen dejan de hablar y prestan atención. Yo también me pongo en guardia. Reconocemos inmediatamente la voz del director del colegio. Es difícil no distinguirla. Tiene un grado de intensidad más elevado que la del resto de los mortales. Y siempre suena con un deje de urgencia, acuciando a la persona con la que está hablando.

Finalmente, llegamos ante la puerta del despacho del director. Es el lugar del que provienen los ruidos. Mis amigos y yo oímos claramente la conversación que tiene lugar en su interior.

—Este hombre es un zombie. Me lo ha dicho mi hija. —El tono del señor director suena más irritado de lo normal, que ya es decir.

—Bueno, no es exactamente así. Después del accidente en el que además perdió a su mujer, le quedaron secuelas físicas y psicológicas, pero el doctor es optimista. Y su evolución...

—¿Su *evolución...*?, ¿piensa usted que soy imbécil? No hay más que verlo. Tiene la mirada de un replicante fabricado en Corea del Norte. Hasta un niño puede darse cuenta de que no está en sus cabales.

—No es exactamente así.

—Sí que lo es, usted lo sabe tan bien como yo. Nuestra obligación es dar cuenta a las autoridades. La familia del señor Bonet está compuesta por dos personas irresponsables, un enfermo psiquiátrico y una menor de edad. Alguien debería hacerse cargo de la situación.

—Pero...

—La Consejería del Menor probablemente se encargará de la chica. Tenga en cuenta que hay establecimientos donde acogen a esta clase de muchachos. Creo que funcionan bastante bien. Los alojan en una especie de pisos compartidos. Tienen un tutor para cada una de las casas. Forman algo así como familias... peculiares.

—Pero el señor Bonet y su hija ya son una familia.

—Sí, una familia no mucho menos extraña que las que organiza el Ayuntamiento con todos estos huérfanos.

—Fiona Bonet nunca ha dado problemas.

—A saber desde cuándo está su padre en esta situación. De haberlo sabido antes... Debí sospechar que algo no iba bien. Esa reticencia de un padre a venir aquí no era normal. Si no llega a ser porque usted me lo comunicó, probablemente nunca me habría enterado, y esa pequeña embustera de Fiona Bonet se hubiese salido con la suya.

Me quedo helada.

Al final, Aurora sí contó mi secreto.

Su sentido del deber le pudo a su sentido de la compasión.

Max y Carmen me miran aterrorizados.

Los tres estamos parados cerca de la puerta entreabierta y no sabemos qué hacer. Oímos la conversación como si tuviese lugar en un universo paralelo, en el que no podemos interferir.

Me doy cuenta de que mis pesadillas han regresado a casa, dónde mejor iban a estar. Finalmente, me he topado de cara con todo aquello que temía. Mi mayor miedo no era Lylla, sino su padre. Que su padre se enterase era una posibilidad que me quitó el sueño durante muchas noches… Bueno, pues parece que así ha sido. Ahora lo sabe todo. Justo cuando estaba a punto de conseguirlo, la mentira en la que he estado viviendo, se ha desvelado.

Fuera las máscaras. Ha llegado la hora de la verdad. Tarde o temprano, siempre llega.

Me digo que la culpa es mía, que no debí haber consentido que doña Aurora trajese a papá a ver la ceremonia. Pero todo indica que daba igual que hubiese venido o que no: Lylla ya me había delatado. Era cuestión de tiempo que su padre pusiera sobre la mesa el engaño. Y para completar el pastel, la señorita Aurora también me ha descubierto, quizás sin saberlo, o incluso pensando que así me hace un favor.

Maldita sea.

#SoyBuenaEnMates
#SéSumar
#TúYYoSomosMuchoMásQueDos

Doy un paso en dirección a la puerta. Max y Carmen intentan detenerme. Pero yo niego con la cabeza. Estoy decidida a hacer frente a mi destino, como diría una de las heroínas de videojuego de mi amigo.

—Fiona, ¡no!…

—¡Espera!…

—No, tranquilos… —niego con una seguridad que no sabía que pudiese encontrar en mi interior—, ya está bien de huir. Es hora de dar la cara.

Max y Carmen se quedan en el pasillo mientras yo entro en el despacho sin llamar. Ya sé que debería haber anunciado mi presencia, pero no me parece que el señor director merezca demasiadas muestras de cortesía.

—Buenos días —digo con una vocecita.

Doña Aurora y el director me miran sorprendidos. Papá también me mira a su manera y noto en sus ojos un resplandor que nunca antes había visto. No en los últimos cinco años.

—Fiona, ¿qué haces aquí? —Doña Aurora se acerca a mí, pasa por delante de mi padre, que permanece de pie como esperando una indicación para moverse.

—Señorita, ¿no le han enseñado que antes de entrar en una habitación tiene que llamar? —me reprocha el señor director. Pero a mí me importa un bledo. Al fin y al cabo soy una cliente de pago. Qué carajo. Me merezco un respeto. Y papá también. Él más que nadie.

—Mi padre no es un zombie —digo por toda respuesta—. Solo tiene una enfermedad extravagante. El médico nos dijo que las cosas de la mente son difíciles de comprender. La medicina no es capaz de dar soluciones para todo. El médico que lo está viendo ahora afirma que hace grandes progresos, ¿verdad, doña Aurora?, ¿a que sí?

—Señorita Bonet…

—Mi padre no es un zombie, tan solo tiene miedo. Pero un día dejará de tenerlo y saldrá de dentro de sí mismo, y entonces estaremos juntos.

Hay un montón de lágrimas esperando dentro de mis ojos a que yo les dé la señal de salida. Pero no me da la gana. No quiero llorar delante de este hombre capaz de abalanzarse sobre una mujer que, no solo lo detesta, sino que además es su subordinada.

—Señorita Bonet, creo que las autoridades competentes acordarán la necesidad de encontrarle un lugar en el que permanecer hasta que consideren que tiene usted capacidad suficiente para valerse por sí misma.

—Yo ya me valgo por mí misma. Dentro de unos pocos meses, muy pocos, seré mayor de edad.

—Todavía falta mucho para eso. Más de seis meses —dice el director arrugando el ceño y consultando una hoja que tiene encima de la mesa, probablemente mi expediente escolar—. Parece que usted va un curso adelantada. Quizás fuese conveniente que repitiera.

—Pero, pero… —Empiezo a sentir pánico.

¡Estoy a punto de recoger mi título de graduada y este hombre quiere que repita el curso!

—Aurora, dile que no me puede hacer eso, he aprobado todas las asignaturas. He estudiado en firme, y además estoy participando en un concurso de cocina que saldrá por la tele. Me voy a clasificar, seguramente, porque tengo muchos seguidores… Díselo, díselo tú.

—Quizás sea conveniente valorar seriamente esa posibilidad teniendo en cuenta su comportamiento irresponsable en los últimos tiempos —insiste el director, con el ceño fruncido.

Seguramente está pensando en el día en que lo descubrí acosando a mi tutora. Su mirada de carroñero no deja lugar a dudas. Es un tipo despreciable. Aunque toca muy bien el laúd. Una vez fui a un concierto que dio en el salón de actos y todo el mundo pensaba que no tocaba él, sino su hermano gemelo. Otros decían que tenía un doble, como el rey de Tailandia.

Viste de negro como un cuervo. Tiene un halo alrededor que produce rechazo. No sé si es su colonia o su olor corporal, pero hay algo que impulsa a apartarse de él.

Un karma muy chungo, de esos que han llevado muy mala vida, como diría Max. El mal karma de un ladrón.

Aurora empieza a recomponerse. Me doy cuenta de que intenta hacer esfuerzos por reconducir la situación hacia un cauce de realidad, de sensatez. Pero en los ojos del director se puede ver un montón de resentimiento acumulado a paletadas.

Es evidente que está disfrutando con la posibilidad de destruir mi familia, y de hacerle daño a Aurora.

Me quedan seis meses para tomar mis propias decisiones, pero este hombre puede hacer que mi vida se convierta en un infierno, y que no llegue a conseguir mi propósito.

Siento la rabia crecer dentro de mí, igual que el odio ha echado raíces en el alma de este hombre, que es un digno padre para su hija.

Empiezo a temblar de forma incontrolada. Y aunque no voy a llorar, sí que siento la necesidad incontenible de gritar.

—¡No puede hacerme eso, usted no es nadie para hacerme esto! He luchado con todas mis fuerzas para sacar a mi familia adelante, para que mi padre salga adelante, fuera de sí mismo incluso. Estoy a punto de conseguirlo y no voy a consentir que usted se interponga en mi camino. ¡¡No, no y no!! ¡No tiene usted derecho! —le digo, y llevada por un arrebato, le doy una patada a una silla, la tiro al suelo. Me duele más a mí que a la silla, por supuesto.

No me reconozco a mí misma, no sé de dónde puede salir toda esta cólera. ¡¡Yo no soy como ellos, no soy como Lylla y su padre!!, ¿por qué estoy actuando entonces así?

Cuando me doy cuenta de que estoy gritando, me detengo y miro horrorizada al director. Aurora se acerca hasta mí, para intentar tranquilizarme.

Max y Carmen están en la puerta observándolo todo con los ojos muy abiertos y sin saber muy bien qué hacer.

Entonces, el director se acerca hasta mí y me da un guantazo. Aurora deja escapar un grito, y Max y Carmen se tapan la boca con las manos, incrédulos.

—Eres una maleducada, Fiona Bonet. —Tiene la mandíbula en tensión, como si estuviese a punto de explotarle la cara de la rabia que siente.

Luego, ocurre el milagro.

Mi padre da unos pasos, se coloca frente a él y, no se sabe muy bien debido a qué proceso misterioso que puede haberse desencadenado en su mente, le lanza un puñetazo a don Jeremías que lo deja fuera de combate. Solo uno. Limpio y directo al grano. En todos los morros.

Tumbado en el suelo, el director se masajea la nariz y luego la mandíbula mientras mira atemorizado a papá.

—Esto es mucho mejor que el final de *Final Fantasy*, valga la redundancia —dice Max, con una sonrisa de oreja a oreja.

—Detesto la violencia, no sirve para nada —murmuro yo mientras me acerco a mi padre y le doy un abrazo.

Doña Aurora está pálida como una muerta viviente.

—Ya lo ve, como le había dicho a usted, el señor Bonet está mejor, solo un poco aturdido por la medicación que está tomando. Pero es perfectamente capaz de hacerse cargo de su hija y de sí mismo —le aclara mi tutora al director, que nos mira uno a uno, confundido y temeroso desde su posición poco honorable en el suelo.

—Es una pena no haberlo grabado todo —me dice Carmen al oído, y yo la miro sin poder articular palabra.

—Vámonos de aquí. —Doña Aurora nos señala la salida y los cinco enfilamos hacia el pasillo.

—Papá, ¿estás bien? —Me siento tan increíblemente sorprendida por lo que acaba de suceder que no se me ocurre nada que añadir.

Es la primera vez en cinco años que veo a mi padre reaccionar ante algo que se produzca a su alrededor.

Cierto que un puñetazo no me parece la mejor respuesta que una podría soñar, pero como diría Chuck Norris, algo es algo.

Mi padre observa a Aurora con una extraña intensidad en la mirada. No le quita ojo. Sigue todos sus movimientos como si quisiera aprendérselos de memoria. Apenas me mira cuando me responde. ¡Me responde algo!

—Me duele… —dice arrastrando las primeras sílabas que pronuncia de forma consciente desde el accidente.

Y me enseña su mano, me la muestra como un niño que se queja delante de un adulto. Me enseña el puño con el que acaba de derribar al director.

—Pegar duele tanto como recibir golpes —concluye doña Aurora, siempre didáctica—. Vamos, Iñaki, por aquí… La ceremonia ha comenzado hace un rato, se pueden oír por la megafonía los primeros discursos. Si nos damos prisa, aún llegaremos a tiempo de sentarnos en nuestros asientos antes de que alguien nos eche de menos. —La señorita Aurora toma la mano lastimada de mi padre, para conducirlo hacia el exterior—. Y no te preocupes, Fiona. El señor director no va a denunciarte, porque…, en caso de que se atreviera a hacer algo así, sería yo quien me presentaría en la comisaría para contar el acoso al que me ha sometido, abusando de su posición de autoridad en el colegio. —La señorita Aurora se estira la ropa y se coloca el pelo, en un acto de temblorosa dignidad—. Entonces veríamos quién despierta más interés para la policía, si tú o este, este… señor. ¿Verdad, director? También estoy segura de que le dirá a su hija, Lylla, que mantenga el pico cerrado al respecto.

—¡Y que deje de amenazar a Fiona en las redes sociales! —añade Max, con un punto de morboso entusiasmo.

El hombre baja la mirada hasta el suelo, como si se le hubiese perdido allí algo.

Luego se da la vuelta, se pone de cara a la pared y agacha la cabeza.

Un poco más.

#PasanCosasExtrañas
#ComoPorEjemploLaVida

He conseguido mi diploma de graduación.

¡Ya solo me queda un curso escolar antes de ir a la universidad! He aprobado. He superado todos los exámenes. No ha sido fácil, pero nada lo es. Al menos, nada de lo que merece la pena.

La buena noticia es que la demostración que hizo mi padre delante del director del colegio, aunque fuese a puñetazo limpio, ha alejado de momento el chantaje de que puedan separarnos.

La reacción de mi padre lo hizo parecer cuerdo. Aunque todos sabemos, como dice Mirna, que arreglar las cosas a puñetazos es de locos.

Eso no quiere decir que deba confiarme. Aún no soy mayor de edad, papá y yo no estaremos seguros hasta que no lo sea. Nunca el tiempo había transcurrido tan lento como lo hace para mí.

Mirna y Aurora me han dicho que algún día, cuando sea mayor, desearé que el tiempo transcurra más despacio, pero no puedo creerlo. Siento que el tiempo es demasiado tranquilo, va a paso de tortuga.

Yo podría guisar una sopa con la tortuga del tiempo.

Los días parecen rezagados, los meses se han adormecido. Aún falta una eternidad para mi cumpleaños, el uno de enero.

—Todo llegará, niña, tienes que aprender a tranquilizarte. Calma, tranquilidad y buenos alimentos. Eso es todo lo que necesitas para ser feliz. Todo llegará. Todo llega y todo pasa menos el convite de la Tomasa —me suele decir Mirna.

#SoyDuraDePelar
#ComoUnaPatataRadiactiva
#IronMaidenMePareceMúsicaPastelera

No he vuelto a tener noticias de Alberto.

Le he enviado algunos mensajes, pero no he obtenido respuesta. Me temo lo peor. Seguramente se ha enterado del incidente que tuvimos con el padre de Lylla. Es probable que ella le haya obligado a dejar de ser mi amigo.

Además, ahora nuestra relación había entrado en una nueva etapa. Los amigos no se abrazan como él y yo lo hicimos. No me cabe en la cabeza que Max y yo, por ejemplo, compartamos lo que Alberto compartió conmigo mientras estaba entre sus brazos.

No, ya no somos amigos, somos otra cosa.

Aunque no sé muy bien cómo llamarla.

Pienso en Alberto mientras voy caminando por las calles del barrio. Es sábado y el tráfico ha disminuido mucho. Se nota que la gente sale más de fin de semana, aprovecha el buen tiempo.

Pienso tanto en Alberto que decido que no puedo seguir pensando en Alberto.

Trato de distraerme con otras cosas.

Para eso, por lo general, pensar en problemas va bien. Una puede olvidar un problema si dedica su atención a otro.

Papá está con Aurora, y se ha llevado a la perra. El médico afirma que le hace mucho bien su compañía. Fuet ha dejado de ser tan incontinente como cuando la encontré. Es posible que, como dice Mirna, haya ido controlándose conforme se va sintiendo más segura y se da cuenta de que nadie va a abandonarla de nuevo.

Al lado de papá siempre está contenta. Mueve tanto el rabo que no podrían localizarlo ni usando un servicio de Foursquare.

—Mover el rabo es la forma que tienen los perros de sonreír —dice Carmen.

—Sí, los perros y algunos otros que yo me sé —añade Max, enigmático.

Últimamente, a mi amiga le ha dado por vestirse como una elfa que tuviera una crisis existencialista.

—Dudo mucho que las elfas vistan de negro todo el tiempo, y mucho menos que lean a Jean-Paul Sartre como tú —le reprocha Max, pero ella sigue fiel a su estilo.

Y todos sabemos que a Max le encantan las elfas.

#HazmeCosquillasEnLaRabadilla
#FúgateConmigoACamelot
#VivamosNuestroAmorOnFireEnYouTubeEnMyTube

El verano se deja sentir. El sol se cuela hasta en los túneles del metro.

Hace calor, ha acabado el curso. El año que viene por estas fechas, solicitaré el ingreso en la universidad. Me gustaría también tomar unas clases de cocina, pero como tengo a Mirna para aprender los secretos y misterios de la gastronomía, de momento he preferido ahorrarme la matrícula. Sigo economizando por lo que pueda pasar.

He quedado con Mirna y con mis amigos esta tarde en el restaurante de mamá.

Vamos a grabar el último vídeo todos juntos. A partir de mañana ya no se podrán subir más al concurso de cocina. De modo que la suerte estará echada.

Es mi última oportunidad y quiero despedirme de mis seguidores por todo lo alto.

Voy a comprar unos táperes a la tienda del indio para guardar luego la comida. Me sorprende ver que hoy está acompañado por un viejecito que quizás sea de su familia y que habla muy dicharachero.

Es un hombre mayor con el pelo y la barba sorprendentemente blancos que contrastan con lo oscuro de su piel. Solo le falta ir en pañales para parecer un yogui. Se acerca a mí por encima de la caja registradora y me dice con un tono de voz exótico:

—Ten cuidado, joven, el mundo está lleno de hombres malvados. Cuando un hombre se te acerque, dile que eres lesbiana.

—No sé, bueno, no sé yo si con eso conseguiré…, pero, en fin, gracias.

Asiento, moviendo la cabeza y con los pelos de punta, como si acabara de meter los dedos en un enchufe. Pago y salgo corriendo.

El joven indio, fiel a su carácter, hoy no dice ni mu.

Ya que estoy haciendo recados, decido ir a la joyería para recoger el collar de mamá. Estoy muy cerca, casi puedo ver el escaparate de la tienda cuando me tropiezo con Alberto de forma inesperada.

Madre mía, ¿y qué le digo yo ahora? Siento que no sé cómo reaccionar.

Nada raro. Es mi estilo, ya lo sé.

Todos estos días he pensado que Alberto estaba con Lylla. Paseando juntos y dándose abrazos. Saboreando los labios el uno del otro. Verlos unidos en mi imaginación era mucho peor que verlos de verdad. Si me los hubiese tropezado por la calle cogidos de la mano, no habría sentido tanto dolor como el que mi fantasía me provocaba.

Ahora que tengo delante a Alberto, siento un redoble de tambores sobre mi corazón que lo deja maltrecho.

Estoy deslumbrada, como si me hubiese parado delante del sol. Me siento cegada, abrasada, confundida. Ni siquiera puedo mirar al chico por el que mi espíritu se pone en marcha cada mañana y no caerme al suelo de la impresión.

¿Qué me pasa, por qué se me acelera el pulso de esta manera?

Llevo días pensando que lo mejor que puedo hacer es olvidarme de Alberto. Al fin y al cabo, es el novio de

Lylla. Me digo a mí misma que debo olvidarlo, que voy a dejarlo de lado, que tengo que mirar hacia delante y no pensar más en él. El mundo está lleno de hombres. Seguro que algún despistado puede fijarse en mí; si Alberto lo ha hecho, ¿por qué no lo hará otro? El milagro se puede repetir, y yo puedo conseguir otra oportunidad.

Me lo he dicho a mí misma una y otra vez. Cerrando los ojos con fuerza y repitiéndolo como una oración, cada vez que me metía en la cama por la noche, antes de dormir.

«No puedo pensar en Alberto, no puedo pensar en Alberto, él no me pertenece».

Pero mis esfuerzos no han servido de nada.

Cuando intentaba retirarlo de mi cabeza, aparecía de nuevo silenciosamente por algún motivo, o por falta de motivos. Volvía a hacerse presente. Una y otra vez. Su imagen de ahora ha desplazado en mi memoria a la del niño que fue. El niño pequeño no era tan insistente como lo es el hombre en que se ha convertido.

«¿Por qué no te vas, por qué no vuelves con Lylla y me dejas en paz? ¿Por qué no puedo dejar de pensar en ti?».

Me lo pregunto a cada momento.

Pero ni Alberto ni nadie puede darme una solución. Tampoco Yahoo Respuestas.

Y ahora, él camina en dirección a mí, incluso levanta la mano haciéndome un gesto, intentando llamar mi atención. Hago como que no lo veo. El supermercado está al lado, sus tentadoras puertas abiertas se encuentran a unos pasos de donde estoy clavada en la acera.

Me lanzo de cabeza hacia dentro.

Tal vez Alberto piense que no lo he visto y siga su camino. Intentaré despistarlo perdiéndome en la sección de congelados. No, en la sección de congelados, no. Demasiados recuerdos. En la frutería, en la verdulería. No, tampoco puede ser ahí. Demasiados recuerdos. Ver un pimiento inmediatamente me traería a la cabeza la imagen de Alberto. Desde luego, no se puede decir que él me importe un pimiento, pero da igual. Lo mismo digo de los melocotones, las uvas, las avellanas, las naranjas…, de cualquier cosa que surja de la tierra y sea comestible.

Todo eso me recordaría a Alberto.

Y todo lo demás, también.

Me temo que no tengo escapatoria.

O quizás sí…

#BailaMorena
#QueLaVidaEsCosaBuena

Entro en el súper, que está bien refrigerado, algo que se agradece dado el bochorno del exterior.

Aprovecharé para comprar unos quesos.

He quedado con Mirna y mis amigos en el restaurante de mamá. También vendrán Aurora y papá. Incluso Fuet. Vamos a celebrar un banquete para almorzar. He pensado que sería maravilloso poder reunir a toda la gente que quiero y darles de comer. Celebrar que he aprobado el curso y falta poco para que no tenga que volver al instituto. Que papá empieza a cambiar, como si estuviese despertando de un sueño. Como Blancanieves, o la Bella Durmiente.

Estoy tan feliz pensando que podría curarse que cuando me acuerdo de ello la emoción no me cabe en el pecho: por eso sale por mi boca en forma de gritos y chillidos de alegría.

Festejaremos que ya queda menos para mi mayoría de edad. Que, a partir de ahora, estaré lejos de Lylla y sus brujas secretarias.

«Compartir mesa y mantel es la manera en que las buenas historias terminan o comienzan o tienen continuación. Es una ofrenda. Estar juntos a la mesa fortalece las relaciones entre la gente. Las personas estrechan lazos comiendo juntas», asegura Mirna mientras guisa en mis vídeos.

Es lo que hacían Astérix y Obélix en su aldea cuando terminaba cada una de sus aventuras: celebrarlo, todos juntos, con un buen asado frente al fuego.

Nosotros no tendremos exactamente un jabalí para comer, pero habrá buenos bocados.

Max se va a encargar de grabarlo todo, será mi último vídeo. La última oportunidad de celebrar junto a mis seguidores que soy feliz con mi extraña familia. Que mi familia se ha hecho más grande, porque ahora también pertenecen a ella Mirna y Aurora, y mi perra, mi pequeña Fuet.

Que sabemos festejar la amistad compartiendo lo que tenemos: buenos alimentos guisados con amor.

Porque, claro que sí, ese es el ingrediente esencial de toda buena comida: el amor. El que ponen las madres y los padres cuando cocinan para sus hijos esperando verlos crecer sanos. El que pone Mirna, pese a ser una gruñona, cuando me enseña los secretos y misterios de las tartas.

El que añado yo cuando cocino para mi padre, para Alberto, para mis amigos…

Solo amor, pero mucho amor.

Con este ingrediente, una ya puede sentirse saciada. El amor alimenta. Y además no engorda. Como dice la canción de Kayla Oh!

Encuentro por fin la sección de quesos y me quedo mirando el beyusco, el brie, el de Cabrales, el cheddar, el edam, el queso de Grazalema, la torta de La Serena y del Casar… ¡¡Hummm!! Me llevaría un poquito de cada uno para poder probarlos todos. Para hacer unos aperitivos; serían el piscolabis antes de comer.

En la sección de quesos hay un olor fuerte pese a que la refrigeración está a toda potencia; tanta que siento unos escalofríos heladores y decido alejarme un poco en dirección a la zona de conservas, que seguramente tendrá una temperatura un poco más apta para la vida. También porque hay una señora que no para de moverse de un lado a otro metiendo la cabeza dentro de los expositores y siento que la estoy molestando. Aunque más bien sea ella la que me incomoda a mí.

Cuando me doy la vuelta tropiezo, literalmente, con Alberto.

—Fiona, estás huyendo de mí.

—¿Yo? Sí, no, claro, no, estooo…

—Te he saludado en la calle, pero me ha dado la impresión de que tenías mucha prisa, o que no te apetecía encontrarte conmigo y te has hecho la despistada.

—¿Yo? Sí, no, claro que no.

—Fiona…

—Dime, ¿qué se te ofrece?

—Por favor, no me hables como si fueses la encargada de la panadería.

—No, si yo…

—Te echo de menos, Fiona.

—Pues yo te he enviado muchos mensajes, y no he recibido respuesta, así que imaginaba que no me echabas tanto de menos como dices.

—¿De verdad me has mandado mensajes?

—Sí, también te he llamado un par de veces. O tres. O veintisiete… —digo recordando avergonzada to-

das y cada una de las veces en que he intentado ponerme en contacto con él.

Inútilmente, porque su teléfono siempre está apagado o fuera de cobertura. Como su corazón, pienso
con una sensación de vértigo que de repente me hace
cerrar los ojos. Su corazón también está fuera de cobertura. Al menos para mí.

—Siento no haber podido explicártelo, no tuve
tiempo de despedirme.

—¿Despedirte? ¿Explicarme qué?

—Tuve que salir de viaje. Mi padre se ha empeñado en que tengo que ir a la universidad. Pero quiere que
vuelva al Reino Unido. Tenía una entrevista con una de
las universidades a las que he optado.

—¿Y no has podido encender el teléfono en todos
estos días, por si tenías algún recado urgente que atender?

—El teléfono, sí… Vaya, bueno, yo…

—Habría sido un detalle por tu parte dar señales de
vida. Han pasado cosas por aquí desde que tú te fuiste.
Y… —Pienso que tengo que decir algo al respecto, hago
acopio de fuerzas y lo suelto—: Y también pasó algo entre nosotros dos. Quizás tú no te acuerdes, pero yo sí.

Me doy la vuelta de repente, y echo a andar hacia
la salida, enfadada por estar hablando con él cuando
debería ignorarlo.

Al fin y al cabo, es el novio de Lylla, y ni siquiera
se ha dignado darme un toque desde el día en que me

dio dos toques… en el corazón. Algo que hizo y que cambió mi interior. Que redecoró mi alma. Que transformó a la Fiona que yo era en una nueva. Que cambió a la Fiona niña por una Fiona mujer. No sé qué magia puso en su abrazo. No tengo ni idea de cuál será el ingrediente secreto de sus brazos y su olor, pero funciona.

—Espera, Fiona, no pude llamarte porque no tenía conmigo el teléfono.

Me paro en medio del pasillo y suspiro.

—¿Te lo olvidaste en casa? —Noto su presencia a mi espalda. Sé que me está observando. Siento su mirada recorrer mis hombros y bajar hacia mi cintura. Ahora mismo me alegro terriblemente de tener cintura.

—No, verás, es que Lylla…

—¿Lylla qué? —Me doy la vuelta y mi mirada se endurece.

Solo pronunciar la palabra «Lylla» me hace sentir peor persona. Es el efecto que produce en mí. Como si me envenenase repetir su nombre. Lylla es una manzana podrida. Nadie puede comer una fruta así, ni siquiera los gusanos sobreviven dentro de ella.

—Me quitó el móvil y se lo quedó. Aunque también es cierto que la culpa que yo sentía me impidió ponerme en contacto contigo por otros medios.

—¿Que Lylla hizo *qué*?

—Estaba celosa.

—¿De quién?

—¿De quién va ser, Fiona, de la Sirenita? ¡De ti! ¿De quién si no…? Siempre lo ha estado, desde que éramos pequeños y yo tenía que defenderte de ella y de otras como ella. Siempre ha sentido celos de ti. Envidia y celos.

En ese momento me toma suavemente por un brazo y me lleva hasta una esquina no muy iluminada, cerca de una salida de emergencia.

Si todavía sé contar, esta es la enésima vez que me tiemblan las piernas cuando lo tengo cerca.

A nuestro alrededor huele a pan. Esta vez no estamos en la sección de precocinados, sino cerca de la panadería; es una buena panadería en la que venden pan blanco común, barras trenzadas y pan de Viena.

Sé que al joven indio de la tienda cercana le gusta el pan inglés porque he coincidido con él alguna vez y lo he visto comprando; es un pan que tiene un sabor suave a harina de trigo y mantequilla.

Mi amiga Carmen prefiere el pan francés, largo y achatado, con una corteza oscura cubierta de harina, como si hubiese nevado apaciblemente por encima.

Yo adoro el pan de payés, que es redondo y tiene una corteza crujiente con tres cortes centrales, profundos y apetitosos. Aunque últimamente tomo pan integral, hecho con una harina más basta, de trigo sin descascarillar, de un color oscuro, poco atractivo pero recio y bueno, muy digestivo.

Me gustaría que Alberto me diera un beso cerca de la panadería porque eso me haría recordar toda la vida ese beso, asociándolo a sabores ligeros de avena y sémola, a olor a centeno y a trigo, agua y mantequilla, leche y nueces, azúcar y sésamo sin pelar.

Siento que mi corazón es una miga de pan recién sacado del horno. Está caliente y esponjoso, es tierno y blanco, y bueno.

Sí.

Los besos de Alberto deben de ser como el pan.

#TeComería
#PuesCómemeYa

Mirna se ha encargado de preparar un aperitivo antes de la comida. Es lo que ella llama un «cóctel a la inglesa».

—Me temo lo peor —murmura Max.

Aunque ya no lleva el traje que le compraron sus padres para el día de la graduación, ha decidido peinarse; desde aquel día en que tuvo tanto éxito, cuida más su aspecto físico.

—Me gustan estos barquillos de apio cubiertos con queso roquefort —dice Carmen mientras mira fijamente a los ojos de mi amigo.

Últimamente ya no se pelean tanto. Me pregunto qué quiere decir eso.

Mirna sirve a los adultos cócteles de whisky y ron, y a los que aún no hemos cumplido la mayoría de edad, Carmen y yo, nos ofrece agua del grifo.

—Podéis beber toda la que queráis —nos dice guiñando un ojo.

Ha preparado langostinos en salsa de mostaza, bastoncitos salados con queso y curry, ramitas de coliflor en salsa de kétchup, setas rellenas con queso y salsa inglesa, cebollitas agridulces, dados de pechuga de pollo y tostadas, y sándwiches con pasta de anchoas y berros.

Max la ha grabado mientras guisaba y contaba chistes. Y ha tenido que esconderle las bebidas, pero solo por si acaso.

Mis amigos se encargan de la música.

¡Tenemos montada una fiesta!

Cualquiera diría que el restaurante está en pleno funcionamiento, como cuando vivía mamá.

He invitado al joven indio, que me ha prometido pasarse en cuanto consiga que su abuelo se encargue un rato de la tienda.

Mi portero ya está aquí comiendo encantado como si llevara largo tiempo a dieta.

Mi perra valora mucho las galletitas saladas, así que aprovecho para darle una. También ella puede hacer una excepción en su dieta.

Un día es un día.

Aurora y mi padre están juntos, sentados a una mesa como si tuvieran una cita. No he visto a nadie mirar a otra persona con tanta adoración como mi padre mira a Aurora.

A veces pienso que es un apuesto príncipe encantado. O un rey: el padre de la princesa, que soy yo. (Ejem). Pienso que ha estado durmiendo mucho tiempo esperando a que el amor, un beso de amor, lo devuelva a la vida y lo despierte para siempre. A veces sueño que Aurora le da ese beso el día menos pensado, y que papá regresa al mundo de una vez.

Aunque claro, también confío en el nuevo médico.

#BesosDeAmorQueAlimentan
#BesosQueDespiertanALaVidaPorAmor

Alberto nos acompaña.

Tiene toda la tarde libre y ha decidido aceptar mi invitación y comer con nosotros. Yo lo miro y los ojos me brillan como pesto hirviendo.

Si Lylla pudiese vernos por un agujero…

Todos andamos de un lado para otro, nos movemos al ritmo de la música, conversamos y masticamos. Nuestros estómagos se van llenando de cosas buenas, a la vez que nuestro espíritu.

Aún no hemos comenzado a comer cuando la puerta de la calle se abre y asoman las cabezas de un par de jóvenes que nos resultan conocidos.

—Hey, ¿es esto una fiesta de inauguración?, ¡nada nos gustaría más!

—¡Axel, Byron, pasad! —Carmen se acerca hasta los chicos y les hace una seña para que se unan a nosotros.

—Venimos acompañados de una amiga, ¿os importa que pase también?

—No, para nada. Tenemos comida suficiente. —Señalo hacia el mostrador donde se encuentran preparados los platos del cóctel—. Y, entre todos, vamos a guisar más. Ahora mismo. Si queréis ayudarnos, sois bienvenidos.

—Aún nos estamos relamiendo con los deliciosos platos que nos regalasteis la vez pasada. ¿Qué tal va todo? ¿Habéis decidido poner en marcha de nuevo el negocio?

—No, solo es una fiesta… familiar —digo yo con una sonrisa tan radiante que compite con el sol de la calle que en esos momentos cae sobre las aceras sin piedad.

—Hola, no queremos molestar —dice tímidamente la amiga de Axel y Byron, asomando la cabeza.

Es una chica muy joven, seguramente no tendrá más de veinte años, es un poco más joven que Axel y Byron. Su cara me resulta vagamente familiar, aunque no caigo dónde he podido verla antes y…

En ese momento, Max se vuelve completamente loco. Todos lo miramos como si acabara de perder el juicio. Incluso mi padre se extraña de la reacción de mi amigo. (Lo que no sé si es una buena señal, ahora que lo pienso).

—¡¡¡Aaaaaggg…!!! —grita Max.

—¿Qué pasa, qué pasa? —preguntamos todos a la vez.

—Madre del cielo, ¡¡tú eres Kayla Oh!!, ¡¡eres ella, ella, ellaaaaa…!! —dice Max, dando saltos como si tuviese la punta de las zapatillas ardiendo.

Carmen y yo nos quedamos con la boca abierta mirando a la recién llegada.

—No puede ser, será alguien que se le parece.

—No me lo puedo creer —digo mirando con más detenimiento a la desconocida que acaba de entrar en mi restaurante.

Byron y Axel asienten, sonriendo con un gesto travieso y divertido. Se lo pasan bomba.

—En realidad se llama María, como supongo que ya sabéis. Nosotros somos sus asistentes. Aquel día que comimos tan bien aquí le hablamos de la comida y del buen rato que pasamos en vuestra compañía. María tenía muchas ganas de venir. Y aquí estamos, si no es una molestia —dice Axel, ¡como si fuera lo más natural del mundo hablar así de la estrella Kayla Oh!…!

—Hemos pasado muchas veces por la puerta, tenemos la oficina aquí al lado. Cada vez que cruzamos por la calle miramos a ver si el restaurante está abierto, pero hasta ahora no habíamos conseguido coincidir con vosotros —comenta Byron mientras toma uno de los canapés que le ofrece Mirna.

—¡Os lo dije, os lo he dicho nada más verla! No sé por qué no creéis siempre todo lo que digo. Me hacéis sentir como la radiografía del cerebro de un avatar. Me hacéis dudar de mí mismo. Bueno, no es cierto. No conseguís que dude de mí mismo. Lográis que dude de vosotros. ¡Oh!, Kayla Oh!, ¡es usted mi diosa, mi reina, estoy dispuesto a ser armado caballero! —gime Max arrodillándose delante de nuestra cantante favorita, y ni siquiera Carmen es capaz de sentir celos de una declaración así.

Mirna y yo estallamos en risas.

Luego, entre todos, incluidos Kayla Oh! y papá, preparamos el menú que servimos en la comida:

Huevo con parmentier de patata y brotes de rúcula.
* * *
Suquet de judías verdes con guisantes al romero.
* * *
Tartar de tomate con helado de mostaza e hinojos.
* * *
Ñoquis de calabacines con salsa de pesto rojo.
* * *
Mousse de frutos del bosque con crujientes de cacao y torrija a la vainilla.
* * *

Un menú digno de un banquete real.

Seis meses después
1 de enero
Día de mi 18 cumpleaños

Adobar:

Remojar en un escabeche compuesto de vino, aceite y finas hierbas.

Puede que tú no te des cuenta, pero quizás tu vida ha sido adobada con condimentos que le dan cuerpo. Tus seres queridos, por ejemplo, son uno de los adobos buenos de la existencia.

Estar adobada, en escabeche, es mucho mejor que sufrir una escabechina.

Deja, pues, de lamentarte y disfruta de este baño de emociones que te va a proporcionar mucho sabor…

Hoy, por fin, cumplo dieciocho años.

Celebraré una gran fiesta en el restaurante de mamá.

A veces pienso que, un día, abriré el local de nuevo. Creo que a ella le gustaría que lo hiciese. Quizás para entonces papá pueda ayudarme a llevar el negocio.

La fiesta que me dispongo a celebrar tiene que ser, por lo menos, igual de buena que la de aquella tarde en que nos visitó Kayla Oh!

Porque lo mejor de todo, lo mejor de aquella tarde —y eso que hubo cosas extraordinarias, maravillosas, cosas que recordaré toda mi vida—, fue que Max se empeñó en grabar todo el proceso, todo lo que ocurrió.

Le pidió permiso a Kayla, quiero decir a María, que lo consultó con sus dos jóvenes ayudantes, que asintieron, encantados con la idea.

—Es bueno para tu imagen. Adelante, María —le dijeron.

Además, Max puede ser tremendamente convincente, y también diplomático. Aunque esta última cualidad no la habíamos descubierto hasta entonces, hasta aquella tarde feliz.

Yo me mostré horrorizada ante la idea de que la estrella invitada de la fiesta —y era verdad eso de *estrella*— pudiera sentirse ofendida, como si estuviésemos intentando robar su imagen, aprovecharnos de ella.

—Ay, Max, no incomodes a Kayla, por favor.

—¿Qué te has creído, pequeña Fiona? Yo nunca haría nada que molestase a mi ídolo —gruñó Max, presa de la excitación—, estoy muy bien educado digitalmente. Pero ¡si hasta respondo a los correos de *spam*!

Max explicó que «sería un puntazo poder lucir como ayudante de cocina, en el último de los vídeos de Fiona (o sea, yo), a la estrella de la canción por la que suspiran los adolescentes de todo el país, por no decir de medio mundo».

Al principio, María/Kayla se mostró un poco reticente. Normal: es una estrella, cuida todo lo que hace. Pero no tardó tanto en decidirse. Vale, estaba dispuesta a ser grabada en nuestra última pieza. A sus fans seguramente les encantaría verla metida en una cocina, ayudando a una joven como yo, que podría ser una cualquiera de sus seguidores (de hecho, lo era) a conseguir sus sueños.

—Aprovecharé para hablar de mis problemas con la comida. Yo también los he tenido. Y gravísimos. Anorexia, bulimia y… Nadie imagina el infierno por el que he pasado. Afortunadamente, todo eso quedó atrás —dijo, dándole un buen bocado a un canapé.

De modo que sucedió.

Una serie de milagros se juntaron, se pusieron de acuerdo como los ingredientes que forman una tarta de almendras ideal, para componer el día más perfecto de mi vida.

#TocarLasEstrellas
#ConLaMirada
#CadaNoche
#OMejor:TambiénCadaMañana

Así que la cocina del restaurante de mi madre se convirtió en el insólito escenario de un curioso *flashmob* culinario.

Kayla bailó, tarareó, coreó y cantó a pleno pulmón varias de sus canciones mientras Max las reproducía con su iPod a través del hilo musical del local y todos ayudábamos a Myrna a confeccionar el menú.

—A esto le llamo yo una fiesta —me dijo Alberto mientras me deslizaba un casto beso detrás de la oreja que me hizo pensar en cremas de chocolate y buñuelos de frambuesa.

Guisar fue tanto o más placentero que comernos aquellos exquisitos bocados.

Y el secreto del éxito, el gran aderezo de esa comida y de todas las que he cocinado desde entonces, ha sido el amor.

Nunca disfruté tanto comiendo como aquella tarde de un sábado de verano en que todos mis seres queridos y mis sueños se juntaron para desearme buena suerte.

#FlashDance
#ALaCombaDeJalisco
#HeyYouYou

Todavía siguen aumentando los visionados de la grabación que hizo Max de todo aquello. Se puede ver en: KaylaOh!CantaAlAmorEnLaCocinaConFionaYOtros Locos.com

De momento, lleva ¡¡unos quince millones de visitas…!!

Incluso me han propuesto que escriba un libro sobre mi experiencia, y me lo estoy pensando. Si finalmente acepto, lo titularé *Tarta de almendras con amor*.

Quizás lo haga el curso que viene, siempre que los estudios en la universidad me lo permitan. Quiero estudiar Medicina. Quién me lo iba a decir a mí, pero he descubierto que deseo ser neuróloga, aunque solo sea para poder hablar con el médico de papá y entender de verdad lo que dice.

Hasta hoy, mi padre ha mejorado mucho, está haciendo grandes progresos. No sé si eso es debido al talento del nuevo médico que lo trata, o a la compañía de Aurora. Pero yo soy feliz viendo cómo, poco a poco, está más cerca de volver a ser el hombre que yo recuerdo.

Alberto estudia en Inglaterra. Pero estamos en contacto. Mi amor por él se cuece a fuego lento, como los buenos guisos de siempre. Y sabe igual de bien. De momento, solo somos buenos amigos. Sigue siendo el novio de Lylla. Viene por aquí cada quince días, aprovechando una línea aérea de bajo coste que enlaza nuestra ciudad con el sitio donde ahora vive. En su piso de estudiante, dice que echa de menos mi comida. Y yo echo de menos su piel y sus labios, que nunca han sido míos. ¿Es posible añorar lo que nunca hemos tenido?

(¡Me lo comería!). (Si él me dejara).

Tengo poco contacto con Lylla y sus secretarias diabólicas. No les sigo el rastro por las redes sociales como hacía de forma obsesiva mientras vivía bajo el yugo del miedo que me provocaban. Eso era antes. A la mayoría de ellas también las enviaron a estudiar fuera, seguramente el director tuvo mucho que ver con ese repentino cambio de centro escolar. Aunque no han salido del barrio, sí han cambiado de colegio. Lo siento por sus nuevos compañeros de clase.

Lo curioso es que no les guardo rencor. Tampoco les deseo nada malo. Creo sinceramente que tienen bastante con tener que vivir con lo que son.

Si esas cuatro fuesen una comida del menú, nadie las pediría jamás.

#MenúEspecial:MariposasEnElEstómago
#PlatoDeLaCasa:MiradasConTrajeDeLuna

Mirna dice que, ya desde muy pequeños, a todos se nos ve el plumero. Que los niños malos tienen más posibilidades de acabar siendo adultos malos. Y esa pandilla... Bueno, espero por su bien que encuentren algo por el camino que las desvíe del que ahora siguen, que algo las haga cambiar.

Max y Carmen han empezado a salir juntos hace un par de semanas, cuando comenzaron las vacaciones de Navidad.

Se veía venir, pero ellos han tardado en darse cuenta mucho más que los demás en verlo tan claro como un vino verdejo.

Ah, una buena noticia es que he recibido algunas propuestas formales procedentes de la agencia matrimonial asiática donde me anunció Max.

Supongo que son tentadoras, pero las rechazo todas sin dudar. Creo que aún soy demasiado joven como para contraer matrimonio por interés. Mirna me ha aconsejado que lo deje para más adelante, para cuando tenga más o menos su edad, como última opción.

En cuanto al concurso de cocina..., fue algo increíble.

Un poco después de que el vídeo que grabamos con Kayla Oh! rompiera todos los récords, cierto día tranquilo y caluroso de julio, los ejecutivos de la televisión me llamaron por teléfono.

Pero no para decirme que me había clasificado como finalista y que querían contar conmigo. No.

Al final, no lo conseguí, ¡aunque me quedé tan solo a un punto de lograrlo…! (Y espero que otra vez será).

No, ¡me llamaron para pedirme el teléfono de Mirna! No lograban contactar con ella; porque la vieja tía Mirna no está en la redes sociales ni en ningún sitio geolocalizable.

La contrataron como jurado del concurso, y desde entonces se ha convertido en una estrella de la televisión.

Menos mal que eso no le impide sacar, de vez en cuando, un poco de tiempo para enseñarme nuevas recetas.

#UnasGotasDeLluvia
#CaenEnLaFuenteDeJade
#ComoLágrimas

Lo que me queda por contar es que hace unos meses me ocurrió algo importante, que cambió por completo mi forma de ver las cosas.

Como ya no estamos en el mismo instituto, Lylla y yo apenas nos veíamos. Pero un día me encontré con ella por casualidad en el centro comercial. No me vio, pero yo a ella sí. Ahora soy más delgada que antes, no es tan fácil localizarme entre la multitud. Ser delgada es un buen camuflaje. El año pasado se me distinguía perfectamente andando por la calle desde la

Estación Espacial Internacional. Ahora, es más complicado verme que encontrar a Wally en una pradera llena de cebras.

Yo estaba sentada en una hamburguesería, dándome uno de esos caprichos mensuales que Mirna me recomienda para calmar la ansiedad respecto a la comida. Soy una chica delgada que aún lleva en su interior a una gorda ávida.

Me senté sola, en un banco de alto respaldo y me dediqué a saborear la comida. No era tan buena como los festines que había compartido con mis amigos, pero tenía el encanto de lo prohibido.

Mientras apuraba los últimos bocados, oí una voz a mis espaldas que me resultó familiar.

Presté atención. Miré hacia atrás a través de un hueco en el escay roto del asiento. Era Lylla, acompañada de una mujer de mediana edad en silla de ruedas, y de otra más joven, que parecía una asistente.

Al principio, me puse alerta.

Viejos sentimientos acudieron a mi boca, llenándomela con su sabor amargo, y estropeándome el banquete.

La cuidadora se encargó de colocar bien a la mujer de la silla de ruedas.

—Señorita Lylla, ¿seguro que usted y su madre estarán bien aquí? —preguntó con un deje de preocupación.

—Sí, Marta, no se preocupe, váyase a hacer la compra. Nosotras la esperaremos mientras tomamos algo. Estamos estupendamente, ¿verdad, mamá?

Me quedé helada.

Recordé aquellas palabras de Max, hacía tanto tiempo, a las que ni siquiera había dado importancia: «La madre de Lylla está enferma»…

Cuando mi amigo las dijo, ni siquiera pensé que fuesen ciertas. Por entonces, yo tenía la exclusividad de los padres enfermos, o muertos, y pensé que quizás la madre de Lylla estaba, como mucho, resfriada. Una tontería, vaya.

Miré a hurtadillas y pude ver a la mujer, consumida en su silla de ruedas, arrugada como si fuese una anciana, aunque por su pelo y sus manos no podría tener mucha más edad que mi propia madre de haber vivido.

La idea me conmocionó.

Pensar que Lylla tenía a su madre en esas condiciones me golpeó el estómago. Me encogí sobre mí misma, impresionada, sorprendida. Temblando.

Durante un buen rato pude oír a Lylla hablar con su madre. La dulzura de su voz, el cuidado y la delicadeza con que se dirigía a ella me emocionaron. La mujer apenas podía responder, pero se la notaba consciente, lúcida y agradecida, contenta de compartir ese tiempo a solas con su hija.

Esa no era la misma Lylla llena de rabia que yo conocía, sino una muchacha amorosa, tierna y considerada, además de profundamente herida por la situación de su madre, afectada hasta lo más hondo.

Nunca habría podido imaginarlo. Por un instante, sentí que en algún momento del pasado ella y yo habíamos perdido la oportunidad descabellada de ser amigas, de comprendernos y ayudarnos.

No habíamos sabido hacerlo. Las dos nos perdimos una gran cosa, como el que pierde una fortuna en el juego.

Dejé el dinero de la cuenta sobre la mesa y me dirigí a la salida, siempre de espaldas a Lylla, que de todas formas solo tenía ojos para su madre.

Luego, me alejé de allí sin mirar atrás.

Yo también tenía que hacer unos recados, pero ya no recordaba qué había ido a comprar, de modo que volví a casa, donde esperaba mi padre.

Dos semanas después, recibí un mensaje de Alberto, diciéndome que Lylla y él habían terminado. No llevaban bien la distancia, y él empezaba a dudar de su relación.

Ni siquiera pude alegrarme de la noticia.

#CanelaEnPolvoDeEstrellas
#SeFundeEnMiBocaLaNoche

Así que hoy, aunque es la primera vez que voy a ver a Alberto desde que él es libre y no tiene novia, siento un regusto extraño en la lengua, en el alma.

Lylla ha dejado de ser para mí lo que era. Ahora es otra cosa, que no sé definir del todo. Quizás algún día incluso podamos encontrarnos, y hablar como dos personas adultas, sin el uniforme del colegio por medio, sin pensar que la vida es un campo de batalla.

Me gustaría preguntarle qué tal se encuentra su madre, y cómo se siente ella. Darle la mano y notar que está tibia y abierta, como la de cualquiera.

#ElFloreroEsUnJardínPequeño
#DondeLasRosasContienenElAliento

Me encuentro con Alberto en la puerta del restaurante de mi madre, que permanece cerrado, aunque parece que estuviera funcionando por el aspecto más cuidado de la fachada.

Nos saludamos con timidez.

Yo le doy la mano, y él me da un beso en la mejilla.

Sin venir a cuento, me echo a llorar.

Me turban sus ojos. El cielo tiene el color de pasta de habas endurecida. Vivir parece una cosa muy simple, pero los dos sabemos que no lo es.

Sin querer, me echo a llorar.

Ya no deseo que me cuente su historia con Lylla. Quiero cerrar la puerta del pasado, y que todo lo malo se quede detrás de ella, sin posibilidad de poder escapar.

Alberto me seca las lágrimas con el dorso de su mano. Puedo sentir el olor de su piel mientras me limpia la mejilla con cuidado. Algo tierno y cálido. Fresco. Un rastro de aroma a limón y a chocolate. A hombre joven. Nunca había olido nada parecido y tengo que cerrar los ojos porque no soporto dejar que se escape la emoción que siento en este instante. Como si a través de mis ojos abiertos se pudiera evadir esto que siento y que es tan precioso. Por eso cierro los ojos. Para atraparlo, para proteger ese calor.

Y cuando los tengo cerrados noto la presión de una carne dulce y suave sobre mis labios. De nuevo, entreabro los ojos. Alberto me está besando.

Nadie me había besado antes.

Recibo pocos besos. Pocos besos fraternales, pocos besos familiares, y ningún beso de amor.

Ni siquiera mi padre me besa, porque al pobre se le ha olvidado, y mamá tampoco está aquí para hacerlo. Es cierto que yo lo beso a él en la mejilla, por ejemplo cuando le doy las buenas noches, pero papá no me responde; espero que algún día vuelva a recordar lo que significa un beso de amor, porque a mí no me gustaría perder la conciencia de algo como esto.

Seguramente papá se protege con el olvido del recuerdo de los besos que le dio mi madre.

Besos de amor, como este que Alberto me está dando a mí ahora.

Porque no me cabe duda: nos estamos besando con amor. Este no es un beso de amigos. No puede serlo. Estas sensaciones que siento recorrerme de arriba abajo le devuelven a mi cuerpo la alegría de vivir.

El contacto con el cuerpo de Alberto me cura y me repara. Es un bálsamo para las heridas, también del alma.

Este beso es mágico.

Es como el ingrediente secreto de las comidas que mencionaba Mirna.

Este beso es puro amor.

Este beso me está convirtiendo en una princesa hermosa y valiente. Este beso me está despertando. Yo era una reina dormida y un beso me ha retornado a la vida. He estado durmiendo cien años hasta que Alberto ha llegado y con un beso ha devuelto los latidos a mi corazón.

Siempre recordaré este beso. Es un beso tan largo que parece eterno. Es un beso tan dulce que sabe como la primera tarta de almendras que aprendí a cocinar.

Voy a convertirme en licenciada en besos en estos instantes. Me darán un título homologado después de este beso. En la Universidad de Walt Disney.

No me siento vulnerable, sino invencible. No me siento débil, sino dispuesta a afrontar lo que sea.

Cuando terminemos de besarnos, ya estaré curada de todos los males que haya podido padecer alguna vez.

Del miedo, de la obesidad, de la inseguridad…

Este beso parece rociado con vino blanco dulce.

Este beso me ha puesto la carne del cuello a punto, me ha bruñido las uñas como aceite de sésamo. Tiene un frescor de agua de cántaro.

Es un beso que no puede esconderse en un nido de golondrinas, ni detrás del sofá. Cualquiera podría verlo aunque yo lo intentara ocultar. Es un beso que posee contorno, que vuela en círculos como las cigüeñas, que me puedo poner como si fuera un vestido.

Sabe a trozo de nube, huele a ropa recién lavada. Es un ruiseñor en silencio, con el rostro vuelto hacia el viento.

Su intensidad me recorre la espalda, como una túnica blanca de seda. Nadie ha gozado jamás de la maravilla de un beso como este.

Sobre este beso podría cabalgar en busca de dragones.

Y empiezo a pensar que, de la misma manera que hasta hace poco yo no sabía cocinar, tampoco sabía besar, pero estoy aprendiendo rápido.

#VayaConFiona
#YParecíaBobaCuandoLaCompramos
#TeDoyUnMeGustaTeDoyUnBeso

Nota de la autora

La tía Mirna recomienda —y yo también— los libros de Michael Pollan. Por ejemplo, *Saber comer: 64 reglas básicas para aprender a comer bien* (Debate, 2012).

Quien desee saber cosas curiosas sobre la historia de los humanos y la comida puede leer *Bueno para comer,* de Marvin Harris (Alianza Editorial, 2011).

Esta novela es un brindis por lo mejor de la vida: buenas lecturas, buenos alimentos… ¡Y amor del bueno!

¡Salud!